APRÈS LA NEIGE

Frédéric Abergel

APRÈS LA NEIGE

Roman

Les Presses de la Cité

92, avenue de France – 75013 Paris
ISBN 978-2-258-21365-4
Dépôt légal : janvier 2026

Aux amis du Denali,
À l'expé qui n'est pas partie

1

Neiges

Neiges est un ouvrage d'Axel Kantor, un scientifique passionné par la neige, cette matière si pure, si fragile, bientôt si rare. Cet ouvrage – et le succès qu'il rencontre – puise ses origines à de multiples sources : les racines russes d'Axel, sa formation de physicien spécialiste des systèmes auto-organisés, son inattendu talent de conteur, et l'intérêt que le monde entier semble maintenant porter à cette sublime manifestation naturelle en voie de disparition. Mais, parmi toutes les prédestinations qui ont concouru pour donner naissance à *Neiges*, la plus essentielle se trouve dans les nombreux séjours qu'Axel Kantor fit à Alexander Bay dans la région des monts Chugach en Alaska, entre la fin des années 1990 et celle des années 2010. Près de vingt ans à se rendre chaque hiver sur les hauteurs qui dominent le golfe d'Alaska, dans un des endroits du monde où la neige est la plus abondante, la plus évidente. Où la neige est, pourrait-on dire, *quintessentielle*.

Voici les premières lignes de *Neiges* : « Au début est le flocon, conjonction de vapeur d'eau, de froid et de poussière céleste. Puis le flocon, lorsqu'il croît, s'alourdit. Il perd sa nature céleste et tombe jusqu'à nous. Ainsi naît la neige. La neige est un matériau qui évolue en permanence, un matériau fragile que tout contact transforme. Parfaitement lisse lorsqu'elle s'est déposée au cours d'une chute, elle change lorsque le vent la déplace et l'accumule ; lorsque les variations de température la fondent et la regèlent ; lorsqu'elle s'infiltre dans la terre par osmose.

La permanence apparente d'étendues infinies couvertes de neige est un leurre. La neige, quand elle recouvre la terre, semble avoir tout son temps. Et pourtant, elle disparaît. »

Initialement conçu pour un cercle réduit de scientophiles, le livre d'Axel Kantor se vend remarquablement bien. Il faut peut-être voir la raison de ce succès dans la soudaineté avec laquelle la neige, telle qu'on l'a connue depuis des millénaires, telle qu'elle a été présente dans l'imaginaire d'une grande moitié de l'humanité, a commencé, littéralement, à fondre. N'apparaissant plus qu'à certains endroits de la planète, pendant des périodes de plus en plus courtes. À cela, les habitants d'Alexander Bay vous répondront que les treize mètres de neige tombés l'hiver dernier sont bien réels, comme chaque année. Mais ils sont, sinon les seuls, du moins parmi les derniers à oser le dire.

Neiges est dédicacé à une certaine « V., inspiratrice éternelle de mes neiges ». Récemment encore, Axel était l'invité d'une émission scientifique consacrée à l'état de la planète. Après une série de questions d'ordre général, l'animateur de l'émission lui avait demandé qui était la « V. » de la dédicace. Axel avait rougi presque imperceptiblement avant de répondre : « V., c'est celle qui m'a fait aimer la neige. Maintenant que nous sommes dans l'âge de la dernière neige, je tenais à lui rendre hommage avant qu'il ne soit trop tard. » La notion choc d'« âge de la dernière neige » avait tellement frappé l'attention de l'animateur que celui-ci en avait oublié sa question initiale. Axel avait poursuivi : « Vous qui croyez encore aux neiges éternelles, préparez-vous à ne plus connaître que des neiges éphémères. Des neiges faibles, qui disparaissent à la moindre contrariété. » Ainsi, l'identité de V., sa relation avec Axel, la façon dont elle l'a inspiré pour l'écriture de *Neiges*, tout cela reste encore inconnu du public. Leur histoire est enfouie sous une accumulation d'hivers qui ont su garder leurs secrets – secrets que la fonte inexorable des glaciers finira peut-être par mettre à nu.

D'autres éléments ayant trait à la genèse de *Neiges* ont été révélés lors de la parution de sa traduction anglaise. Une certaine famille Volkoff, installée depuis plusieurs générations à Alexander Bay et qui en constitue le cœur et la tête, a décidé d'accorder le titre de citoyen d'honneur à Axel Kantor. Un titre pompeux qui lui donne le droit de séjourner gratuitement, à vie, au Volkoff Lodge, l'unique hôtel d'Alexander Bay et une des nombreuses propriétés de la famille Volkoff. L'histoire de cette famille, qu'Axel connaît si bien, remonte à l'époque lointaine où le golfe d'Alaska fut envahi par les chasseurs et trappeurs arrivés de Russie, puis par leurs successeurs de toutes origines venus traquer les loutres, les phoques, les baleines. Et l'or. Maintenant, l'Alaska fait partie des rares lieux sur terre où la neige abonde encore en hiver, et la famille Volkoff, dont le fief est situé au cœur d'une région à l'enneigement exceptionnel, a bien l'intention de tirer parti de cette très chère exception climatique.

En ce début d'hiver, Axel se prépare. Son arrivée à Alexander Bay est prévue dans quelques jours et il réfléchit au discours qu'il prononcera lors de la cérémonie en son honneur. Ce discours, il s'en serait bien passé. Parler en public n'est pas son fort. Axel est un scientifique, un homme de chiffres et d'équations, d'appareils de mesure et de précision. L'emphase, l'improvisation, la capacité à rebondir qui font de certains des orateurs-nés lui sont totalement étrangères. Alors, il écrit. Et réécrit. Multipliant les emprunts à *Neiges*.

« La brique de base de la neige, c'est le flocon. Une structure remarquable qui possède six branches régulièrement disposées autour d'un centre. Chacune de ces branches se pare de branches plus petites, dont le microscope peut révéler qu'elles sont, elles aussi, garnies de branches encore plus petites. Ainsi, le flocon est l'exemple élémentaire d'une structure fractale autosimilaire dont la neige a le… »

Axel s'arrête au milieu de la phrase. Il pense aux habitants d'Alexander Bay qui seront réunis pour l'occasion. Il imagine les regards échangés, les connivences, les sourires. Peut-être que certains seront fiers de recevoir chez eux une personnalité aussi (relativement) connue. Mais, il en est convaincu, la plupart se demanderont ce qu'on peut bien trouver de si mystérieux à la neige qui accompagne leur vie de tous les jours depuis des générations. La neige, à Alexander Bay, est omniprésente. Chacun ici peut témoigner de l'épaisse couche hivernale qui enfouit la nature, les bâtiments, les routes et les esprits. Alors, en faire un livre ? Analyser les conditions de sa venue avec l'enthousiasme naïf d'un scientifique ? Décrire, tel un naturaliste de salon, les nombreuses formes qu'elle prend, alors qu'il suffit ici de regarder autour de soi pour les connaître ? Voilà qui n'est pas utile. Tout simplement pas. Ici, la violence des changements climatiques n'affecte pas encore les hivers de manière notable et, si les printemps et les étés paraissent de plus en plus imprévisibles aux locaux, les hivers les rassurent en ramenant chaque année le froid et le blanc sur leurs terres. Pendant combien de temps encore ? Difficile à dire avec certitude. Mais ici, personne ne compte les années, et surtout pas les Volkoff, qui ont le sens de l'instant présent chevillé à celui du business. Depuis l'arrivée au milieu du XIXe siècle de leur ancêtre, un major de l'armée impériale russe installé dans ce qui serait un jour Alexander Bay mais s'appelait encore Novaïa Romanovka, les Volkoff ont toujours su s'adapter, survivre et s'imposer.

Axel remanie encore une fois sa phrase d'introduction, et adresse une pensée pas particulièrement élégante à Katherine Volkoff. Sans elle, sans cette grande et belle femme approchant la soixantaine, à l'intelligence aiguisée et au regard perçant, il ne serait peut-être jamais revenu à Alexander Bay. Les événements qui ont suivi son dernier séjour ici sont encore douloureux dans sa mémoire et dans sa chair. Mais Katherine a su se montrer persuasive.

Il soupire.

Au fond, l'idée de revenir à Alexander Bay a toujours été présente à son esprit, et Katherine le sait parfaitement.

2

Six jours.

Six jours que Félix a quitté Alexander Bay pour s'engager en direction du Refuge sur la piste que les locaux n'appellent jamais autrement que « la piste Volkoff ». À la sortie d'Alexander Bay, à l'extrémité nord de Polar Avenue, un panneau en indique le départ. La piste, empruntée tous les jours par des motoneiges et autres engins à chenilles qui font l'aller-retour entre Alexander Bay et le Volkoff Lodge, est large et bien marquée sur les premiers kilomètres. Passé l'hôtel, les traces se font plus discrètes, jusqu'à disparaître complètement au pied de la crête qui domine Alexander Bay et qui, de l'autre côté, donne sur l'espace sans nom et sans bornes qui mène au Refuge.

Le Refuge.

Ce nom, la première fois que Félix a entendu Katherine Volkoff le prononcer, lui a évoqué une construction d'inspiration spatiale, une photo dans un magazine du siècle dernier qui jaunissait dans la maison de ses grands-parents quand il était enfant. Ce refuge-là, posé en plein désert californien, était constitué de panneaux triangulaires assemblés pour former une demi-sphère qui lui donnait l'aspect d'un igloo lunaire. Mais on n'est pas, ici, dans le chaud désert de Californie. On est dans un désert blanc où le froid et la neige peuvent être mortels.

Le Refuge qu'il s'apprête à découvrir au bout de la piste Volkoff est un bâtiment rectangulaire posé au sommet d'un nunatak, sorte d'excroissance rocheuse qui émerge du glacier Chugach et en marque l'entrée. À l'endroit où l'immense plaine traversée par la piste Volkoff se mêle aux derniers méandres du glacier, le Refuge apparaît en majesté, sa situation surélevée et ses façades en bois peint d'un rouge vif ponctuant la jonction. Initialement construit comme un abri de montagne fonctionnel et au confort limité, le Refuge a été transformé par Katherine Volkoff en un gîte de luxe. Au rez-de-chaussée, la grande pièce à vivre, qu'on appelle « la salle », est chaleureuse : table à manger et chaises aux lignes scandinaves, pures et élégantes, canapés en cuir qui invitent à la détente, profonds fauteuils qui entourent la cheminée centrale ouverte à trois cent soixante degrés. Et, par la baie vitrée, la vue panoramique sur le glacier est spectaculaire. La grande cuisine, laboratoire d'inox et de bois à l'équipement pléthorique, a été conçue pour accommoder le chef le plus exigeant. À l'étage, les dortoirs rudimentaires ont été remplacés par cinq chambres d'un luxe extrême. Chacune dispose d'un bain japonais en bois massif, carré et profond, et d'un sauna. Ferme et confortable, le grand lit y fait face à une large fenêtre toute hauteur qui donne sur le glacier, le ciel et les montagnes au loin. Dans la chambre 5, réservée aux hôtes les plus choyés, la verrière de toit offre à tout moment un instantané d'immensité céleste. Le Refuge compte aussi quelques pièces moins remarquables, ski room, séchoir, local technique. Et la petite chambre du gardien, sobre, fonctionnelle, un rien austère. Le gardien du Refuge, avant tout un remarquable cuisinier, doit être à l'écoute des envies de ses protégés et en même temps capable de s'adapter aux contraintes imposées par l'éloignement. Suivant les situations, il peut être aussi amené à jouer le rôle de concierge, secouriste ou confident. Il est secondé dans ses tâches par une équipe qui vient chaque semaine – si le temps le permet – regarnir le stock de vivres, faire un ménage poussé, apporter du matériel et réparer les éventuels pannes et problèmes techniques.

Le Refuge ne porte pas d'autre nom. Il aurait pu s'appeler le refuge Volkoff ou le chalet Volkoff, comme son parent éloigné le Volkoff Lodge d'Alexander Bay qui arbore fièrement le nom de la famille, mais Peter Volkoff, le père de Katherine, ne l'a pas voulu. Peter Volkoff, lorsqu'il a construit le Refuge, a insisté pour que tout le monde sache qu'il tenait à rester anonyme. Ainsi, il l'a baptisé du simple nom de « Refuge ». Katherine, après la disparition de son père, a respecté ce choix d'un nom évident, un nom digne d'une construction si rare qu'elle n'a pas besoin d'être précisée. Comme disait Peter Volkoff : « Le Lodge, c'est pour les touristes. Le Refuge, c'est pour ceux qui savent. Eux, ils n'ont pas besoin qu'on leur rappelle mon nom. Ils le connaissent. » Et personne n'a jamais osé le contredire, même après sa mort. Katherine a hérité de son père la fierté de dominer les éléments, elle a fait sien l'esprit d'initiative qui a permis à Peter Volkoff de s'approprier le nunatak et d'y construire le Refuge. Seul bâtiment à des kilomètres à la ronde, seul accès au glacier Chugach, seule terre habitée au cœur d'un grand désert blanc, le Refuge trône.

Avant même de prendre la piste qui le mène au Refuge, Félix savait déjà tout cela. La légende familiale des Volkoff, mélange d'audace, d'optimisme, de force et d'esprit d'entreprise, avait fait partie des premiers sujets abordés lors des entretiens pour le poste. Lui, était seul dans un studio façon appartement témoin d'une banlieue parisienne. De l'autre côté de l'écran se tenaient les trois héritiers de Peter Volkoff : Katherine, l'aînée, et ses deux frères, qui à eux trois géraient le Volkoff Lodge, le Refuge et toutes les affaires florissantes de la famille. Félix avait enduré plusieurs séances de discussion, questions et tests à distance, jusqu'au jour où Katherine lui avait annoncé dans un français presque parfait – alors que tous les entretiens s'étaient déroulés en anglais – qu'on allait lui faire parvenir son billet d'avion pour Alexander Bay. Ainsi, Félix partait en Alaska renouer avec le froid et la neige.

Arrivé tout début janvier à Alexander Bay, Félix y vécut des semaines denses, apprenant l'essentiel de ce qu'il fallait savoir pour devenir le gardien du Refuge. Pris en main par Franklin, guide de montagne et régisseur des domaines Volkoff, il étudia les cartes, repéra les itinéraires, apprit à identifier les pistes invisibles en hiver. Peu à peu, en préparant la longue marche vers le Refuge et le glacier Chugach, il se sentit plus léger. Les flashs se firent plus rares. Un peu moins violents. L'attente du blanc qui recouvrirait le passé lui faisait du bien.

Le soir même de son arrivée, il était allé dîner chez les Volkoff. Katherine, qui s'exprimait au nom de la fratrie, l'avait invité – « convoqué » serait plus juste – dans leur maison. Propriétaires de nombreux bâtiments, principalement des blocs de parpaings, bas et fonctionnels, les Volkoff résidaient dans l'ancienne église, et seule construction historique, d'Alexander Bay. Située au croisement de Polar Avenue et de Chugach Range Road, la grande bâtisse surmontée d'une coupole en bois affirmait la survivance du passé lointain où la ville était russe et orthodoxe. À l'abandon pendant près d'un siècle, restée debout malgré le climat et le manque d'entretien grâce à ce que tous ici s'accordaient pour qualifier de miracle, elle avait été rachetée puis restaurée dans les années 1970 par Peter Volkoff. Devenue la maison de famille, elle trônait depuis au cœur d'Alexander Bay. L'imposant salon qui avait pris la place de la nef était décoré dans le plus pur style « trappeur », avec trophées de chasse, tapis de peaux, table en bois brut et fauteuils en cuir. Seule concession à la fonction initiale du lieu, l'ancien emplacement de l'autel était dominé par une peinture sur bois représentant le prophète Élie montant au ciel. À la droite d'Élie, dans un râtelier en bois lourdement orné, patientaient des fusils de chasse.

À la fin de la soirée, Katherine avait remis à Félix un des fusils. En ajoutant, alors qu'il le prenait avec un peu d'hésitation : « *Do you know how to use it ?* » Non, mais il trouverait bien, s'était-il dit en observant que l'engin ressemblait à son jouet préféré quand il était enfant. Félix attendit d'être rentré chez lui pour étudier l'offrande. L'arme était belle, l'odeur doucereuse de graisse à fusil lui parut agréable. Le bois poli miroitait chaudement, le mécanisme d'armement semblait simple. La crosse, quand il la cala contre son épaule pour simuler sa réaction face à un ours ou une meute de loups, s'adapta parfaitement à sa morphologie. « Il est fait pour moi », se dit-il en rangeant soigneusement l'arme au fond de l'unique placard de la chambre. Ainsi, il ne partirait pas complètement seul sur la piste du Refuge.

Les jours qui suivirent, Félix partagea son temps entre la formation avec Franklin et les dîners chez les Volkoff. Il apprit à trier les nombreuses informations qu'il recevait. Il apprit, surtout, à ne rien croire avant d'en avoir obtenu confirmation auprès de Katherine. Ainsi, il finit par avoir une image très précise de la façon dont les Volkoff surfaient sur l'histoire des pionniers venus de Russie. Il se fit une idée elle aussi très précise de chaque étape de la rénovation du Refuge, un sujet sur lequel Katherine était intarissable. Alors que ses frères étaient restés éternellement béats d'admiration devant leur père et n'auraient jamais osé toucher à son paradis brut sur fond blanc, Katherine, au-delà de l'admiration, avait su réfléchir et projeter. C'était elle qui, anticipant l'afflux des apprentis aventuriers de plus en plus nombreux à venir chercher la neige là où elle n'avait pas encore cessé de tomber, avait dynamisé l'activité d'Alexander Bay. Sous son impulsion, le Volkoff Lodge était devenu un camp de base pour amateurs de poudreuse et le Refuge, cet ancien havre familial et amical, une version hypertrophiée d'un refuge de montagne. C'était Katherine encore qui avait développé la compagnie d'aviation assurant les navettes entre Anchorage, Alexander Bay et le Refuge. Elle, toujours, qui avait embauché ses deux frères peu enclins à chercher du travail alors qu'ils étaient les rois d'Alexander Bay, des rois sans royaume ni perspective, mais que pouvait-on concevoir depuis Alexander Bay, à part la grande plaine blanche et l'idée du Refuge ?

Les journées avec Franklin furent sérieuses et productives. Le lendemain de son arrivée, Franklin emmena Félix chez lui. Sa maison, située un peu en retrait de Polar Avenue, était un grand chalet carré en rondins sorti tout droit d'un Grand Nord fantasmé. Ils allèrent directement dans la réserve, une construction cubique qui jouxtait le chalet. Franklin ouvrit la porte et s'effaça pour laisser passer Félix qui stoppa net, interdit : la réserve de Franklin était une caverne mythique.

Félix parcourut la pièce du regard. À gauche en entrant, un mur entier était consacré au matériel d'escalade rocheuse – mousquetons, dégaines, coinceurs, pitons, sangles, longes, cordes –, le tout parfaitement rangé, parfaitement aligné. Les cordes parfaitement lovées, pas un tour ni une irrégularité dans les beaux serpents qui dormaient sur le mur.

Après le coin, le mur suivant était consacré à la progression sur neige et glace. Des crampons de tous styles, à lanières, à fixations automatiques comme sur des skis, avec à l'avant une ou deux pointes, verticales ou horizontales ; des piolets de toutes longueurs aux lames plus ou moins incurvées, aux manches plus ou moins droits, certains terminés par une pointe, d'autres par une poignée.

Félix buvait les explications de Franklin, s'imprégnant du matériel, repérant les différences, enregistrant les fonctions, écoutant le maître des lieux comme il l'avait fait lors de son premier stage en cuisine à l'Auberge du Père Bise. Solides, techniques et opérationnels, les outils de Franklin l'impressionnaient. Ils seraient là, lui dirent-ils dans un bel unisson de vibrations métalliques, pour l'assister. Dans le même temps, une autre voix, insidieuse, lui susurrait ses inquiétudes : ces outils si perfectionnés ne devaient leur existence qu'aux difficultés qu'on pouvait rencontrer. Toutes ces parois, tout ce vertical, ces falaises à gravir, ces neiges et ces glaces à maîtriser, Félix saurait-il s'y comporter ? Il sentit une boule se former quelque part sous le cœur, une petite masse pas encore solide mais qui risquait de s'installer s'il la laissait trop tranquille. Et puis il se raisonna : il n'allait que jusqu'au Refuge, il n'affronterait pas seul les montagnes qui le dominaient. La petite voix disparut, dissolvant la boule avec elle.

Franklin lui prit le coude et le fit pivoter de quelques degrés vers la droite, et le tour d'observation reprit. Sur le mur en face de l'entrée, le matériel d'expédition. Plusieurs modèles de pulkas, ces traîneaux légers faits pour être tractés à ski. Suspendus au mur, tubes d'aluminium, harnais, câbles, bâches et sangles complétaient l'équipement. Franklin montra à Félix le modèle qui lui conviendrait pour son trajet jusqu'au Refuge, une pulka de grande capacité que Félix adopta aussitôt en lui donnant un petit nom secret.

Enfin, le dernier mur accueillait tentes, matelas et sacs de couchage. Là aussi, le choix fut fait par Franklin, un sac de couchage à l'épreuve des froids extrêmes et une tente le plus petite et le plus légère possible. Félix ne se sentait pas convaincu par ce toit minimaliste, mais Franklin le rassura : « La tente te protégera un peu de l'humidité, et surtout de la peur. L'important, c'est le sac. »

En quittant la réserve, Félix se sentit transformé.

Les jours suivants, par petites touches, Franklin continua de partager des informations vitales avec lui : ne pas serrer le poignet d'une moufle ou d'un gant par grand froid, sous peine de couper la circulation. Ne pas trop serrer les lacets de ses bottes de neige. Ne pas suer, sous peine de se refroidir et de risquer une hypothermie. Savoir creuser un abri sous la neige pour se protéger en cas de tempête. Les petits trucs qui font la survie, que Franklin donnait à Félix sur le ton neutre et factuel de celui qui indique un chemin ou détaille une recette.

À mesure qu'il s'acclimatait, Félix revivait. Son envie de la neige se réactivait. La neige qu'il avait fuie, la neige qu'il avait crainte, haïe puis regrettée, de manière si aiguë qu'il n'en dormait plus. Félix avait besoin de pureté. Il avait besoin de la neige comme de l'air qu'on respire, contre le lent pourrissement des sens dans la puanteur de la ville. Ici, aux confins du continent américain, si près de la Russie extrême-orientale, en plein hiver, la neige régnait encore. Recouvrant les tristesses, enveloppant dans une froide touffeur les actes et les paroles qui l'avaient meurtri.

Après trois semaines passées à Alexander Bay, il était temps de partir. Félix ne pouvait plus rien apprendre sur place. Il devait se frotter au froid, à la neige, à la piste, et se rendre au Refuge pour accueillir les premiers alpinistes de la saison, un groupe venu tenter l'ascension hivernale de la pointe Chugach. Les derniers moments de son séjour dans le petit empire des Volkoff, Félix les passa à organiser le chargement de sa pulka. Vêtements. Tente. Sac de couchage. Matériel de camping. Vivres. Quelques denrées alimentaires de choix. Toutes les affaires, jusqu'au moindre détail, étaient organisées pour supporter le froid qui pouvait à tout moment descendre sous les –25 degrés, contre la neige qui pouvait tomber pendant des jours entiers sans discontinuer. Lorsque tout fut en place, il contempla avec une certaine émotion, et une pointe d'inquiétude, les cinquante et quelques kilos qu'il allait traîner jusqu'au Refuge.

Il était prêt, autant qu'il lui était possible de l'être. Jamais il ne serait plus prêt. Il était temps de partir.

« Tu sais qu'on peut te déposer en avion ? » lui avait dit Katherine la veille de son départ, alors qu'ils finissaient un fastueux dîner de caviar, saumon, viandes rôties et légumes variés.

« Oui. Tu me l'as dit. Mais je dois sentir le Nord. Pas seulement en vivre. Je veux LE vivre. »

Alors que ses frères souriaient d'un air supérieur, Katherine comprenait Félix. Elle n'avait pas pour habitude de savourer la confortable passivité d'une notable d'Alexander Bay. Elle savait qu'il fallait avancer, toujours. Avancer et vivre, ou stopper et mourir. Ses frères, engoncés dans la paresse qui souvent caractérise ceux qui n'ont pas eu à lutter pour survivre, ne comprenaient rien de l'intensité ni de la force de Katherine. Alors, les reconnaître à cet étranger, cet ignorant de l'Alaska, ce Français qui était, après tout, leur employé, ils ne le concevaient pas. Eux qui ne quittaient jamais Alexander Bay autrement qu'en avion ou en hélicoptère ne percevaient plus la formidable sauvagerie de la nature. Ils n'éprouvaient plus le sentiment d'impuissance mâtiné d'effroi que l'univers hostile et spectaculaire d'Alexander Bay inspirait à ceux qui le découvraient, comme Félix. Ceux qui le respectaient, comme Katherine, comme Franklin. Ceux qui en ressentaient la puissance tellurique. Katherine n'avait jamais tenu Alexander Bay pour acquise, contrairement à ses frères dont les sens s'étaient émoussés à force de confort et qui perpétuaient sans discernement leur mode de vie exubérant. Elle n'avait pas oublié leurs ancêtres russes, pas plus qu'elle n'avait oublié la lutte permanente des Alutiiqs autochtones, Inuits venus de régions encore plus froides pour s'installer près du golfe d'Alaska. Katherine portait en elle un assemblage de puissances totémiques qui composaient sa personnalité : forte, adaptable et téméraire.

La soirée s'acheva par une dégustation de vodkas aromatisées, et de nombreux toasts furent portés afin que Félix arrive sans encombre au Refuge. Rentré chez lui, il se coucha sans réussir à s'endormir. Les yeux ouverts fixant les étoiles par la fenêtre éclairée comme en plein jour, la peur revenue le taquiner au ventre, il mit ses écouteurs pour écouter un de ses podcasts préférés, extrait de la série des podcasts de Véra. Véra, la voix des mots d'amour et de hasard qui, depuis qu'il l'avait découverte, le détendait. Apaisé, il avait compté les heures qui le séparaient du grand départ.

Le lendemain matin, il prenait la piste.

3

Le premier soir, Félix dormit au pied de la crête qui borde Alexander Bay au nord. Le Volkoff Lodge encore en vue lui procurait un semblant de réassurance nécessaire pour sa première nuit glacée. Le lendemain matin, il tourna le dos à la ville, ses yeux se portèrent vers le blanc infini qui l'attendait, et il sentit une béance motrice se faire en son ventre, douleur exquise qui le forçait à partir. Après un petit déjeuner copieux et le chargement consciencieux de la pulka, il se mit en route et ses lèvres sourirent dans le vent. Le soleil à sa droite restait bas, effleurant à peine son visage, pourtant son réchauffement était fort. Sans se retourner, il parcourut les premiers mètres guidé par le cairn géant qui marquait la piste, atteignant le haut de la crête avant de franchir le col Volkoff et de descendre dans une combe qui menait au fond d'une vallée. Il ne se retourna qu'au moment où, il en était sûr, il ne verrait plus aucun signe de vie humaine. Et l'impression fut grandiose. Devant, derrière, sur les côtés, en haut, partout où portait son regard, se trouvaient le blanc, le ciel, quelques rares rochers affleurants qui ponctuaient l'étendue de gris et de fauve. Pas de ville, village, hameau, maison, humanité. Un monde à lui seul, froid et brillant, un monde à pleine vue, à pleins poumons. Un monde tout neuf pour se refaire. Ce matin-là, Félix comprit qu'il avait eu raison de partir pour le Refuge. Les sons autour de lui avaient la lourdeur de l'hiver, les rebonds vains de l'air sur la neige qui l'étouffait, les grondements sourds des bourrasques, le rare cri d'un oiseau ; et lorsque la nature se tait, le glissement rythmique des skis sur la neige, de la pulka dans ses traces. Le souffle de Félix, aussi, régulier, chaud, contrôlé, agitant sa cage thoracique par petits soubresauts. L'univers s'intériorisait, devenait sien, à la fois immense et concentré dans les pas de Félix, ses respirations, les captations de ses yeux quand ils se posaient – mais souvent, ils ne se posaient pas, ne faisaient qu'effleurer eux aussi, tout à leur vie intérieure, à la quiétude environnante, trompeuse et réelle à la fois. « Ce monde est à moi », se disait-il à mesure que la vallée du premier jour s'élargissait pour se transformer en un vaste plateau uniformément recouvert de neige. « À moi seul », se dit-il encore lorsque, la tente montée, la neige fondue, le repas lyophilisé délayé, il s'installa face au nord pour dîner en compagnie de l'étoile Polaire. Bien fixée au-dessus de sa tête, elle brillait comme un soleil et ses reflets imaginaires sur la neige transformaient en Voie lactée l'étendue sur laquelle Félix campait. « Je suis dans les étoiles », se dit-il une dernière fois avant de s'endormir comme dans un rêve, enfoui dans un duvet profond, les bras le long du corps, le dos à plat, totalement immobile. Dans le cocon d'une tranquillité qui l'avait fui depuis longtemps.

Cette nuit-là, Félix s'endormit dans les étoiles et se réveilla dans le blizzard. Les tremblements de la tente qui venaient lui taper l'arrière du crâne, les sifflements qui accompagnaient les mouvements erratiques des arceaux, les gouttelettes de condensation qui tombaient sur son nez, ses yeux, sa bouche l'avaient réveillé bien avant le soleil. Et lorsqu'il sortit, tout habillé, de la tente, il se trouva pris dans des tourbillons glacés qui le percutaient, le bousculaient, l'aplatissaient. Lui enjoignaient, comme il finit par le comprendre, de rester à l'abri en attendant une clémence du temps.

Au matin, une grosse neige se mit à tomber. Une farine épaisse, grumeleuse, qui s'accumulait à une vitesse effrayante sur le toit de la tente, au point qu'il devait sortir toutes les heures pour pelleter et dégager un passage. Devant la tente, la pulka était à peine visible, seul le haut des montants dépassait de la neige fraîche. Le jour passait invariablement. Le soleil déclinait sans prévenir. Félix fit une pause pour manger, sans trop savoir l'heure, se fiant à la faim. Un peu plus tard, lorsqu'il ressortit de la tente pour pelleter de nouveau, le jour blanc était devenu nuit noire.

« C'est à moi, ici, mais qu'est-ce que je vais bien pouvoir en faire ? » se dit-il alors qu'il tentait de s'endormir, sans remarquer que le bruit du vent et les impacts des flocons diminuaient d'intensité, jusqu'à cesser complètement. Quand il se réveilla, un peu perdu, au milieu de la nuit, et qu'il ouvrit la tente, Félix vit son étoile Polaire si lumineuse dans le ciel dégagé, et il sourit.

Il serait bien, ici, il serait parfaitement bien.

Six jours que Félix marche.

Ses yeux, depuis le blizzard, sont nourris de bleu et de lumière. Bientôt, Félix débouchera de la piste Volkoff pour arriver au Refuge. Mais pour l'instant, il s'emplit encore de marcher dans le vide, le froid, le blanc, l'éclat. Les jours se sont écoulés paisiblement, un peu monotones dans la lumière dure de la neige et les rayons tangents du soleil. Glisser sur les skis, traîner la pulka. Glisser, encore. Se poser. Pas longtemps. Dans le froid, dans le vent, il faut progresser lentement, et s'arrêter peu. Les heures simples se sont succédé en une série de répétitions qui nettoient l'esprit. Longues journées sur les skis, courtes nuits sous abri, rythme nycthéméral ponctué par les repas du matin et du soir, le sifflement réconfortant du réchaud, le frémissement rassurant de la neige qui fond. Le bruit mat du contenu des sachets de nourriture lyophilisée jeté dans l'eau chaude. Le tourbillon des matières qui gonflent à couvert, les cinq minutes à patienter. Félix, avant d'être le gardien du Refuge, est avant tout un cuisinier : le curry de lentilles déshydratées et riz basmati servi avec son *chicken masala* en poudre, il l'avait jugé avec circonspection en faisant les courses au supermarché spécialisé dans les activités d'extérieur d'Alexander Bay. Mais dès la première bouchée, il s'est pris au jeu, attendant chaque après-midi avec un début d'impatience le moment de déguster le repas du soir, abordant chaque matin avec une franche envie de petit déjeuner. Surtout, il s'est pris au jeu du temps entre les deux repas. Le temps long et lisse de la glisse sur le blanc. Parfois monter, un peu. Parfois descendre. À petite vitesse. Son souffle qui les premiers jours encombrait ses oreilles s'est fait progressivement plus discret. Félix, maintenant, respire sans y penser. L'air entre et sort comme d'une deuxième maison, ses poumons se thermalisent, plus rien n'est froid. Le corps sous les couches protectrices, doigts bien cachés dans ses moufles, pieds bien au large dans ses chaussures, mollets protégés par les surbottes, Félix avance régulièrement.

Et l'esprit se nettoie.

La dureté des dernières années, les tensions intérieures, celles qu'il ressentait partout, dans la rue, au travail, le jugement qu'on portait – forcément – sur lui, les manques, les contraintes et les violences contenues se dispersent dans l'air pur et l'horizon grandiloquent. Dans le rythme régulier qui semble ne jamais prendre fin. Dans le temps infini qui ne s'écoule plus, gelé, statique, les jours et les nuits se déroulent à l'identique. Une même journée, une même nuit qui recommencent sans cesse. Le temps n'avance plus, Félix ne vieillit plus, chaque jour est une vie.

Lorsqu'il l'atteindra ce soir, le Refuge marquera l'arrêt. La fin d'être hors du temps. Le retour au quotidien. Alors, Félix profite d'être à l'instant. Les pensées obsédantes s'évacuent sans violence, elles glissent de l'esprit comme des skis sur la trace, sans heurts. À l'approche du Refuge, Félix se sent bien, comme il s'est souvent senti bien depuis qu'il a quitté Alexander Bay pour le désert blanc. À progresser sur la neige, en toute immensité. En pleine solitude qui ne pèse pas. Qui le caresse intérieurement.

Oui, pendant ces six jours, il s'est souvent senti bien.

Souvent, mais pas toujours.

À certains moments de trop de solitude, quand l'univers ne le comblait pas, quand la beauté s'estompait ; aux moments de lassitude en milieu de journée, trop tard pour regretter d'être parti et trop tôt pour s'arrêter, quand le Refuge lui semblait s'éloigner alors même qu'il s'en rapprochait ; les moments de moins bien, de vide, de creux, les moments où « tu ne sais plus si tu perds le nord ou si le Nord te perd » (difficile de s'extraire des dictons de Franklin) ; à tous ces moments-là, il y avait Véra. Quand souffler lui pesait, quand inspirer l'incommodait, quand le poids de la pulka, le vent ou le froid, la lumière irréfragable lui bastonnaient les sens, quand son esprit n'arrivait plus à flotter et qu'il avait conscience de lutter, il y avait Véra. Sa voix qui infusait à travers les écouteurs. Depuis qu'il les a découverts, les podcasts de Véra l'emmènent dans une intimité partagée, une chaude nuit sensuelle, un bain de bonheur qui le masse, pénètre ses vêtements, huile sa peau, pétrit ses muscles. Lui redonne envie.

Pour Félix, la voix de Véra est un baume tout-puissant.

L'union avec Véra a commencé peu avant son départ pour Alexander Bay. C'est Katherine Volkoff qui, lors de leur dernier entretien à distance, alors que Félix était engagé et qu'ils discutaient de la vie parisienne, avait mentionné sa « petite protégée » : Véra, une jeune journaliste de radio qu'elle connaissait depuis toujours, et dont la dernière émission rencontrait un succès mérité. Félix avait enregistré l'information sans y prêter vraiment attention, jusqu'au soir où, à quelques jours du départ, il avait débarqué chez un des derniers amis qu'il supportait encore. L'ami écoutait l'émission de Véra. Félix s'était assis et l'avait écoutée lui aussi. Saisi par sa voix, ses mots, ses phrases, Félix avait plongé dans Véra, allant jusqu'à faire taire son ami surpris de le trouver aussi concentré. Il avait suivi l'émission jusqu'au bout, s'était levé à la fin et avait vagabondé dans les rues de Paris en se répétant les mots de Véra.

Depuis, ses mots le captivent. Oui, et ils l'intriguent aussi. Ses mots d'amour, de désir et de hasard ont le pouvoir de traverser sa conscience pour venir se loger dans quelques zones en jachère qui attendent d'être réinvesties. Ces zones, que Félix ne connaît plus très bien, zones peu sollicitées, ce sont les zones du sentiment amoureux, que Véra lui permet de redécouvrir. Après ce qui était arrivé, il n'aurait pas cru que cela redeviendrait possible.

Les premiers jours après avoir quitté Alexander Bay, Véra lui parlait le soir. Après l'effort. Après le dîner. Allongé dans la tente, Félix l'écoutait. S'apaisait au souffle de sa gorge, s'éveillait à ses rires, ses éclats de voix, ses longues expirations lors d'un passage intense. Bien enfermé dans son duvet, les écouteurs fichés dans ses oreilles sous le bonnet, insensible au vent dehors, aux claquements de la tente, Félix se laissait aller à la détente de Véra. Les premiers jours, il l'a juste dosée. Dégustant ses paroles avec parcimonie. Les premiers jours, quand tout était découverte, joie et nouveauté. Quand il voulait tout goûter de sa grande traversée. Les jours d'avant la possibilité de la lassitude. Franklin l'avait prévenu : « Six jours tout seul, c'est long comme l'éternité. » Il parlait d'expérience, lui le vétéran d'expéditions toutes plus engagées les unes que les autres. Pour Félix et son quotidien d'avant, six jours ce n'était rien, une petite semaine, des heures qui filent, des jours qui défilent, des soirées et des nuits sans rien à signaler.

Il ne mesurait pas.

Six jours dans le blanc, c'est tout autre chose. Les heures passent, ou ne passent pas, on ne sait pas. La nuit, parfois on dort, parfois on attend le passage du temps. Le jour, on marche. Entre les deux, les gestes d'une routine vite installée. Alors, il est arrivé que Félix convie Véra pendant la journée. Elle a su redonner du rythme à ses pas, encourager ses respirations, l'aider à récupérer de ses fatigues ou de ses baisses d'enthousiasme. À ces moments-là, Félix s'est senti agi par la voix, lorsque l'envie seule d'avancer ne suffisait plus et que les idées qui s'invitaient dans sa tête se teintaient de noir.

Bientôt, ce sera l'arrivée. Pas encore celle des clients mais déjà l'atterrissage dans l'abri ferme et bien planté, le dur, les murs. La voix de Véra s'éteindra le temps de faire connaissance avec le Refuge, de sentir ses organes, trouver ses articulations, tester ses réflexes. Peut-être même que Félix l'oubliera. Mais pas tout de suite. Les épaules et les cuisses en rythme sur la neige, la taille accrochée à la pulka, les pieds et les mains solidaires des skis et des bâtons, dans une fluidité de geste devenue familière, Félix parcourt avec Véra les derniers kilomètres d'une plaine dont on ne visualise pas la fin, les distances impossibles à évaluer sans autre repère que la chaîne de montagnes au loin qui ne semble pas se rapprocher.

Soudain, le point rouge du Refuge émerge sans ambiguïté du blanc qui l'entoure.

À sa vue, Félix sent la fatigue l'envahir brutalement. Six jours de traversée. Six jours à déchiffrer la plaine enneigée. Les journées à labourer, les nuits à tendre l'oreille pour éviter d'être surpris. Il était plein d'énergie en partant, il a beaucoup dépensé et il faut tout l'accent de Véra, son souffle, ses légers « Rrrr » et ses discrets chuintements, il lui faut toute la résonance de la voix qui parfois s'égare dans les basses comme on se perd dans le brouillard, pour l'amener jusqu'à la porte du Refuge.

4

Véra

Véra, c'est moi. Née à Paris de mère radicale et père inconnu. Fille de nuits blanches et de rencontres au hasard. Véra Ouraltseva. Peut-être connaissez-vous déjà ma voix ?

La légende familiale a établi l'existence d'un grand-père venu d'Extrême-Orient, descendant d'une lignée de trappeurs qui prospéraient en Alaska quand l'Alaska était russe. Un héros prisonnier de guerre des Allemands qui avait survécu au froid qui déchirait les peaux, trouait les pieds, les mains, les estomacs. Marié sur le tard à la fille d'un commissaire du peuple vingt ans plus jeune que lui, ils avaient eu une fille. Svetlana. Ma mère.

Svetlana était une tête : professeure de physique mathématique à l'Institut Steklov de Saint-Pétersbourg dans un pays où l'aristocratie était membre du Parti, ouvrière ou scientifique. Après la mort de ses parents,

Svetlana en avait eu assez de l'autocensure, de la peur des paroles prononcées un soir de vodka qu'on regrette le lendemain. Des voyages professionnels hyper-encadrés, hyper-surveillés, hyper-dénoncés. Peu confiante dans la perestroïka naissante, Svetlana, en bonne spécialiste de la théorie de la relativité, avait traversé l'espace-temps. Emmenant avec elle le tout début de moi. L'œuf de moi ensemencé lors d'une soirée qui avait d'abord mal tourné, mais finalement, plutôt bien, comme elle me le disait souvent.

Il y a quelques semaines, Katherine Volkoff m'a appelée. Une grande vague de réconfort m'a submergée quand j'ai entendu ses premiers mots, son français accentué, son rire. Tout son style imprégnait sa voix chaleureuse. Elle est allée droit au but, m'invitant à la cérémonie en l'honneur d'Axel Kantor. Elle avait tout prévu, le vol long-courrier de Paris à Anchorage, le petit avion jusqu'à Alexander Bay, ma chambre au Volkoff Lodge et même un séjour au Refuge. Tout le programme était établi, je n'avais qu'à dire oui. Je n'avais pas le choix, je devais dire oui, j'étais plus qu'attendue, j'étais, paraît-il, indispensable.

Indispensable, vraiment ! Alors, est-ce que j'ai hésité ? Est-ce que j'ai réfléchi ? Non. Pas une seconde. J'ai dit oui, posé un congé et je suis partie pour Alexander Bay.

Quand je débarque du De Havilland de la compagnie Volkoff Aviation qui assure la liaison entre Anchorage et Alexander Bay, Katherine m'attend sur le tarmac. Droite et haute, les cheveux tirés en arrière dégageant son visage triangulaire aux pommettes hautes, les yeux d'un bleu soutenu, presque liquide, l'esquisse d'un sourire. De loin, c'est toujours la même Katherine, la boss incontestable, la sainte patronne matérialiste et ambitieuse d'Alexander Bay.

Nous faisons quelques pas l'une vers l'autre, des pas lents, que je savoure. Peu à peu, des touches de vieillissement se superposent au souvenir, quelques rides, des cheveux blonds devenus blancs, la peau des mains marquée de tavelures. Arrivée à deux mètres d'elle, je me jette dans son embrasse comme lorsque j'avais huit ans et qu'elle nous avait accueillies la toute première fois au Volkoff Lodge.

— Véra, Véra ma chérie, quelle joie de te revoir !

À ces mots, je fonds. La dernière image de ma mère et Katherine, les deux femmes phares de mon enfance en train de se dire un au revoir qui allait devenir un adieu, me brouille la vue.

— Svetlana… elle aurait tellement aimé…

— Je sais, ma chérie, je sais.

Sa voix, sa chaleur, son énergie me bouleversent. Katherine laisse passer quelques instants d'émotion, puis nous partons pour le Volkoff Lodge.

En chemin, elle me donne des nouvelles du pays. Elle me parle du Refuge, son sujet de prédilection de toujours, et du reportage que j'ai promis de faire. De son nouveau gardien Félix, un chef passé par certaines des meilleures tables françaises et dont l'histoire personnelle, me dit-elle d'un air de conspiratrice, devrait m'intéresser. Je lui en demande la raison, elle ne répond pas, je la presse un peu, elle esquive sans gêne. Katherine Volkoff n'a rien à justifier. Elle ajoute simplement : « *Maïa milaïa*, je te laisse découvrir. Il fera un fantastique sujet pour tes podcasts. » Son « ma chérie » de Russe ancestrale me fait fondre et j'en oublie d'insister. Son enthousiasme me donne envie d'aller voir ce Refuge qui semble difficile d'accès. Les alpinistes qui viennent de partir ont dû patienter plusieurs jours avant de s'y rendre, et je ne sais pas encore quand je pourrai faire le trajet à mon tour. « Quand le temps le permettra », me dit Katherine en riant. Nous parlons ensuite de l'arrivée prochaine d'Axel, et de la cérémonie en son honneur. « Tu vas être follement heureuse de le revoir ! » m'assure-t-elle d'un ton enthousiaste.

Je ne sais pas trop. Le ciel bas qui annonce la neige épaissit le mystère de mes retrouvailles avec Axel.

5

Au Refuge, les vues sont multiples.

Depuis la salle, la baie vitrée donne sur le glacier Chugach, un spectaculaire amphithéâtre de plusieurs kilomètres de diamètre. Au loin, la chaîne des montagnes Chugach inscrit sur l'horizon son alternance de cimes aux pointes aiguisées, dentelles de roche noire aux ombres effrayantes, et de larges croupes blanches prolongées d'arêtes de neige effilées qui montent lentement vers le ciel. La chaîne s'achève, à l'ouest, sur la gauche lorsqu'on l'observe depuis le Refuge, en une pente douce qui descend vers la mer. Elle culmine à la pointe Chugach. La pointe Chugach est uniformément blanche de toute la neige accumulée depuis l'automne. De loin, elle revêt un aspect presque débonnaire, les pentes qui en découlent sont lisses et pures, attirantes. Son nom officiel, en référence à la langue alutiiq des peuples du golfe d'Alaska, est

« pointe Chugach », mais on l'appelle souvent « la pointe », sans autre précision. Ce que Franklin avait expliqué ainsi à Félix : « Il y a peut-être des alpinistes qui l'ont gravie, mais ils ne l'ont jamais dit. Alors, pas de narration, pas de nom. » Invisible depuis le Refuge, sa face nord, raide et brutale, se précipite dans la mer comme si la montagne avait été tranchée net. Car ici, la terre ne s'arrête jamais de bouger. Soumise aux forces des glaces qui s'étirent et se cassent, fondent et se reprennent avec le chaud, le froid, l'eau et les vents, la montagne est mouvante. Le pergélisol déstabilisé libère des blocs qui roulent jusqu'au glacier pour former des chaos difficiles à franchir. Chaos dont seule l'épaisse couche de neige hivernale masque la rugosité. Pendant l'été, les pierres délogées de la face nord par les aberrations climatiques tombent en pluies de météorites terrestres qui se fracassent contre la grève. Au-dessus de ces pierres, de ces blocs, du glacier, de la neige, la pointe Chugach est un trait de pureté. Ligne de démarcation entre le ciel et la terre, son ampleur, son évidence dans le paysage, l'arête ouest longue et esthétique, la face nord qu'on devine redoutable lui accordent toutes les qualités d'un objet du désir de l'alpinisme.

De l'autre côté, depuis l'entrée du Refuge, la vue est immense. Difficilement soutenable. Passé le point de couleur du poteau orange qui, émergeant à peine de l'épaisseur de neige, marque l'arrivée sur le nunatak, le blanc s'installe. Alors, l'œil cherche, parcourt le champ, s'agrippe aux rares éléments qu'il discerne. Dans un rayon d'une centaine de mètres autour du Refuge, on devine quelques plissements, quelques accumulations de neige soufflée sur des embryons de relief, quelques variations. Puis, plus loin, plus rien. L'œil ébloui glisse sur la plaine sans horizon qui se fond en elle-même, ne révélant que son uniformité.

Ce matin, comme chaque matin depuis qu'il a investi le Refuge, Félix inspecte la plaine. Immobile dans la cuisine, les yeux rivés, il observe. Face à lui, perché au sommet du poteau orange, se tient le harfang. L'autre présence vivante de la plaine hivernale. Les yeux jaunes de l'oiseau sertis dans leurs orbites plumées de blanc scrutent Félix sans ciller. Des yeux impavides. Ses plumes sont d'un blanc à peine moucheté – un mâle. Félix sourit. Le harfang, lui semble-t-il, hoche la tête. Entre les deux êtres, un dialogue s'est établi dès l'arrivée de Félix. Dialogue tout en nuances de regards, en subtils remerciements de l'oiseau à l'homme pour avoir expulsé les primo-occupants du cellier du Refuge. Les souris, mulots et autres rongeurs installés à l'intérieur du Refuge y seraient bien restés après que l'humain l'avait investi. Dedans il fait bon, la nourriture abonde, ainsi que les recoins tranquilles pour faire un nid et donner le jour. Dehors il fait froid, les plantes, insectes et graines sont enfouis sous l'épaisse couche de neige. Mais l'homme a été sans pitié, et le harfang l'imite à la perfection de son immobilité. L'ambre de ses yeux ne le signale que s'il le veut. Le reste, sur le blanc, se fond. Quand son guet patient devient vol, ses battements d'ailes lents et amples n'annoncent pas sa venue – ou trop tard.

Félix est fasciné.

Aujourd'hui, le harfang semble satisfait de la lumière qui réchauffe un peu la plaine, du vent qui est retombé et ne fait plus craquer la charpente du Refuge. Il n'a pas bougé depuis que Félix a pris place dans la cuisine. Hiératique, il est un totem. Invulnérable. Perpétuel. Montrant l'exemple. Ses yeux sont garants de l'équilibre, de la survie, de la permanence. L'absence de tension se lit dans sa pose, il ne résiste à rien, les éléments l'entourent sans le contraindre. Hier, il est resté toute la journée immobile, invisible dans le blizzard, la neige se confondant avec ses plumes que le vent était incapable de déranger. Il a passé la journée perché, les yeux clos. D'une patience inépuisable dans le blanc-gris cinglant. Aujourd'hui, l'air est apaisé et le harfang ira planer sur la plaine, scrutant le sol, guettant le passage d'une proie de belle taille, lièvre bondissant hors de la neige à la recherche d'une nourriture rare ; oie égarée à basse altitude, en direction du sud ; lemmings en expédition, inconscients de leur sort. Lorsque le soleil déclinera, le harfang s'envolera, abandonnera son poteau, le Refuge, la fenêtre. Mais pas encore. Pour l'instant il est bien là, ses yeux dorés offrant à Félix une rétrospective personnelle de vie antique et animale. Le film qui s'y déroule est muet, certaines des images qu'ils projettent vers l'esprit de Félix sont floues. S'y mêlent les trois dimensions du vol, les deux dimensions de la plaine. Des animaux singuliers qui surgissent. Une rencontre brutale, blanc qui déchire et blanc qui rougit. Un cri qui s'échappe de la plaine. Et de nouveau, l'altitude. Félix parcourt le paysage dans les yeux du harfang. S'abstrait de la cuisine, du Refuge, de ses souvenirs et se perd dans la contemplation d'un monde étranger qu'il sent, à cet instant, plus proche. Accessible. Un monde de silence sans bornes où la chaleur du sang est la seule protection, un monde où la moindre fuite de fluide vital, la moindre immobilité exposée peut entraîner la mort. Un monde de sauvagerie explosive qui alterne avec de longues plages de calme et de pureté.

Singularités isolées dans ce monde sans humains, quelques points de couleur apparaissent au loin. Le premier groupe de la saison, un groupe que Félix attend depuis trois jours, son arrivée retardée par la météo difficile. Ils sont six, trois hommes, deux femmes et un guide, des skieurs-alpinistes de haut niveau venus pour tenter l'ascension hivernale de la pointe Chugach et la descente à ski en face nord. Franklin les avait décrits à Félix comme « des chasseurs de neige à la recherche de la neige la plus pure, celle qui n'existe plus ailleurs : la dernière neige ». Ces « accros à gros ego » (Franklin, toujours) avaient prévu de voyager à ski jusqu'au Refuge, mais le mauvais temps les a contraints à retarder leur départ d'Alexander Bay. Devant l'insistance de Katherine Volkoff qui tenait absolument à ce qu'ils soient de retour pour la cérémonie en l'honneur d'Axel Kantor, ils ont accepté qu'on les dépose en avion à une journée de marche du Refuge. « Des puristes, des vrais », avait dit Franklin d'un ton goguenard en annonçant leur arrivée à Félix. Drôles de puristes, drôle de marche d'approche, se dit Félix. Maintenant qu'il les voit, il sent poindre une légère appréhension. Le calme du Refuge sera bientôt secoué par les récits d'exploits, les digressions sur la montagne et l'alpinisme, les anecdotes répétitives, blagues pas drôles et rires bruyants. Félix, lui, devra nourrir, servir, ranger, nettoyer. Alimenter le feu dans la cheminée. Reconstituer les réserves d'eau de fonte. Dégager les accès après les chutes de neige. S'assurer par ses gestes du quotidien que chacun reste d'humeur égale. Car une semaine au Refuge, par une forme de dilatation du temps et de compression de l'espace qui augmente les connexions et les intensifie, peut présenter de multiples facettes. Une journée sous le soleil à skier une neige légère au pied des sommets, et la troupe rentre au Refuge pleine de sourires et de joie de vivre. Suivent un dîner savoureux, de bonnes bouteilles, quelques heures de détente avant un sommeil réparateur : la vie est si belle ! Mais les conditions peuvent tourner, la météo se pourrir et on passe la journée derrière les vitres saturées de flocons qui colorent le jour en blanc. Le vent gifle lorsqu'on tente d'ouvrir la porte, l'absence de visibilité empêche toute tentative de faire ne serait-ce que quelques pas dehors. L'humeur, au départ maussade, devient rugueuse, les caractères se frottent, crissent et s'accrochent, les livres, les histoires et les jeux ne distraient plus. Le dîner est raté, trop cuit, fade ou trop copieux, source de désagréments, de critiques, de remarques. Les compagnons s'aiment moins et se le font sentir. Et il y a pire encore, la sortie qui vire catastrophe. La surprise, mauvaise, forcément mauvaise, l'accident, le groupe qui rentre diminué, les visages fermés. Les mains qui se tordent, les regards de reproche, les échanges sans aménité. Les silences. Les vindictes qui se préparent. Oui, une semaine au Refuge et tout peut arriver.

À mesure que le groupe se rapproche, Félix distingue les détails de l'équipée. Une personne est en tête, suivie d'un groupe de trois assez étiré et, plus loin, d'un groupe de deux bien compact. Les couleurs sont vives, rouge, jaune et vert. La personne qui mène le groupe lui apparaît distinctement maintenant : c'est une femme. Elle prend pied sur le nunatak au niveau du poteau délaissé par le harfang et glisse tranquillement jusqu'à la porte du Refuge. Félix sort pour l'accueillir.

— Salut ! Moi, c'est Félix

— Salut, Félix. Moi, c'est Anna. La guide.

— Ah… ça ne devait pas être Franklin ?

— Si, mais il y a eu un changement de programme.

— Ah, OK… Bienvenue au Refuge.

— Merci.

Anna se tourne en direction des alpinistes. Le groupe de trois est à quelques dizaines de mètres. Les deux autres un peu plus loin. Félix va en cuisine mettre de l'eau à chauffer, puis rejoint Anna pour accueillir les arrivants.

Quand les cinq alpinistes sont réunis devant le Refuge, Anna fait les présentations. Elle commence par Jonas et Claire, les deux leaders de l'expédition, un couple pour lequel Félix a préparé une chambre double. Puis Élise, que Félix a vue cheminer avec Claire sur la plaine, et qui logera seule. Enfin Pierre, le frère d'Élise, et David, qui partageront une chambre. Quelques mots sont échangés, de bienvenue de la part de Félix, d'approbation plus ou moins expressive de la part des alpinistes. Claire et Élise restent proches l'une de l'autre, presque au contact. Pierre et David sont volubiles et gais. Jonas est plus calme. Grand, athlétique, les yeux gris clair, scrutateurs. Les deux autres semblent chercher son assentiment à chaque phrase. Les femmes lui tournent le dos. Tous déchaussent leurs skis et suivent Félix autour du Refuge, jusqu'à l'entrée de derrière qui donne dans la ski room. Ils enlèvent leurs chaussures, déposent leur matériel. Chacun choisit un casier, défait son sac et prend quelques affaires : change, toilette, livre. Lorsque Pierre sort son portable, Félix sourit :

— Pas de signal ici. Il y a un téléphone satellite. En cas d'urgence, et quand il fait beau.

Une fois débarrassés de leur attirail montagnard, ils traversent le sas qui isole la ski room et passent dans la salle, laissant à leur droite l'escalier qui mène aux chambres. Personne ne semble particulièrement impressionné par le luxe du Refuge. Seule la vue depuis la salle arrache quelques exclamations admiratives. Jonas, en particulier, reste plusieurs minutes collé à la baie vitrée, les yeux dans les yeux de la pointe Chugach qui se dresse au-dessus du glacier. Félix les laisse apprécier le panorama et leur propose de boire quelque chose – un thé peut-être ? Le thé semble convenir à tout le monde. Félix va le préparer, revient le leur servir et repart en cuisine. Pour le premier soir, il a prévu de gâter ses arrivants. Le casque sur les oreilles, il pare et tronçonne un filet de bœuf en écoutant Véra revisiter l'histoire d'Héloïse et Abélard. Les mots de

Véra sont empreints de tragique, et Félix est troublé. Il préférerait travailler au rythme d'une histoire à la fin heureuse. Une belle et simple histoire d'amour pour l'accompagner comme lorsqu'il glissait en direction du Refuge. Ou le soutenir lorsqu'il errait dans les rues de sa banlieue. Mais il ne change pas de podcast. On ne trahit pas Véra. Ses podcasts sont écoutés jusqu'au bout, fidèlement. Religieusement.

Anna vient lui faire un peu la conversation dans la cuisine. Elle n'a pas l'air sereine. Adossée contre le grand plan de travail en inox, elle regarde la préparation. Les coins de la bouche légèrement baissés.

— Alors, la vie au Refuge ?

— Je découvre…

Anna inspecte autour d'elle. Le plan de travail nickel. Les cuissons en route sur le piano. Les rangements parfaitement agencés. Et sourit.

— Franklin, il dit toujours : « Le cœur du Refuge, c'est la cuisine. Et son âme, le cuisinier ! »

— Le roi des phrases toutes faites !

— C'est vrai… mais c'est pas faux, précise Anna en riant.

— OK. J'espère que ça va aller, avec moi.

— J'espère. Il n'y a pas de raison.

Anna se tait. Félix sourit et reprend :

— De toute façon, il n'y a pas le choix. Le Refuge, c'est le seul restaurant à deux cents kilomètres à la ronde.

— Oui. C'est vrai… pour ça, aussi, qu'on vient rarement dans le coin. Ça, et les six jours de marche.

— Ou le petit trajet en avion !

— Oui…

Elle réfléchit quelques instants.

— En réalité, ce projet à la pointe Chugach, on n'aime pas trop.

— Ah bon ? Qui ça, « on » ?

— Moi. Franklin. Nous. Les guides, quoi.

Félix la regarde sans comprendre.

— C'est loin, c'est isolé, et personne ne connaît la voie.

— Et alors ?

— Et alors, on peut se planter. Quand tu es guide, tu n'aimes pas l'échec. Et pas trop le danger, surtout pour tes clients. Toi, tu es guide, tu prends des risques calculés tous les jours. Si l'accident arrive, c'est l'accident de tous les jours. Mais pour ton client… l'accident, c'est l'accident d'une vie. La parenthèse qui se referme en catastrophe.

Anna regarde le plan de travail.

— Tu veux un coup de main ?

— Merci, ça va, j'ai pratiquement fini. Mais je ne dis pas non pour la vaisselle, après.

— Ça marche.

— Dîner à 7 heures ?

— Ça marche.

Anna partie, Félix reprend son podcast. Les lettres enflammées que s'échangèrent Héloïse et Abélard sous couvert de discussions théologiques résonnent étrangement pendant qu'il finit la mise en place. Dans la salle, le groupe a pris possession des lieux. On s'interpelle. On plaisante. On parle. Pierre, surtout, intarissable sur la topographie, la géologie et la climatologie de l'Alaska. Puis suivent des bruits de pas, froissements de textiles, des portes qui s'ouvrent et se referment.

La préparation terminée, Félix va fumer une cigarette dehors. Il fait le tour du Refuge, trouve Jonas qui est sorti par la ski room et contemple la pointe Chugach depuis l'arrière. Ils échangent quelques mots, une brève conversation. Visiblement, Jonas est concentré. En rentrant, Félix croise Élise et Claire qui sortent à leur tour.

6

La pointe Chugach pique les yeux de Jonas. Il ne la quitte pas du regard, il ne sait pas réorienter ses pensées. Il est obsédé. Possédé. Déterminé.

La veille, les alpinistes ont survolé la plaine à bord du De Havilland Twin Otter que Katherine Volkoff a mis à leur disposition. Ils étaient confortablement installés dans les fauteuils en cuir crème du bimoteur VIP, deux carrés de quatre places alignés dans la carlingue. Jonas, Claire et Anna dans l'un, David, Pierre et Élise dans l'autre. Claire et Anna étudiaient la carte, analysaient les prévisions météo, échangeaient des informations sur le Refuge. Pierre et David faisaient face à un poster accroché sur la porte qui les séparait du cockpit, la reproduction grand format d'une photo ancienne. Jonas, lui, s'imprégnait de son nouvel environnement : la plaine à leurs pieds, blancheur et platitude ; au loin, le glacier de Chugach et la chaîne de montagnes qui ferme l'amphithéâtre glaciaire ; au sommet, la pointe Chugach, ultime point focal de ses aventures en Alaska.

Après un atterrissage particulièrement doux sur l'épaisse couche de neige fraîche, l'avion est reparti, les laissant à quelques heures de marche du nunatak et du Refuge.

Ce matin, Jonas inspire. Il est prêt. Acclimaté. Rompu aux rudesses, enfant nouveau-né de l'Alaska, il a appris que l'Alaska n'*est* pas. Qu'en permanence l'Alaska devient. Agie par le mouvement des terres, des mers, des glaces et des montagnes, la tectonique l'empêche de se figer, encore plus en hiver quand les improvisations de la neige se superposent aux mouvements souterrains pour créer une dynamique incontrôlable. Depuis que Jonas l'a compris, l'Alaska n'est plus une inconnue ni une ennemie. Elle est sa partenaire dans un parcours de vie maîtrisé et sa parenthèse ouverte sur l'immensité boréale. Parenthèse que l'ascension de la pointe Chugach va clore avant le retour en ville, la redescente. Les ombres noires, les nuages gris, et ce qui s'ensuit.

Félix sert un petit déjeuner copieux, ce sera le seul repas de la journée pour les skieurs qui partent en repérage. Une première approche de la pointe Chugach qu'ils espèrent contourner par l'ouest pour aller visualiser la voie de descente en face nord. La descente à ski, ce sera pour Claire et Jonas. Les autres ne sont pas au niveau. Ils sont là pour accompagner, encourager, aider. Et surtout, admirer. Comme lors de leur première expédition en Alaska, l'ascension du Denali.

Point culminant du continent nord-américain, le Denali a porté d'autres noms, le Bolchoï des colons russes, le McKinley des Anglo-Saxons, avant de retrouver officiellement le nom ancestral que les habitants de la région lui ont toujours donné. Après plusieurs jours d'acclimatation et d'ascension, un *summit day* parfait avait accueilli les alpinistes. Froid stimulant, lumière aiguillon, ciel impérial, ils avaient atteint rapidement le sommet. David, Élise et Pierre étaient redescendus par l'itinéraire de montée. Jonas et Claire, eux, avaient d'autres projets. Une folle dose de fun après l'ascension. Tous deux s'étaient retrouvés skis aux pieds en haut du couloir Messner. Près de deux mille mètres d'un dénivelé raide et sans appel. Aucune chute ne serait permise. Aucune erreur ne serait pardonnée. Jonas avait regardé vers le bas, un large sourire barrant son visage. Claire, elle, restait impassible. Un signe de tête, un mot et ils s'étaient élancés. Le couloir était large, ils skiaient de concert, leurs mouvements rodés de tant de descentes en commun, de tant de pentes raides maîtrisées à l'unisson, leurs styles si semblables, leurs techniques si parfaites. Jonas et Claire enchaînaient des virages courts et sautés, se relâchant dans les portions plus glissantes pour profiter de la neige généreuse qui leur offrait la joie. La descente fut belle, et longue, les cuisses revivaient, les mains serraient les bâtons à se déjointer les phalanges, les yeux derrière le masque profitaient de la vitesse et du paysage qui défilait, allait, et venait, à gauche, à droite. Tout en bas, le glacier se précipitait. Parvenus au pied du couloir, Jonas et Claire avaient échangé des rires et des checks chargés de toute l'adrénaline qu'ils venaient de produire. Bien plus fervents que le baiser que Jonas avait ensuite soumis aux lèvres gelées de Claire.

Première expédition. Premier succès. Première griserie.

Le groupe qui part faire la trace en direction de la pointe Chugach a mûri. Un voile léger s'est tendu, des fils arachnéens de relations contraintes, désirs inassouvis, déséquilibres et petites contrariétés. Il est temps d'atteindre l'objectif ultime, et qu'on se sépare. Mais ce matin, le ciel les met en joie et les tensions se relâchent. File sur la neige, glisse sur les skis, le nez piqué de gouttelettes, les yeux braqués sur la montagne, chacun avance bien. Ils retrouvent leur rythme naturel, un rythme qui s'est calé graduellement à mesure des sorties. Claire glisse avec Élise. David et Pierre font bloc. La distance, subtile, qu'impose Jonas seul en tête. Anna la guide derrière, en serre-file, position inhabituelle pour elle mais qu'elle ne conteste pas : l'objectif est seulement d'aller voir. Oui, voir. Repérer. Il ne s'agit pas de grimper, d'escalader, de franchir, de dominer ou de souffrir, mais seulement de voir. Contourner l'épais massif par l'ouest et, si possible, le traverser pour prendre pied dans la face nord. La longer pour s'avancer au plus près de l'aplomb du sommet, et observer.

Jonas s'est échappé, laissant Anna gérer les autres membres du groupe. Bientôt il est loin devant sur le glacier, gravit sans attendre la pente qui annonce le début de l'ascension, puis s'enfonce dans le vallon qui la prolonge. Anna regarde, un peu soucieuse de le savoir seul sur ce terrain crevassé, au pied d'un couloir avalancheux. Elle n'aime pas les clients qui s'échappent sans rien dire. Jonas n'est pas un client comme un autre, c'est un alpiniste expérimenté, il est très fort. Simplement, il est peut-être moins fort qu'il ne le croit. Claire la rassure :

— Il est juste allé voir, pas besoin de s'inquiéter.

Anna doute… le terrain piégeux… l'enthousiasme des ignorants… mais bientôt elle voit Jonas qui ressort du vallon et s'arrête au pied du couloir. Le couloir, sans nom lui aussi, qui sera la clé du succès de leur ascension. En cas de réussite, Anna a décidé de le nommer « couloir Franklin » et elle espère que ses clients seront assez généreux pour lui accorder cet honneur. Franklin, c'est lui qui aurait dû être là, avec eux, aujourd'hui. Il avait prévu depuis plusieurs mois l'ascension de la pointe Chugach avec Jonas et Claire. C'était entendu, c'était sûr, c'était fait. Jusqu'à ce que

Katherine Volkoff lui impose au dernier moment de rester à Alexander Bay pour s'occuper d'Axel Kantor.

Les yeux toujours rivés sur Jonas, Anna soupire. Ce n'est pas le rôle de Franklin, de servir de chaperon, mais Katherine ne lui a pas laissé le choix. C'est finalement Anna qui accompagne le groupe et elle va faire au mieux. Surveiller Jonas qui maintenant part délibérément vers la gauche du couloir et le longe à sa base pour chercher la trouée, identifiée sur la carte, qui devrait permettre d'accéder à la face nord.

Le groupe s'est arrêté avec Anna et semble attendre qu'elle prenne une décision. Alors, avancer. Suivre les traces de Jonas, l'accompagner dans son exploration.

La première pente passée et le vallon traversé, ils longent en enfilade la base du couloir. Chacun regarde avec émotion le long goulet blanc qui s'envole vers le ciel, les presque mille mètres de dénivelé qu'ils graviront d'abord à ski puis, lorsque la pente se redressera et que le couloir se rétrécira, crampons aux pieds et skis sur le dos, pour atteindre l'arête sommitale en route vers la pointe Chugach. Un bel effort. Une belle ascension. Une fantastique partie de plaisir.

Ils cheminent lentement le long d'une ligne de niveau marquée des traces de Jonas. Le temps est beau, le ciel impeccable, le vent absent. Conditions parfaites. Et arrivent à la brèche que Jonas a visiblement empruntée. Un défilé étroit encadré de parois verticales qui les observent sans aménité. Roches immuables d'un gris très foncé, presque noir. La brèche est calme, l'itinéraire, évident. Pas de séracs menaçants, pas de traces de chutes de pierres. À l'ombre, le froid, la neige et la glace tiennent encore la montagne dans leurs mains solides. Ils s'engagent dans la brèche. Très vite le soleil disparaît. Il est à peine 14 heures et déjà la nuit enserre le groupe. Le froid s'installe sans attendre. Les lèvres cyanosées par l'effort bleuissent franchement. La traversée est longue et monotone. Qui aurait pu croire que la montagne avait une telle épaisseur ? Et toujours pas de Jonas. Seules ses traces, que le groupe suit.

Anna commence à regarder l'horaire. Bientôt 16 heures, le soleil ne va pas tarder à se coucher et le retour sera difficile. Du moins, jusqu'à la grande plaine glaciaire que la lune éclairera comme en plein jour. Elle arrête la progression et dit qu'il sera bientôt temps de faire demi-tour dans la brèche, revenir jusqu'au couloir et, de là, retraverser le glacier. David et Pierre discutent, ils sont persuadés qu'un itinéraire plus direct existe, qu'on peut prendre en biais depuis la sortie de la brèche vers le Refuge. Anna n'est pas d'accord, le terrain ne s'y prête pas, le glacier est riche en crevasses et elle ne le connaît pas bien. Mieux vaut reprendre l'itinéraire matinal. David et Pierre insistent, Anna les laisse parler. Elle sait que Claire et Élise se rangeront à son avis et elles seront en majorité. Du moins, tant que Jonas ne réapparaît pas.

Anna décide d'aller le chercher. Elle dit au groupe de repartir et de les attendre à l'entrée de la brèche. Ils obéissent, sauf Claire qui tient à l'accompagner. Anna démarre à son rythme de course, un peu surprise de voir que Claire la suit sans effort. Après une vingtaine de minutes, elles débouchent de l'autre côté du défilé. Anna s'arrête brutalement. Claire lui rentre presque dedans. S'arrête derrière elle.

— Viens à côté de moi. Doucement, dit Anna.

Claire s'approche. La brèche donne sur une petite vire plate, trois mètres de large, deux de profondeur à peine, au beau milieu de la paroi. Anna et Claire avancent d'un mètre. Au-dessus d'elles, au-dessous, des centaines de mètres de falaise. Impossible à skier. Les skis de Jonas sont plantés sur la vire. Ensemble, elles regardent en direction du sommet, cherchent Jonas sur la paroi. En haut. En bas. Il est invisible. Claire l'appelle. Siffle. Crie. Pas de réponse.

Et puis, un petit bruit. Un caillou qui dégringole, parti à une dizaine de mètres au-dessus d'elles. Claire suit sa chute du regard. En relevant la tête, elle voit Jonas tout sourire qui les rejoint sur la vire.

— Magnifique ! C'est magnifique ! J'ai vu la ligne de descente !

Jonas est hilare. Les yeux un peu fous. Le souffle stentor. Ses mains puissantes s'ouvrent et se ferment, ses gants griffés des rudesses du rocher.

— Tu nous raconteras en rentrant, dit Anna, sèchement.

Jonas ne réagit pas au ton de reproche, il est trop heureux. Il chausse les skis, chacun se concentre pour effectuer un demi-tour un peu périlleux sur la vire et ils repartent dans la brèche. À la sortie, ils retrouvent Élise, Pierre et David qui les attendent. Le groupe est reconstitué. Anna reprend la trace de l'aller. Jonas suivi des deux garçons tente une trace plus directe. Il est près de 19 heures quand ils arrivent tous au Refuge. Fatigués. Affamés. Excités.

Pendant le dîner, Jonas raconte ce qu'il a vu de la voie de descente – en réalité, presque rien, des intuitions sans aucune certitude – et du chemin du retour : de l'escalade facile pour traverser la paroi jusqu'à la vire, puis ce sera de nouveau la brèche, la plaine glaciaire et le Refuge. La voie est claire, reste à la parcourir.

Bientôt, ce sera chose faite.

7

L'attente. L'oubli. Deux mots qui obsèdent Jonas. Le titre d'un livre jamais lu. La vie est faite d'attente. D'attentes plurielles pour les plus matérialistes. D'une unique attente pour Jonas. L'attente, c'est le pied qui écrase l'accélérateur au point mort, la main qui fait rugir le moteur d'une moto à l'arrêt.

Et l'oubli. La légèreté gagnée sur le corps. La fin de la durée, la fin du temps compté. L'oubli, c'est l'envol. La prise du monde. La disparition des contingences et des lourdeurs. L'oubli vient après l'attente, et il est bien.

Et l'attente, de nouveau. Le vide s'invite dans l'espace. L'énergie se disperse dans le temps qui s'égrène. Un état singulier que Jonas domestique avec peine. Comme aujourd'hui. L'attente au Refuge d'une éclaircie. Après le repérage de la veille sous un ciel parfait, l'Alaska convoque toutes ses contradictions. Temps bouché, ciel absent, neige omniprésente, voilà ce qui fait la journée. Alors, l'attente. L'oubli, aujourd'hui, ne viendra pas.

La veille, à progresser sur le glacier, à traverser la brèche mystérieuse, à déboucher sur la vire au milieu de la face nord, la veille fut propice à l'oubli. Cerveau arrimé au corps, détendu dans l'effort et les sensations, Jonas n'attendait plus et les hoquets de la vie s'apaisaient dans l'action. Aujourd'hui, le Refuge est une banale coquille protectrice contre des éléments incontrôlables, coquille où rien ne se produira. Aujourd'hui, le monde s'intériorise, les limites de la vision bien trop proches pour qu'on imagine l'extérieur. C'est l'attente sans fin, et l'oubli impossible.

Il est 11 heures du matin, plane encore l'odeur de café et de petit déjeuner. Félix seul s'active. Les alpinistes restent au calme. En silence. Dans leur chambre ou la salle. À feuilleter un vrai livre ou des pages électroniques. Explorer, jusqu'à la savoir par cœur, la carte de la chaîne des Chugach. Voir, revoir, analyser, visualiser jusqu'à l'écœurement l'ascension, la voie de descente.

L'attente.

Jonas doit bouger. Faire au moins le tour du Refuge. Pierre et David l'accompagnent. Ils s'habillent et sortent par la porte arrière du Refuge, celle qui donne sur le glacier Chugach. Aujourd'hui, le glacier a disparu. Seul un petit espace en demi-cercle se devine, la taille d'un terrain de jeux pour enfants, une dizaine de mètres à peine. Tout le reste, la plaine glaciaire, les sommets, la pointe Chugach, est invisible. Inconcevable. Jonas fait quelques mètres pour s'éloigner du Refuge, sentir l'air porter la neige. Pierre essaie de lui parler mais ses paroles ne lui parviennent pas. Jonas est ailleurs, à percevoir le son des flocons qui se frottent sur l'air, entre eux, contre le sol, en discrètes conversations. Moments de calme interrompus par de bruyants craquements : au loin, la montagne gronde des avalanches spontanées qui purgent les pentes les plus raides. Pierre et David se regardent d'un air inquiet, l'idée du danger les frappe. Jonas, lui, sourit.

L'attente, c'est aussi cela. Se préparer au terrain. Le prochain jour de beau temps, ils referont la trace et la montagne sera prête pour les accueillir. Et ce sera, cette fois, l'oubli. L'oubli de la pesanteur, de la langueur. L'oubli de ce qu'on ne veut pas vivre, et qu'on doit.

Ils rentrent.

Félix propose un déjeuner dont personne n'a envie. Les alpinistes n'ont pas faim et, de toute façon, la place est prise : un écran géant posé sur la table de la salle affiche une reconstruction 3D de la chaîne des Chugach. Claire et Anna ont zoomé autour de la pointe et discutent avec animation. Jonas se joint à la discussion, ensemble les trois membres les plus expérimentés de l'expédition réévaluent leur stratégie pour l'ascension. Leur interrogation porte sur le couloir : lorsqu'ils l'ont longé la veille, Anna l'a étudié, du mieux qu'elle a pu, depuis le bas. La ligne est évidente et pure et il semble naturel de la suivre pour rejoindre l'arête sommitale. Mais elle est inquiète des conditions de neige qu'ils trouveront : le manteau neigeux sera-t-il stabilisé ? La pente aura-t-elle été purgée ? Le haut du couloir et la sortie sur l'arête n'étaient pas visibles la veille depuis leur position, et la reconstruction à l'écran montre un fort raidissement de la pente. « C'est exactement ce qu'on aime ! » appuie Jonas, ravi à l'idée de grimper dans le dur, le corps à la verticale, pieds et mains couplés dans l'effort pour une progression fluide. Anna et Claire sont d'accord, elles aussi apprécient la beauté du geste, l'élégance du corps qui rompt avec la lourdeur de la marche. Comme beaucoup d'alpinistes de haut niveau, elles aiment les pentes raides et plus encore les goulottes, ces étroits conduits de neige et glace enchâssés entre des lignes rocheuses, voies de progression naturelles vers le haut de la montagne. Et si le couloir, large et confortable à sa base, se transforme en goulotte vers le haut comme l'indique l'écran qui leur fait face, cela donnera du sel à l'ascension. Une partie de plaisir pour qui sait grimper.

Une partie de plaisir, oui, mais seulement si les conditions sont bonnes, se dit Anna. L'image qu'ils examinent a été reconstituée à partir de photos aériennes prises au tout début de l'hiver et elle ne reflète pas nécessairement les conditions de neige du moment. Trompeuse parce que trop précise, tellement fidèle à ce qu'a été la montagne qu'il est difficile d'en imaginer les changements. Anna ne sait pas ce qu'ils trouveront une fois engagés dans le couloir, et ça la travaille.

Un peu en retrait, Élise, David et Pierre observent. Écoutent. Attendent. Bien qu'expérimentés eux aussi, ils n'ont pas le même désir d'engagement que Claire et Jonas. Ils suivront, passeront là où ça passe, feront peut-être demi-tour si ça ne passe pas. On ne leur demande pas vraiment leur avis, ils prendront la trace ouverte par les leaders.

Anna manipule l'image sur l'écran tactile. Elle fait glisser le point de vue vers l'ouest, dans la direction de la brèche qu'ils ont empruntée la veille ; vers l'est, de l'autre côté, à la recherche d'une autre voie. Un autre couloir peut-être, moins exposé aux avalanches, qui permettrait de prendre pied sur l'arête plus posément. Mais Jonas n'est pas intéressé : « Le couloir, il est magnifique ! Tu l'as vu, on l'a tous vu, il faut passer par là. » Et il ajoute : « Il faut que la montée soit belle et que la descente soit franche. Le sommet pour le sommet, ça n'a aucun intérêt. »

Derrière, Pierre et David sourient. Ils brillent d'entendre Jonas parler ainsi. Se découvrent des ailes de puristes pour aborder la pointe Chugach. Même si la descente à ski ne sera pas pour eux, ils auront fait l'ascension par une voie sérieuse d'un sommet inconnu. Grâce à Jonas qui les tire vers le haut, exigeant de chacun plus de détermination. Élise et Claire se regardent brièvement. Un échange discret, difficile à déchiffrer. Anna est pensive. Elle est favorable elle aussi à une ascension par le couloir, mais elle a une responsabilité envers les alpinistes, leurs familles, leurs proches. Elle n'acceptera pas de les emmener si elle estime que le danger est trop important. Elle fait pivoter l'image sur l'écran, révélant progressivement la face nord. Du rocher, sombre et massif. Un bloc de deux mille mètres de haut, plusieurs kilomètres de large, qui semble fondé profondément dans la mer. Tous regardent l'écran, à la recherche de la voie de descente. Jonas et Claire l'ont identifiée sur carte avant de venir à Alexander Bay, Jonas affirme l'avoir vue la veille pendant le repérage. Pourtant, sur l'écran, rien ne ressemble à une pente skiable. Rien que des pics, des gouffres, du rocher, du caillou. Anna arrête le pivot. L'image s'immobilise sur la face nord vue parfaitement de face. Pierre, David et Élise se concentrent. Ils cherchent la solution.

« Là ! dit Pierre en pointant du doigt. C'est par là ! »

Les yeux qu'il tourne vers Jonas ne sont plus admiratifs, ils sont subjugués. Il regarde Claire aussi, l'associant par politesse à l'exploit en passe d'être réalisé. « C'est par là ? » demande David, les yeux plissés pour mieux distinguer le mince filet blanc qui coule vers la mer, au milieu de la face. Parfois caché par la roche, parfois serpentant, parfois tirant tout droit dans des pentes d'une raideur qui fait trembler les jambes.

Jonas ne dit rien. Inutile de répondre. Il n'y a pas d'autre voie que ce couloir mortellement incliné, une pente raide qui, à l'œil, dépasse souvent les quarante-cinq degrés et sur laquelle toute chute est finale. C'est Claire qui répond pour eux : « Oui. C'est la voie de descente. Ça devrait passer. Un peu de raide au début, quelques passages techniques, pas beaucoup de bon ski. Mais ça va faire. »

Anna approuve. S'ils parviennent en haut sans encombre, ils sauront maîtriser la descente. Le couloir, la hauteur de pente, la raideur, le dénivelé ne lui font pas peur. Côté nord, on ne craint que la chute, il n'y a pas de réels dangers objectifs : les avalanches et les séracs, les blocs de glace et de neige ne s'attardent pas sur cette face de la montagne. Et si par endroits la pente est encore trop chargée, ou la couche de neige trop instable, ils déclencheront eux-mêmes l'avalanche d'un bon coup de ski ou d'un premier virage bien tapé, regardant leur *spindrift* personnel blanchir la face avant de s'y engager. Oui, Anna est confiante pour la descente : le ski de couloir en Alaska, c'est sa vie.

Ses hivers. Son plaisir. Et elle a déjà vu les pentes que Claire et Jonas ont skiées, elle sait qu'ils ont le niveau.

La descente, ça ira. C'est la montée qui la tracasse.

Anna fait encore une fois le tour complet de la pointe Chugach. Chacun s'emplit de la montagne révélée sous tous ses aspects. Puis elle éteint l'écran.

Félix vient voir si le groupe a faim maintenant. Ils ont faim, vaguement, oui, une faim conventionnelle, une faim suggérée par l'anticipation des efforts du lendemain. Ils ont faim mais surtout d'aventure, de muscles qui s'expriment dans le vent, ils ont faim de creuser une trace dans la neige profonde, de gravir le couloir, ils ont faim de remonter le fil aérien de l'arête jusqu'au sommet, un œil dans le ciel, un œil sur la trace. De cette faim-là, ils sont affamés. Le déjeuner que Félix leur propose est avalé sans y penser, leur ventre calé des images de la pointe Chugach tourbillonnant sur l'écran. Ils iront demain, si le temps passe au beau.

Ainsi, l'après-midi s'étire. Les livres du Refuge passent de main en main. Les ventres se tendent. Les distractions échouent.

Demain. Si le temps le permet.

8

Véra

Deux jours que je suis installée au Volkoff Lodge. Deux jours que j'attends que le ciel se dégage. Que Franklin m'emmène au Refuge. Et qu'Axel arrive.

J'ai retrouvé la chambre 12 que Katherine, attentive comme toujours à mon bien-être, m'a réservée. Mon ancienne chambre au deuxième étage, avec vue sur la grande lame de couteau qui découpe le ciel et qu'on appelle simplement « la crête ». Et j'attends, un peu perdue dans le temps décalé, les yeux rivés sur la neige qui tombe sans discontinuer, à la recherche de la lumière qui s'échappe.

J'ouvre grand la fenêtre de ma chambre. Passé les quelques arbres du bas, la longue pente qui monte vers la crête est uniformément blanche. Le long de la pente, aucune pierre, aucun relief, aucun heurt. De l'autre côté de la crête, le grand mystère qui mène au Refuge. En attendant d'y aller, mes sens savourent la neige. La tranquillité. Les sons étouffés. La neige d'apparence inoffensive me tend ses flocons. Elle m'offrirait sa couche, que je m'y étende. Mais la neige est une traîtresse. Une menteuse, une conteuse, comme moi. Elle invente des beautés, des paysages apaisants, des impressions de douceur, et soudain elle te noie, elle t'assomme, te tournoie et t'abandonne. Alors, j'attends, prudemment. J'attends, et l'enfance me retrouve.

Avec Katherine, notre histoire commune remonte à longtemps. À la faveur d'un congrès qui se tenait tous les ans à l'université de l'Alaska à Fairbanks, Svetlana avait pris l'habitude de se replier à Alexander Bay pour y passer la dernière semaine de décembre et les premières semaines de janvier avec ses proches, des scientifiques amateurs de neige et de vodka. Nos séjours coïncidaient avec le Noël russe dont elle assurait, elle l'agnostique rationnelle, qu'il était le véritable Noël. On appelait ces vacances « nos Noëls », en ayant l'impression d'être les seuls au monde à savoir ce qui le faisait vraiment tourner. Depuis, le Volkoff Lodge est une pièce centrale de mon puzzle de vie.

Nos Noëls ont débuté quand j'avais huit ans et continué jusqu'à la fin de l'adolescence. Dans le noyau dur, il y avait Axel, bien sûr. Axel qui n'était jamais très loin de Svetlana. Et quelques autres. Tous des hommes. Svetlana et ses hommes tenaient des discussions sans fin auxquelles je ne comprenais rien sur des sujets absurdes qui d'une année à l'autre s'enrichissaient de débats, de contradictions, de victoires et de revanches.

Enfant, j'avais été fascinée de voir ces adultes cerveau-centriques jouer à s'affronter sans jamais se lasser. À l'adolescence, j'avais laissé une distance s'installer. Ces scientifiques, ils étaient tellement rigides, tellement sûrs de leur intelligence qu'ils ne sentaient plus le monde autour d'eux. Aucune harmonie, aucune empathie, des machines avec une boîte à outils à la place du cœur et une calculette à la place du cerveau.

Sauf Axel.

Axel était plus sensible. Bien plus sensible. Ça se voyait, même s'il ne parlait pas.

Le matin du nouvel an de notre dernier Noël, je m'étais levée tôt. Svetlana était déjà debout. On avait pris un café toutes les deux dans le salon désert du Volkoff Lodge. C'était intime et simple. Je lui avais demandé pourquoi elle était toujours restée seule et elle m'avait répondu qu'elle n'était pas seule puisqu'elle m'avait, moi. Sa réponse m'avait contrariée. Tout ça pour moi, ça faisait beaucoup. Elle avait ajouté : « Ma fille, les hommes qui m'intéressent, ils ne m'attirent pas. Et ceux qui m'attirent, ils m'ennuient vite. »

Si j'avais connu son histoire, j'aurais pu l'écrire. La dire. En faire un podcast. Mais elle ne m'a jamais rien livré d'autre que sa vérité bancale.

9

Six heures du matin. Félix s'active dans le Refuge, préparant silencieusement la journée des alpinistes. Eux ne sont pas levés. Ils ont décidé de partir au jour, lorsque la lumière solaire frôlera le glacier. « Départ 8 heures si le temps le permet », a conclu Anna la veille lors du briefing après dîner.

Félix sort à l'arrière du Refuge prendre la température – invariablement négative le matin, mais différente d'un jour à l'autre. Et ce matin, il est saisi. Un froid intense règne. Le glacier est soufflé d'un vent venu du pôle, un air épais, presque solide, d'une froideur dure. La veille, la neige amortissait le froid, une légère humidité l'accompagnait, l'air était presque clément une fois protégé sous la doudoune. Mais ce matin, dans l'ombre des montagnes qui envahissent le glacier, leurs pics plantés dans les crevasses, Félix tremble.

Sur la piste en venant d'Alexander Bay, il n'a jamais eu vraiment froid. Trop d'efforts à fournir, marcher, porter, tirer la pulka, monter la tente, faire à manger, ranger, se coucher. Et la chaleur venait vite dans le duvet bienveillant. Non, il ne se souvient pas d'avoir eu froid. Du crissement de la neige, du sifflement du vent, du crépitement des flocons qui s'accumulaient sur la tente, oui, il se souvient parfaitement. Mais le froid… pas vraiment. Ce matin, il le redécouvre. Partout sur terre, le froid est moribond. Les températures les plus rigoureuses sont des exceptions, seuls quelques rares instants en de très rares endroits affichent les températures extrêmes des siècles précédents. On s'extasie devant l'Antarctique et son sous-sol aux –52 degrés garantis toute l'année, on se cajole l'esprit à la sensation d'un froid venu de Sibérie qui abaisse de quelques degrés les températures aberrantes de l'hiver occidental. Mais le froid, le vrai froid, le froid qui retient la vie et prépare le futur, n'existe plus. Ou presque. Aujourd'hui, Félix ressent ce froid existentiel.

Il fait le tour du Refuge et revient se poster face à la plaine. Au loin, au très loin, Alexander Bay. À quelques dizaines de mètres, au pied du nunatak, l'arrivée de la piste Volkoff. Sur son poteau, le harfang dont seule la tête semble animée. Félix, les yeux dans les yeux du harfang, discute avec son maître en

Grand Nord. Et il a froid. Les particules d'eau de son corps ralentissent, certaines semblent prêtes à se solidifier, il deviendrait statue à trop observer, immobile trop longtemps, jusqu'à se pétrifier. Ses doigts dans leur double épaisseur de gant chaud et sur-gant isolant ne bougent pas. Pas assez. Il lève la main en signe à l'oiseau qui ne répond pas. Félix sent le vent tourner autour de ses doigts séparés, les enrober d'une caresse insidieuse, anesthésiante, le froid qui sait se faire discret. Qui œuvre mortellement en silence. Avec le froid, tout peut s'oublier.

Félix se secoue. Il rentre. Tremble encore une vingtaine de secondes, le temps d'agiter son eau intérieure. Augmenter son entropie. Accélérer son rythme cardiaque. Le temps de revivre. Puis il commence en cuisine les préparatifs de la journée. Boissons chaudes dans les thermos, petits pains qui sortiront du four dans une demi-heure, plateaux de céréales, fromages, salaisons et confitures, pâte à crêpes et porridge à cuire au dernier moment pour les plus gourmands – il n'a pas encore pris toute la mesure du groupe mais Pierre et Élise sont déjà identifiés comme tels.

À 7 heures, premiers mouvements dans les chambres. Un bel unisson de réveil, chacun rompu aux horaires précis de la montagne, horaires déshumanisés, dénaturés qui ne veulent rien dire. L'horaire, cela devrait être une combinaison de la position du soleil, de la température extérieure, de la force du vent et du métabolisme de chacun pour un compte à rebours permettant de revenir bienheureux au Refuge. Mais les aiguilles et les chiffres ont pris le pas sur les sensations. Ce matin au Refuge les alpinistes se réveillent à 7 heures pour un petit déjeuner à 7 h 15 et un départ skis aux pieds matériel au sac à 8 heures. Pas 8 h 07, pas 7 h 54, non : 8 heures.

Il est 7 h 09 et Jonas tourne en rond. Prêt avant tout le monde, il s'impatiente. Lui, a fait plusieurs fois le calcul du temps nécessaire au projet du jour, en partant de la fin, comme il se doit. Et il a identifié le point le plus important, le *crux* de la journée si ce n'est celui de la voie : il faudra retraverser la brèche avant le coucher du soleil. Le reste, ensuite, revenir vers le pied du couloir, retourner au Refuge par le glacier, tout ce trajet pourra se faire à la lumière des frontales et, s'il fait toujours beau, de la lune. Aucune difficulté. Mais la descente à ski, l'escalade pour retrouver la vire et le retour par la brèche doivent se faire à vue. Il leur faudra donc être au sommet de la pointe Chugach au moins trois heures plus tôt, en tout cas pas après 14 heures. Et ce départ à 8 heures qui ne laisse pas de marge de manœuvre ne lui convient pas. Lors du briefing de la veille, le groupe a longuement révisé sa stratégie. Jonas était favorable à un départ bien plus matinal. À la nuit.

Après tout, il s'agit seulement de marcher à ski sur le glacier. Inutile de voir loin. L'important, disait-il, c'est qu'il fasse jour au moment de grimper dans le couloir. Anna n'était pas d'accord. La remontée du glacier, certes facile, est risquée à cause des nombreuses crevasses qui le strient et elle préférait les voir plutôt que de devoir les deviner dans une semi-obscurité. L'aspect de la neige de surface, les irrégularités parfois subtiles du relief donnent des indications utiles sur la présence et l'état des crevasses. S'il fait encore nuit, on ne distingue rien. La prudence a parlé, d'où ce départ un peu tardif. Et Jonas tourne en rond. Il mange, vite fait, va vérifier et préparer tout son matériel, encore une fois. Il attend. Presse Claire qui d'habitude se prépare comme lui, sans atermoiements, mais aujourd'hui ne le suit pas. Elle prend son temps, sourit, discute. Elle a l'air heureuse et il ne comprend pas. Le bonheur, le sourire, la détente, ce sera tout à l'heure, les spatules des skis pointées vers le bas, les mains serrant l'une le manche d'un piolet, l'autre la poignée d'un bâton comme si sa vie en dépendait – et ce sera le cas. Le bonheur, ce sera les premiers mètres, peut-être en dérapage, peut-être en virages sautés, tout dépendra de l'état de la neige et de la largeur de la voie. Le bonheur commencera au tout début de l'inéluctable. Le bonheur, ce sera, plus bas, de s'arrêter. Faire une pause. Lever la tête. Et apprécier : ce qui est descendu. L'endroit d'où l'on vient. Les passages franchis. Le sommet, peut-être, si on le voit encore. Puis de tourner la tête vers le bas avant de repartir, et étudier ce qui l'attend encore. Ce qui sera fluide, ce qui sera heurté, ce qui sera facile, ce qui sera risqué. De chercher la goulotte qui se skie tout juste, le passage pour traverser une barre rocheuse, le petit filet de neige qui permet de descendre encore quelques mètres. Le bonheur, ce sera la face nord. Avant, c'est l'attente. Claire a l'air heureuse dès maintenant. Et cela, Jonas ne le comprend pas.

Enfin. C'est l'heure. 8 heures. Ils sortent tous ensemble par l'arrière du Refuge. Anna leur dit : « Je vais vérifier vos DVA. Passez un à un devant moi. » Chacun entrouvre sa veste pour exposer le boîtier qu'ils ont soigneusement attaché sous leur cœur, l'appareil de détection de victime d'avalanche qui tient lieu d'assurance dans la montagne. Harnaché au-dessus de la toute première couche de vêtements pour être sûr de toujours le garder sur soi, le DVA est allumé à la sortie du Refuge et éteint au retour. Entre les deux, on n'y touche surtout pas. Idéalement, on ne s'en sert pas. Mais si cela doit être le cas, il faut qu'il soit allumé pour que les compagnons des alpinistes enfouis sous une avalanche puissent les retrouver.

Anna se tient à cinq mètres du groupe. Elle bascule le commutateur de son DVA sur la position

« recherche » pour qu'il réagisse à la présence des autres, et les alpinistes défilent un à un devant elle. À chaque passage, le DVA d'Anna émet un bip qui indique qu'il a bien repéré l'appareil de la « victime » et que les deux appareils fonctionnent. Le test conclu avec succès, l'équipée est prête à partir. Ils chaussent les skis. Anna mène le groupe, elle glisse quelques mètres en descente pour arriver à la base du nunatak et se retrouve sur le glacier. Ensuite, la longue marche. Très vite, Jonas la dépasse. Elle n'essaie pas de le ralentir. Elle a bien compris que ce client-là n'était pas docile, et que peut-elle y faire ? La trace de Jonas est bonne, cela dit, il semble repérer les itinéraires avec aisance et ne pas se perdre dans les pièges du glacier. Alors, elle prend sa trace et, derrière elle, le groupe dessine une ligne sur l'immensité glacée.

Le froid, au lever du soleil, est encore terrible. Malgré la pureté du ciel absolument vide, absolument bleu, ou peut-être à cause d'elle, le froid les cingle. Le vent l'amplifie, le rend perçant. Les sens sont exacerbés. Les nez piquent. Les lèvres souffrent. Les yeux pleurent, les larmes gèlent, tous mettent le masque de ski. Dans les gants, les mains crispées sur les bâtons s'insensibilisent traîtreusement. Anna donne des consignes : secouer les mains, faire des tourniquets avec les bras, ne pas serrer fort les poings – les alpinistes savent déjà tout cela, le froid n'est pas une nouveauté pour eux, mais la disparition progressive de la conscience du corps les anesthésie. Au bout d'une heure de marche, au pied de la première pente avant de traverser le vallon et d'atteindre la base du couloir, David demande qu'on fasse une pause. Il se plaint. Il ne sent plus son index gauche. Il enlève son gant et Anna inspecte le doigt qui commence à bleuir. Rien de grave pour l'instant, mais il faut faire attention. Le groupe se refroidit pendant que David se réchauffe les mains, il frappe, agite, tape et secoue jusqu'au retour du sang qui vient chasser l'onglée et le fait hurler de douleur. « C'est bon signe », dit Anna, et ils se préparent à repartir. Chacun boit un peu de son thermos, ils reprennent la marche. La pente est gravie rapidement, ils descendent dans le vallon et remontent jusqu'au pied du couloir. Jonas les attend. Il est prêt pour l'ascension. La première partie du couloir se grimpe skis aux pieds, il a déjà placé dans une poche extérieure de son sac la paire de crampons qui servira pour l'escalade de la partie plus raide. Ses deux piolets sont eux aussi prêts à servir, sanglés sur le dos du sac. Le groupe se lance dans l'ascension. Jonas et Claire partent seuls en tête. David, Pierre et Élise suivent Anna qui adopte un rythme plus confortable. Commence alors une longue séquence sous un soleil glacial, une alternance répétitive de virages-conversion pour monter en longs zigzags qui traversent la largeur de la pente. Les alpinistes sont tous de bons techniciens et les premières longueurs sont parcourues aisément. Arrivés à mi-hauteur, la pente se redresse nettement. Il est encore possible de progresser à ski, mais la couche de neige fraîche qui assurait une bonne adhérence a disparu, emportée par la gravité. Anna se rend compte que la neige en surface est glacée, comme saisie par le froid. Leurs « peaux de phoque » antidérapantes collées sous les skis n'accrochent plus et le risque de glissade devient important. « On met les couteaux ? » demande Pierre qui aimerait bien utiliser ces crampons pour skis qu'on adapte sous la chaussure. Anna hésite. Ils ne sont plus très loin du petit replat qu'ils ont identifié la veille sur l'écran, replat sur lequel ils s'équiperont pour affronter la partie raide du couloir. « Non, c'est trop risqué de s'arrêter ici. Je vais tracer plus facile. Ça va aller. Faites attention à bien pousser sur les bâtons. » Le groupe repart dans un silence inquiet. Les skis tiennent encore mais on les sent moins stables. Moins sûrs. Le froid augmente avec l'altitude. Ils avancent à petits pas comptés, marquant l'appui de chaque jambe avant d'avancer l'autre. Dans la sensation inconfortable de ne jamais savoir si on est sur de la neige qui tient ou de la glace qui glisse. Les virages-conversion deviennent plus délicats, plus lents aussi. Chacun prend le temps de bien assurer l'appui sur le ski aval avant de soulever le ski amont et de le faire pivoter de cent quatre-vingts degrés. Lorsqu'on repose le ski sur la neige, les deux skis sont de nouveau parallèles, mais leurs spatules pointent dans des sens opposés. La position intermédiaire est inconfortable, pourtant il faut encore prendre le temps de basculer le poids du corps vers l'amont pour soulever le ski aval et le faire pivoter à son tour. Une fois les deux skis de nouveau parallèles et dans la bonne direction, on peut repartir. Mais lentement, toujours, en assurant sur la neige qui ne réchauffe pas.

À la fin d'une montée éprouvante, tous arrivent sans encombre sur le replat et rejoignent Jonas et Claire qui sont déjà équipés pour l'ascension de la goulotte : crampons aux pieds, piolets à portée de main, skis et bâtons sur le sac. Anna observe la partie haute du couloir. Environ quatre cents mètres d'escalade raide. Elle pense déjà au retour, et elle a prévu d'installer des relais dans la pente pour qu'Élise, Pierre et David puissent la redescendre en rappel lorsqu'elle partira avec Jonas et Claire dans la descente de la face nord. Il lui faudra un peu de temps pour équiper correctement ces relais. Certains seront faits à même la pente, une sangle passée dans deux trous forés dans la glace et qui se rejoignent sous une épaisseur suffisante, un abalakov, du nom de l'alpiniste russe qui le premier a osé cette technique considérée comme sûre quand la neige est dure. Elle identifie aussi quelques rochers bien saillants qui pourront être entourés en sécurité d'une sangle pour, là aussi, mousquetonner une corde de rappel et descendre. Oui, elle trouvera ce qu'il faut pour assurer la descente. Mais elle a besoin de temps.

Anna regarde le ciel. Sa montre. Le groupe. David agite sans cesse ses mains, les ouvre et les ferme sans oser enlever ses gants pour regarder. Mais elle le sent inquiet. Pierre et Élise sont silencieux. L'enthousiasme du groupe au démarrage a été mouché par le froid et la couche glacée à la montée. Anna a besoin de temps pour équiper la voie, un temps qu'elle n'a plus aujourd'hui à cause des arrêts pour réchauffer les mains de David. À cause de la lenteur de la montée. À cause, elle se l'avoue intérieurement, du départ un peu tardif. Elle n'a plus le temps d'assurer le retour des moins forts. Or cela, elle ne peut pas se le permettre.

Elle s'approche de Jonas et Claire qui sont prêts à partir et s'impatientent. « Pas sûr qu'on puisse faire la voie aujourd'hui… on n'est pas montés assez vite, et je dois encore équiper la descente. Ça risque d'être trop long pour enchaîner avec la face nord. » Jonas la regarde sans comprendre. Anna reprend : « Je propose qu'on grimpe le couloir jusqu'à l'arête et qu'on redescende. Comme ça, on ne se met pas dans le rouge, et j'ai le temps d'équiper la voie de descente pour la prochaine fois. Et ça fera déjà une belle course. On repart le prochain jour de beau. » Jonas répond : « Et moi, je te propose carrément autre chose. J'y vais avec Claire et tu rentres avec les autres. » Il regarde Claire, cherchant l'assentiment. Mais elle refuse. Catégoriquement. Jonas insiste. Sans succès. Il ne comprend pas, elle ne lui explique pas. Le silence dure quelques minutes. Isolé, Jonas concède.

L'ascension du couloir est une belle course, en effet, tous prennent plaisir à grimper droit dans le raide, leurs pieds et leurs mains armés de griffes solides et fonctionnelles. À mesure de la progression, Anna installe les relais pour la descente. Ils prennent pied sur l'arête sommitale vers 15 heures, bien trop tard pour le sommet et la descente en face nord. Après une courte pause exposée au vent, ils repartent. Sept longs rappels sont nécessaires pour redescendre le couloir jusqu'au replat, mais tous sont à l'aise avec les manœuvres de corde et le groupe défile rapidement au relais. Anna vérifie que les sangles restent bien en place pour leur prochaine tentative.

Après le replat, la descente à ski sur la pente du matin leur redonne de l'allant. Ils enchaînent les virages au rythme de leur envie, chacun enfin libre de suivre sa voie. Ils retraversent le glacier au soleil couchant et arrivent au Refuge pour une collation qu'ils ne refusent pas. La journée a été belle, le doigt de David a retrouvé sa couleur.

Seul Jonas reste muré dans un silence obtus. Le but n'est pas atteint. À travers la baie vitrée de la salle, il observe avec appréhension la neige qui se remet à tomber. Demain, si le temps le permet, ils repartiront. Et cette fois, ils réussiront.

10

Neiges

Pour agrémenter le périple qui l'amènera jusqu'à Alexander Bay après un bref détour par l'université de l'Alaska à Fairbanks, Axel Kantor a choisi un fidèle compagnon de voyage : *Snow Crystals*, le livre monumental du professeur Ukichiro Nakaya. Sa bible. Un livre qu'il a découvert lorsque, tout jeune chercheur en physique statistique, il s'essayait à la modélisation des avalanches. Le livre qui a infléchi son parcours, faisant de lui le nivologue renommé qu'il est maintenant. *Snow Crystals* n'est jamais loin d'Axel. Son imaginaire est constellé des formes qui y sont étudiées. Les formes élémentaires qui constituent les flocons de neige.

Confortablement installé en classe affaires sur le vol Paris-Seattle, Axel se dit que ces formes risquent de disparaître de la surface de la Terre. Il est tiraillé depuis qu'il a accepté l'invitation de Katherine Volkoff.

Scientifique au fait des changements drastiques de la nature, des évolutions délétères du climat, des risques insensés que l'humain fait courir à la planète, il a hésité avant d'accepter. Au laboratoire, il a longuement discuté avec ses collègues de son invitation en Alaska. Dans un sens ou dans l'autre, de nombreux arguments ont été échangés, toujours les mêmes, le poids de l'action individuelle par rapport à celui du politique, l'intérêt de donner l'exemple et celui de faire connaître la science, être l'idiot utile ou le savant inutile... une litanie qui ne l'a pas beaucoup aidé, tout en parvenant à réactiver de multiples tensions au sein de son équipe. Et puis, finalement, comme Katherine l'avait prévu, il a cédé à l'envie de retrouver Alexander Bay et le Volkoff Lodge. Une envie forte. L'envie de renouer avec le temps d'insouciance, le passé sans anxiété. Mais il y a autre chose encore, autre chose que la nostalgie d'un temps révolu. Il y a son ego de scientifique qui a besoin de caresses. Cela, Axel a du mal à l'admettre, et plus de mal à le combattre. Ses longues jambes étendues sur son siège couchette saturé de luxe compartimenté, il sirote une vodka de circonstance et observe son reflet dans l'écran individuel qui lui fait face. Ce qu'il voit, ce visage un peu tiré, ces rides de déplaisir au coin des lèvres, cette tension frontale permanente, ne lui plaît pas. Il a vieilli. Il s'est enfermé. Il s'est étiolé dans son laboratoire, avec ses recherches, ses collègues, ses expériences et ses modèles. Même s'il se sent étranger au luxe qui l'entoure, il apprécie d'être si bien traité. Les attentions. L'espace. La terre qui défile, loin, là-bas. La toute-puissance des moteurs au décollage. Après tout, pourquoi pas moi ? se dit-il. Il le mérite bien. Il a apporté de multiples pierres à la construction de l'édifice humain, il contribue depuis des années à l'extension du champ du savoir, il mérite bien de s'accorder un peu de plaisir. Comme toute personne douée d'une saine capacité de rationalisation, il se convainc que ses quelques tonnes de CO_2 n'altéreront pas outre mesure l'état du monde, au même titre que leur absence n'infléchirait pas la courbe de la hausse des températures ou la politique agressive des lobbys agro-industriels.

Axel redemande un verre de vodka, l'hôtesse lui apporte une bouteille. Par le hublot, il observe les étendues polaires au nord de la baie d'Hudson. Elles sont blanches. Sans aucun doute. De si haut, on ne voit pas les ours errant sur des glaçons isolés, détachés d'une banquise en déliquescence. De si haut, on ne voit que l'uniforme rassurant revêtu par la terre, en cette saison, sous cette latitude. Son cœur se rassérène. Son esprit se détend. La vodka fait son effet. De si haut, Axel peut continuer à profiter. Satisfait de savoir que la terre qu'il a mise à ses pieds est bien blanche de neige et de glace.

Il pose *Snow Crystals* ouvert en grand sur la tablette et en fait défiler les illustrations. Des microphotographies de cristaux de neige, pas encore des flocons, aux multiples géométries. Il y a les hexagones réguliers à l'angle de 60° que l'on retrouve souvent quand la nature décide de s'organiser. Il y a les dendrites, bras étendus loin du centre qui croissent en se multipliant, excroissances aux pointes autosimilaires qui se forment lorsqu'une interface entre deux milieux – ici, la glace et l'air – est soumise à des instabilités. Hexagone et dendrites donnent naissance à l'image universelle du flocon, cette étoile à six branches autour d'un centre et dont chaque branche possède elle-même des branches plus petites et régulières, ce processus de branchement fractal se répétant aux échelles plus petites. L'image d'Épinal du flocon, en quelque sorte. Mais *Snow Crystals* décrit bien plus que ces archétypes. On y trouve des formes plus simples, flocons à deux, trois ou quatre branches seulement qui proviennent d'une scission de l'étoile parfaite. D'autres formes plus rudimentaires encore, aiguilles, tubes et balles qui constituent certaines neiges, y sont répertoriées. Tout comme les manifestations innombrables du processus aléatoire qui, par entrelacement des doigts des dendrites, par fusion de centres plaqués l'un sur l'autre, donne naissance à de nouvelles géométries, étoiles à douze branches, à dix-huit. Géométries qui perdent en régularité à mesure qu'elles gagnent en complexité, jusqu'à former des neiges d'une grande diversité, aux flocons composés de cristaux agrégés.

Le sifflement de la cabine pressurisée lui remplit les oreilles, Axel a du mal à se concentrer. Il doit pourtant préparer le séminaire qu'il va donner à l'université de Fairbanks. Son exposé a pour thème l'évolution des conditions expérimentales depuis la parution de *Snow Crystals*. Parmi la multitude de cristaux et de flocons répertoriés dans le livre du professeur Nakaya, certains ont irrémédiablement disparu. Comme des espèces animales anéanties par l'emprise humaine, certains flocons n'existent tout simplement plus. Les conditions de froid, d'humidité et de durabilité de l'hiver sont devenues tellement fragiles, tellement instables qu'on n'observe plus, même ici, au cœur des régions les plus froides et les plus enneigées sur terre, qu'un échantillon réduit de la merveilleuse nomenclature de *Snow Crystals*. Les recherches menées par Axel et son équipe semblent indiquer que l'absence de certains types de flocons dépasse le cadre de la simple observation empirique. Elles ont montré, grâce à des modèles sophistiqués simulés sur le superordinateur Fugaku au Japon, que la probabilité de voir un jour ces flocons réapparaître sur terre était presque nulle. Ce sont ces résultats qui ont poussé Axel à écrire *Neiges*, avec le succès paradoxal qu'on lui connaît. Axel comprend bien que le tragique de ces résultats puisse échapper au grand public. Mais ses collègues nivologues, scientifiques obsédés comme lui par la neige, se sentent concernés. Concernés et angoissés. Impuissants à circonscrire par le savoir et les modèles la catastrophe écologique qu'ils observent jour après jour, hiver après hiver, année après année. Neige après neige.

Axel ferme les yeux et tente de dormir. Sans succès. Il sort des photos de son sac. Des photos prises pendant ses nombreux séjours au Volkoff Lodge, il y a longtemps. Un paysage enneigé, toujours le même, sous le même angle, à la même période de l'année, à la même heure de la journée. Toutes semblables et pourtant, si différentes. Aussi différentes que les innombrables variétés de neige. Qu'elle soit microscopique comme dans *Snow Crystals* ou à l'échelle d'une plaine, d'une montagne ou d'un continent, la neige n'est jamais la même et ces photos l'illustrent parfaitement.

La neige... Axel sourit. La neige, ça n'existe pas. Les neiges, oui. Même si ces neiges ont une origine commune et des traits communs. Il faut briser la structure élémentaire des cristaux, il faut effacer les intervalles qui les séparaient pendant leur vie en chute libre, agréger les cristaux en une masse compacte pour qu'on obtienne, chaque cristal achevant sa vie éphémère, une matière informe. Matière qu'on pourrait alors, faute de sens et de structure, qualifier à contrecœur de « neige ».

11

Véra

Quelques jours avant le départ pour Alexander Bay, j'ai reçu le livre d'Axel. *Neiges* est arrivé au courrier avec un mot dans lequel Axel évoquait le Volkoff Lodge, nos « Noëls chaleureux » dont il gardait des « souvenirs émus », et notre « complicité photographique » si importante à ses yeux.

Quand j'ai ouvert *Neiges*, la dédicace m'a un peu bousculée : « À V., inspiratrice éternelle de mes neiges ».

Bousculée, peut-être, mais pas totalement surprise.

La neige avait toujours fasciné les amis des Noëls, et Axel encore plus que les autres. Il la décortiquait depuis ses études et ne s'en était jamais remis. Russe comme nous, avec un parcours et une histoire familiale assez semblables à ceux de Svetlana – qu'il connaissait depuis toujours –, la neige était son élément. Et il tenait à me la faire découvrir. Il avait pris l'habitude de m'emmener le soir du côté de la crête, à l'heure où les autres se détendaient au salon. J'avais huit ans la première fois, c'était l'aventure. Dehors par une nuit sans lune, on ne voyait presque rien. Axel avait pris une lampe frontale en me disant : « On l'allumera si on se perd. » On était partis dans la nuit. Une couche de neige épaisse et ferme sous nos pas, on avait traversé le petit bois de pins dont les sommets découpaient des piques sombres dans le ciel. De l'autre côté, on avait débouché sur la grande pente complètement dégagée. La pente que je revois depuis ma fenêtre. Il y avait nous, la neige, le vent. Le froid. Le son étouffé de nos pas. On avait fait encore quelques dizaines de mètres avant de s'arrêter. Axel m'avait dit : « Mets ta tête en arrière. Ferme les yeux. Et tu les rouvriras quand je te le dirai. »

Il avait insisté : « Surtout, tu ne bouges pas ! »

J'étais restée une minute – c'est long, une minute – la tête penchée vers l'arrière, les paupières serrées, à l'attendre – j'avais huit ans, qu'est-ce que je pouvais faire d'autre qu'obéir ?

Le petit clic de son appareil photo avait retenti dans la nuit.

Ensuite, Axel m'avait permis d'ouvrir les yeux. Et j'avais vu. La Voie lactée. La noirceur du ciel ponctuée d'étoiles. Les points à relier par des traits, comme les jeux des cahiers de vacances. Autour de nous, aucune lumière n'altérait la vision.

J'avais froid et on était rentrés. J'étais montée dans ma chambre. La 12. Et je n'avais rien dit à Svetlana pour le clic. Ni celui-ci, ni les suivants. Les soirs d'après, les années d'après, on avait recommencé. Parfois, le temps était couvert. Parfois, il neigeait. Parfois, il faisait grand beau. Et chaque fois j'entendais un nouveau clic résonner dans la nuit tandis que je fermais les yeux et regardais en l'air. Cette année-là, et les suivantes, jusqu'à l'adolescence.

Un soir, alors que la nuit était particulièrement calme, pas de vent, un froid intense et posé, la neige dure presque silencieuse sous nos pas, on était allés plus haut que d'habitude, jusqu'au cairn géant qui marquait le chemin du col Volkoff et le passage de l'autre côté de la crête. Axel m'avait installée, et puis il m'avait donné une nouvelle consigne : « Cette fois, tu fermes les yeux mais tu gardes la tête bien droite, face à moi. »

J'avais quatorze ans, qu'est-ce que je pouvais faire d'autre qu'obéir ?

Au clic, il m'avait dit : « Ouvre les yeux, ne bouge rien d'autre ! »

Et re-clic.

J'étais en troisième. Svetlana était accompagnée d'un nouvel admirateur qui ne durerait pas. Moi, j'avais Axel, la chambre 12 et les clics nocturnes. À quatorze ans, c'était bien, déjà.

12

Neiges

Axel laisse ses pensées divaguer pendant le second vol, qui l'amène à Fairbanks. Le sol qu'il aperçoit par le hublot est presque uniformément blanc, la monotonie interrompue par endroits de pointes minérales qui percent la couverture neigeuse. Une vision évocatrice du vol qu'il avait pris pour aller, jeune chercheur à l'université d'État de Novossibirsk, visiter le laboratoire du professeur Nakaya à l'université d'Hokkaido. Les huit heures en suspens au-dessus de la toundra sibérienne. Le blanc qui n'en finissait pas. Le blanc des origines. Maintenant, ce même vol offrirait les images décaties d'une terre reprisée, mosaïque de salissures marronnasses et de taches blanchâtres jurant avec la pureté ancestrale. Encore quelques années, une décennie peut-être, ou peut-être moins, encore un temps compté et personne ne saura plus rien de la neige. Ni la vivre, ni la voir, ni l'aimer. Ni même, simplement, la nommer. Dans les langues des peuples de la neige, les mots qui la désignent sont si nombreux, si variés ! Sans aller jusqu'à la classification rigoureuse de *Snow Crystals*, on dénombre ainsi près d'une centaine de mots ou expressions désignant la neige dans la langue inuktitut des peuples inuits. Ces mots, ces expressions, cette richesse culturelle vont disparaître. Bientôt, on ne disposera plus que de mots balourds associés à une vision binaire de l'eau selon qu'elle est mouvante ou immobile. La beauté des cristaux, des flocons, la variété de leurs associations seront des concepts théoriques devenus inobservables, sauf en de rares formations artificiellement recréées en laboratoire. Les flocons, pense Axel, seront les dodos et les tigres de Tasmanie de la climatologie. Et les peuples de la neige, les derniers autochtones à se fondre dans l'anonymat de l'universalité climatique.

Dans l'introduction de *Neiges*, Axel salue « l'intimité avec la neige des peuples du froid. Que ce soit en haute altitude ou autour du cercle polaire, les humains ont amassé des trésors de savoir-faire et de savoir-être à partir des neiges qu'ils ont rencontrées. Ce livre est un hommage à la conjonction de l'homme et de la nature lorsque la température est basse, les précipitations, abondantes et les conditions de vie, difficiles ». À l'approche de son retour à Alexander Bay, Axel se sent piégé. Katherine Volkoff et les habitants d'Alexander

Bay font partie de ceux qui, inconsciemment peut-être, ont compris que le moyen le plus simple de rendre ces conditions de vie plus faciles était de les faire disparaître. Et l'hommage d'Axel aux peuples de la neige se confond déjà avec l'éloge funèbre de climats en voie d'extinction.

13

Les yeux jaunes ont tout vu.

Les yeux jaunes cherchaient à manger, bêtes à poil ou à plume, petites bêtes pour contrer la disette. Perchés sur le poteau à l'entrée du Refuge, ils ne trouvaient sur la plaine aucune trace de vie, humaine ou animale. Aucune trace non plus de l'arrivée des alpinistes. Rien que la plaine lissée de la neige de la nuit. Alors, les yeux jaunes sont allés se poster à l'arrière du Refuge, parcourant l'amphithéâtre glaciaire, remontant la croupe qui ouvre la voie vers la pointe Chugach, le couloir raide de l'ascension, s'élevant jusqu'à l'arête en plein ciel et sa corniche imposante sculptée par le vent.

À midi, le harfang s'est envolé vers le nord. Restant à une dizaine de mètres du sol, il a suivi les traces du groupe parti le matin du Refuge. Lorsqu'elles ont commencé à s'élever dans la pente, il a bifurqué vers le haut de quelques battements d'ailes, facile au-dessus des efforts des humains.

Un vent chargé de particules piquantes s'est levé. Soudain. Imprévisible. Violent. Un aérosol glacial et tourbillonnant qui a surpris le harfang, l'obligeant à de rapides battements d'ailes pour contrôler son assiette. Pendant quelques dizaines de secondes, il a volé à l'aveugle dans un vacarme virevoltant. Il s'en est échappé par le haut, les yeux jaunes cherchant à percer la masse de blanc opaque qui les séparait de la terre.

Peu à peu, l'aérosol s'est dissipé. Le bruit est retombé. La pente s'est révélée. Et les yeux jaunes ont tout vu. Tout, de l'inattendu : les traces qui s'interrompent brutalement. La pente ravagée, griffée en profondeur. La butte de neige compacte au pied du couloir attestant de la violence et du volume de l'avalanche qui vient de fracasser le groupe d'alpinistes.

Le harfang est reparti vers d'autres terrains de chasse. Déçu de ne rien trouver sur la trace des humains. Laissant sur la pente quelques détails épars. Un ski brisé. Un bâton. Un bonnet. Un vêtement de couleur vive. Plus haut, Élise et Claire, affalées, immobiles. Tout en haut, Anna, assise, qui regarde vers le bas, vers le tas de neige.

Anna se lève.

Le bruit de l'avalanche s'est dissipé. La montagne retrouve son calme. Claire et Élise se redressent, s'assoient sur la neige. Elles sont choquées mais indemnes. Elles avaient presque rejoint Anna sur le replat au milieu du couloir quand la coulée s'est déclenchée sous les skis de Pierre et David, quelques mètres plus bas. Elles ont été secouées, mais pas emportées. Anna est déjà en train de redescendre la pente en courant pour commencer la recherche des disparus. Elle passe au niveau des deux femmes et leur crie de se mettre au travail.

— DVA en position recherche. Pelles et sondes à la main. Allez, vite ! Vite !

Élise suit Anna, ensemble elles évoluent parmi les petits boulets de neige dure qui ponctuent la sous-couche révélée par l'avalanche. La pente est lacérée, la strate mise à nu est un chaos de neige et de glace. Plus aucune pureté, plus aucune douceur dans ce que révèle la coulée, plutôt un mélange grossier, marque de la violente déchirure qui a saigné le couloir. Quelque part, plus bas, sous la neige, peut-être sous le bonnet qu'elle voit droit devant elle ? Ou bien à côté du ski cassé, un peu plus à gauche ? Au niveau du bâton piqué dans la pente ? Oui, quelque part plus bas dans la pente, sous l'accumulation du beau blanc crémeux transformé en engin de destruction, se trouvent leurs compagnons. Élise est calme. Focus. Efficace. Le DVA tenu à la main lui indique un premier emplacement à dix mètres, puis cinq, puis trois. Un mètre. Elle converge. Scande les mots-clés de la recherche de victimes d'avalanche : trouver, sonder, dégager. Elle a trouvé, alors elle sonde, rencontre la résistance qui, si tout se passe comme dans la théorie, indique la présence d'un corps, et se met immédiatement à creuser. Anna, un peu plus bas, a elle aussi repéré un skieur et a déjà commencé à le dégager.

Claire, elle, ne bouge pas. Elle est vivante, elle est désorientée et elle ne comprend pas.

Anna regarde vers le haut de la pente, elle crie à Claire de se dépêcher de venir creuser afin qu'elle, Anna, puisse partir à la recherche du troisième. Claire se lève. Lentement. Trop lentement. Anna hurle :

— Allez, Claire, dépêche-toi. Allez !

Claire l'entend mais ne voit rien. Ses yeux sont encore piqués des minuscules prismes qui ont rempli l'espace pendant quelques longues secondes.

D'abord, il y a eu le bruit. Un craquement sourd né au minuscule point de déchirure et qui a pris de l'ampleur en même temps qu'il se propageait le long des fractures naissantes, deux lignes presque symétriques qui ont dessiné un gigantesque V inversé sur la pente. Le bruit révélateur d'une puissance inconcevable a figé Claire, emplissant l'air de ses notes sinistres. Juste après, elle a senti le souffle. Une onde glacée, violente, piquante, qui remontait la pente et lui a fait perdre l'équilibre. Après le bruit de l'avalanche, après le souffle, le mouvement a continué. Claire a fermé les yeux pour se protéger du brouillard de neige qui envahissait la vue, masquant le couloir, la pente, le glacier au loin, et jusqu'au Refuge, le petit point coloré qui accrochait son regard il y a dix minutes à peine lorsque, à mi-pente sous le grand soleil, elle s'était retournée pour se rendre compte du chemin parcouru.

Le bruit, le souffle, l'horizon... Claire a fermé les yeux pour se protéger, mais elle a continué d'entendre. D'abord, les cris si proches et vite étouffés des deux garçons. Pierre et David étaient au point de départ de l'avalanche et n'ont pas eu le temps de réaliser, ni de réagir. Jonas, lui, elle l'a bien entendu. Claire est encore assommée par un son qui boucle dans son esprit et lui brouille le cerveau : le cri de Jonas surnageant au-dessus de l'avalanche. Un cri d'abord de surprise, un petit « Oh ! » étonné suivi d'un terrible « Non ! » et, deux ou trois secondes plus tard, d'une longue plainte terrifiée qui a remonté la pente et rempli ses oreilles. Le cri de désespoir de Jonas qui a vu l'avalanche lui arriver dessus, sans échappatoire.

Claire ne peut pas bouger. Elle refuse que l'accident se transforme en réalité. Ce matin avant de partir, elle s'est disputée avec Jonas. Il lui a fait des remarques déplacées, elle lui a demandé de se calmer, il n'en a rien fait, le ton est monté. Personne n'a osé intervenir, jusqu'à ce qu'Anna coupe court en donnant le signal du départ. Claire et Élise se sont préparées en vitesse, comme dans l'urgence. Une fois sur les skis, elles sont parties devant avec Anna sans attendre les garçons. Anna a cédé à l'excitation électrique qui parcourait Claire et Élise, les trois hommes sont restés derrière. Loin derrière même, dans le cas de Jonas.

Une vision persiste derrière ses paupières fermées. Vision qui l'empêche de bouger. Lorsqu'elle a entendu le craquement, elle s'est tournée vers le bas de la pente et a vu Pierre et David disparaître instantanément. De cela, il lui reste une impression fugace, deux taches de couleur qui un instant sont bien là et, le suivant, n'y sont plus. Tout juste si elle se rappelle les avoir vraiment vues. Mais Jonas, son Jonas malgré leurs différends, elle l'a bien vu qui levait les yeux. Regardait vers le haut. Vers elle. Le temps que la pente s'écoule, elle l'a bien vu pousser son « Oh ! », crier son « Non ! », hurler sa peur avant d'être absorbé par le nuage de neige.

— Allez, Claire ! Allez !

La voix d'Anna la transperce. Les prismes glacés quittent ses yeux. Elle voit Élise qui creuse énergiquement, Anna qui lui crie de la rejoindre. Claire se secoue sèchement, chasse les impressions qui la bloquaient et se met, enfin, en route. Elle descend la pente, DVA à la main, vers le bas du couloir. Là où doit être Jonas. En passant au niveau d'Élise elle lui adresse un regard que celle-ci ne voit pas. Tant mieux. Claire ne sait pas retenir la colère qu'elle ressent. Elle continue sa descente, arrive au niveau d'Anna qui lui dit :

— Prends ma place. Je vais chercher Jonas.

Mais Claire ne l'écoute pas. Elle doit retrouver Jonas. Elle le lui doit. Si elle l'avait attendu… si elle n'avait pas filé droit devant… si Élise… si Élise n'était pas Élise… Elle dépasse Anna et le trou qu'elle a déjà dégagé, dans lequel on voit de la couleur. Du jaune. Une forme. C'est David. Elle veut continuer mais Anna lui attrape l'épaule et hurle à son oreille :

— Stop ! Tu restes ici, tu finis de dégager David. Allez !

Anna lui met sa pelle dans les mains, prend le sac de Claire et descend la pente en courant en direction du bonnet qui surnage, trente mètres plus bas.

Au Refuge, le harfang est revenu se poser sur son poteau. Félix esquisse un sourire. Il commençait à lui manquer, son maître en survie du Grand Nord. Aux yeux jaunes qui l'interrogent, Félix répond qu'ici il ne s'est rien passé. Il pense que les skieurs ne devraient pas tarder, mais les yeux d'or sont en désaccord. Alors qu'il survolait le glacier, le harfang a vu, de haut, de loin, les petites taches de couleur sur les pentes sinistrées. Certaines en mouvement. D'autres, immobiles. Et il sait compter. Aussi bien que n'importe quel corbeau. Il sait parfaitement compter, et il a identifié de son regard projecteur : une, deux, trois... quatre... cinq... Oui. Cinq figures humaines. Une de moins qu'au matin. Dans sa tête emblématique au cerveau mal déchiffré, le harfang privé de langage commun annonce le décompte à Félix qui ne comprend pas et continue de fixer les yeux, et de sourire. Sourd au message du harfang, il se prépare au retour des skieurs. En quelques gestes efficaces, Félix confectionne un gâteau aux pommes et l'enfourne, puis commence la mise en place du dîner. Il épluche et détaille les légumes de la soupe du soir : oignons, carottes, choux-fleurs. Dans une grande casserole, il fait revenir les légumes, les enrobe d'un masala trouvé à Alexander Bay et dont il s'était dit qu'il ferait son effet au Refuge. Laisse les poudres et les légumes se mêler. Noie le tout d'eau de fonte de neige, ajoute un cube de bouillon aux herbes, quelques lentilles corail pour donner la consistance.

À travers la fenêtre de la cuisine, les yeux d'or sont presque invisibles dans la fin d'après-midi qui s'assombrit. Les plumes blanches, elles, sont fondues totalement. Félix regarde l'heure : 16 h 30. Le soleil décline vite à cette époque de l'année.

Bientôt, le harfang disparaît.

Félix va se poser dans sa chambre, le temps d'écouter un peu de Véra. Il prend son casque et plonge dans sa voix, partageant avec elle une intimité qui lui paraît exclusive. Encore plus au casque, grâce à l'atmosphère ouatée, aux sons qui pénètrent droit dans le conduit et visent ses tympans, aux longues vibrations que provoque la voix chaude et grave. Véra parle avec une pointe d'accent russe dont Félix raffole. Il lui arrive parfois, comme par accident, de rouler ses « r », de mouiller ses « ch ». Il lui arrive aussi de durcir ses « i », comme s'ils sortaient du nez plutôt que de la bouche. Au casque, l'impression est d'autant plus vive qu'aucun son ne se perd, aucune intonation n'échappe, tous les mots de Véra sont instillés directement. Une fois à l'intérieur, ils parcourent. Suivant les sujets, ils peuvent aller au cœur, dans la zone du romantisme. Ou rebondir sur la boîte crânienne et devenir des troubleurs. Parfois ils provoquent des excitations inattendues, une boule de désir, des spasmes dans le ventre. Parfois ils apaisent comme une longue expiration. Toujours, ils lui font quelque chose.

Sans s'en rendre compte, Félix s'est assoupi à la fin du podcast. Lorsqu'il ouvre les yeux, il est près de 18 heures. Le Refuge est calme. Trop calme. Le groupe n'est pas rentré. Félix sort regarder à l'arrière du Refuge, cherchant la grappe de lampes frontales qui signalerait leur retour : rien. Il n'est pas inquiet, pas encore. Aucun signe de détresse, rien que le calme qui s'étire vers la nuit. Alors, Félix se remet à la préparation du dîner prévu pour 19 heures – au Refuge on mange tôt, et Félix est bien décidé à suivre l'avisé conseil de Franklin : « Skieur affamé, skieur énervé. Gardien emmerdé. » Il sort la viande du soir, un gros poulet que les skieurs mettront à mal sans problème après la journée dehors. Il le vide, le pare, le trousse et le met à rôtir à feu doux. Machinalement. Les gestes automatiques de l'habitude et du savoir-faire. Avec la soupe et le poulet, il fera du boulgour. Comme dessert, le gâteau aux pommes fera l'affaire.

Il est maintenant 19 h 30, l'heure du dîner est passée et Félix sent poindre l'inquiétude. Repense aux mots de Franklin : « Ton métier, c'est gardien. Pas ange gardien. » Mais tout en parlant, Franklin avait une lueur dans les yeux, la lumière du vieux briscard qui charrie le novice. Franklin, c'est un véritable ange gardien, une référence, on ne peut compter le nombre de randonneurs, skieurs ou alpinistes qu'il a sauvés du froid, du brouillard et des crevasses en les remettant sur le bon chemin, ou en allant les chercher sur le mauvais.

Félix se demande comment veiller sur ses hôtes, et ce qu'il devrait faire s'ils ne revenaient pas.

14

Pendant que Claire et Élise finissent de dégager David et Pierre, Anna cherche à localiser les ondes émises par le DVA de Jonas. Rapidement, elle capte le signal et identifie une petite zone, presque un point, où Jonas est enfoui. Alors, sonder. Sonder. Piquer la neige. Rencontrer une résistance. Pleine d'espoir, creuser. Dès les premières pelletées, une tache de couleur verte apparaît. Claire et Élise qui ont rejoint Anna se mettent à creuser elles aussi. Creuser, creuser, plus vite, plus fort. Les bips émis par leurs trois DVA sont autant d'encouragements, Jonas est là, tout près. Alors creuser, encore, creuser et dégager la tache de couleur – le sac à dos de Jonas. Sac éventré, bretelles arrachées, sangles et ceinture déchirées sont témoins de la violence de l'avalanche. Anna prend le sac et le lance loin derrière elle pour dégager le terrain et continuer la recherche. Jonas ne doit plus être loin.

C'est Claire qui comprend la première.

Se rendant compte que le bip émis par son DVA faiblit et que la flèche sur l'écran pointe maintenant en direction du sac, elle pousse un cri. S'approche de la dépouille du sac et sort l'appareil d'une des poches intérieures. Voilà d'où provient le signal : du sac, pas de Jonas. Son cri se transforme en un hurlement de rage, elle balance le sac avec le DVA de Jonas et s'effondre sur la neige. Anna continue de creuser, furieusement, agrandissant le trou de toute son énergie, s'enfonçant de plus en plus profondément. Peut-être que Jonas est dessous, malgré tout.

Mais Jonas n'y est pas.

Tout en creusant, Anna se maudit. Jonas était sous sa responsabilité. Elle aurait dû s'assurer qu'il portait bien son DVA sur lui. Elle s'est contentée de vérifier les appareils en partant du Refuge et n'a pas procédé à un nouveau contrôle au moment de s'engager dans la pente de neige. Si elle l'avait fait, elle aurait vu que Jonas avait mis le DVA dans son sac à dos. Jonas lui-même s'en serait rendu compte. Il a commis une erreur grossière, une paresse de prétentieux, mais c'est elle, la guide, qui aurait dû la réparer. Elle a été paresseuse elle aussi, et maintenant son client est enseveli.

Mort, certainement.

Anna arrête de creuser. Toutes les trois, elles entreprennent de quadriller l'accumulation de neige. Sans signal pour les guider, elles progressent en ligne, pas à pas, méthodiquement, chacune sondant devant elle.

L'espoir de retrouver Jonas disparaît peu à peu dans la lumière déclinante.

Cela fait maintenant plus de deux heures qu'Anna, Claire et Élise cherchent Jonas qui reste introuvable.

En bas de la pente, David et Pierre sont assis sur la neige. Pierre est blessé à l'épaule, il peut à peine bouger le bras droit. David est choqué. Ses jambes restées prises plusieurs minutes dans la neige compactée le font souffrir. Aucun des deux n'est d'attaque pour aider. Mais ils sont vivants.

Le soleil est tombé depuis longtemps derrière les sommets. Anna décide d'arrêter la recherche : il faut rentrer au Refuge, contacter Alexander Bay, prévenir les secours. S'occuper de l'épaule de Pierre. Elle s'apprête à le dire à Claire et Élise qui restent concentrées sur leur unique objectif, retrouver Jonas dans l'immense talus qui s'est formé en bas de la pente. Déterminées à l'en sortir vivant. Anna doit leur dire que l'objectif ne sera pas atteint ce soir.

Elle fait signe aux deux femmes de la rejoindre.

— On doit y aller. Pas question de passer la nuit dehors. Le ciel est plombé, il va neiger, on n'est pas équipées pour un bivouac. On doit rentrer et prévenir les secours.

Claire proteste. Anna insiste. Claire proteste encore mais son corps a compris. Les épaules s'affaissent, les commissures des lèvres tombent, le ventre se tord, les genoux cèdent. Seuls les yeux cherchent encore. Les yeux n'y croient pas mais le corps sait. Après la puissance du choc, brutal, impitoyable, après avoir vu l'état de Pierre et David qui sont restés pris dans la neige à peine une minute ou deux, après les heures de recherche, le corps sait qu'il n'y a rien à espérer. Il faut que les yeux voient, mais le corps sait.

Peu après, le groupe se met en route. Les lampes frontales dans la nuit dessinent un serpent aux cinq yeux cyclopéens qui rampe sur la trace menant au Refuge.

Il est plus de 21 heures lorsque Félix leur ouvre la porte.

La Parole de la pointe Chugach a retenti dans mes oreilles. Sa bouche : le point de la déchirure. Un clou planté dans la pente. Le manteau neigeux pendu au clou. Le clou cède. Le manteau glisse. Et la Parole naît. Comme une allumette qu'on craque. Une détonation. Une putain d'explosion.

Au début était la Parole de la pointe Chugach. Mon dernier catéchisme.

Maintenant, refaire. Au ralenti.

Important, le ralenti.

Le post mortem ne me fera pas revivre. Mais je dois comprendre.

Rembobiner. Revoir. Au ralenti.

Tant que j'en suis capable.

Au départ, je montais.

Ah oui… voilà.

Au départ, je monte.

Je suis derrière. Pour une fois. Je ne veux voir personne. Je suis posé sur mes skis. Les yeux sur la trace du prochain virage. Je monte. Je m'arrête. Regarde. Entends. Le craquement prend de l'ampleur. Des cris. Le souffle. Je lève la tête. La pente se met à vibrer. Une pensée me traverse l'esprit : je suis en train de monter. Et donc, je suis foutu. J'aurai juste le temps de tout entendre. De tout sentir. De tout comprendre. Et de plus rien.

Une avalanche à la descente : les événements cascadent. Se bousculent. Se télescopent. L'onde de choc d'un avion qui franchit le mur du son. Une avalanche contre un skieur qui descend, c'est vite contre vite. C'est une course qui se joue, on perd souvent, on peut gagner.

Une avalanche à la montée : très différent.

Un grand « Non ! » me traverse. Je me secoue. Cherche l'échappée.

Suis à mi-pente, au milieu du couloir.

La terre tremble sous moi.

À vingt mètres, des rochers affleurent. La solution. Je ne regarde plus en haut. Seulement devant moi. Un, deux, trois, quatre pas vers le bord. Les rochers. L'onde de choc se rapproche. La déflagration devenue brouhaha. Les rochers. Encore dix mètres. Le vent de neige arrive. Une eau glacée m'enveloppe. Gouttelettes de mort dans mes poumons. Leurs ondes me secouent. J'inspire le souffle humide et froid, l'air saturé d'eau. Mortel aérosol.

J'ai peur.

Mes skis s'emmêlent, la terre tremble trop fort. Elle mugit, elle craque de partout, la neige fouette comme une tempête de sable glacé. Les rochers sont trop loin. Ils disparaissent.

Je ne vois plus rien. Je suis au centre de la neige. Dans le maelström de moi, le vortex de moi, le tourbillon de moi. Cœur inconscient du cyclone qui me presse. M'enferme. M'enlève. Me broie. Il me veut. Il m'a. Ne peut se passer de moi. Happé, je suis roulé. Brassé. Perforé d'eau solide. Propulsé vers le fond. Balancé dans la pente. Gravité sens dessus dessous. Je plonge tête la première. Mes bras s'agitent. Mes jambes… Où sont mes jambes ? Mes jambes pédalent. J'essaie de surnager.

Ce n'est pas la mer, ici.

Le nuage de neige me pénètre de partout. Je l'inspire, et je ne l'expire pas. Je l'inspire, et je ne l'expire pas. Je l'inspire encore, mes poumons s'inclinent et lui offrent leur lit. Le nuage me pave la trachée, ses soldats miniatures s'installent. La neige se liquéfie à l'intérieur de moi. J'aspire en vain à un peu d'oxygène, un peu de gazeux, quelque chose d'habituel qui me ferait respirer. Mon hoquet grandit, mon souffle diminue, les mains et les piques du blanc qui pénètre se servent de moi, posent leur camp et vivent leur vie. Je suis vaincu, je suis investi, je suis colonisé. Je suis noyé.

Le calme revient.

Le mouvement s'arrête. Seuls mes poumons luttent encore contre l'immobilité. Autour de moi la neige s'organise. La poudreuse légère devient dure. Compacte. Je suis compressé. Écrasé. Je fais bloc avec la neige.

Voilà. Je suis la neige.

Avant de perdre conscience, l'illusion du corps de Claire. Son odeur. Me nicher. Me noyer, oui, mais en elle. Je crie son nom. Rien ne sort. Il n'y a plus d'air en moi. Que de l'eau.

Je perds connaissance.

Refaire ? Peut-être.

Revivre : impossible.

Je ne connaîtrai jamais l'endroit exact où je suis mort. Quelque part sous la pointe Chugach. Au pied d'un couloir sans nom.

Seul.

Félix a servi un souper tardif que personne ne mange.

C'est une chose de se dire qu'il y a risque de mort. C'est une chose de partager des histoires la journée loin de tous les dangers avec ses amis, ses compagnons de cordée ou de randonnée. C'est une chose de parler au dîner de ceux qui ont disparu. Ceux qui ont dévissé. Qui ont dérapé. Qui sont tombés. Ceux qui ont pris des risques.

C'est une chose bien facile.

C'est tout autre chose de partir par grand beau et de revenir un de moins. De savoir que la réalité s'est fixée sur votre groupe. Qu'il n'est plus question de risques calculés, de dangers objectifs ou de comportements imprudents, mais bien d'aller rechercher un corps. Les mots n'ont pas le même poids quand ils parlent de morts proches.

Dès le retour au Refuge, Anna a tenté de prévenir Franklin à Alexander Bay, mais le vent et la neige ont gêné la communication par téléphone satellite, et les réponses de Franklin n'étaient pas claires. Il a peut-être compris qu'il y avait eu un accident, une avalanche, des blessés, mais elle n'en est pas sûre. À chaque fois qu'elle répétait ce qui s'était passé, elle avait l'impression que ses mots se perdaient. Cela dit, Franklin a l'habitude des situations d'urgence, il a dû se douter qu'Anna ne l'appelait pas pour bavarder, et elle lui fait confiance pour venir dès que possible avec une équipe de recherche.

Maintenant, il faut attendre. Si le temps le permet, l'équipe pourrait être là dans quelques heures. Dès le lendemain matin. Mais le vent qui continue de tourbillonner, la neige, de tomber emporteront la décision. Il faut attendre le matin.

Le groupe est toujours assis à table, dans la salle. Ils n'ont rien mangé du dîner quand Félix apporte le gâteau aux pommes. On parle peu. De temps en temps, des soupirs. Des exclamations. La colère. L'incrédulité. Claire est abattue. La dernière phrase qu'elle avait adressée à Jonas le matin avant de partir lui résonne dans la tête. Lui brouille le cerveau. Les yeux. Les oreilles. L'empêche de ressentir autre chose que de la honte. Une honte dont, Claire en est sûre, on ne se remet pas.

Élise rompt le silence :

— Anna, où est-ce qu'on a merdé ?

Anna prend le temps avant de parler. Sans vraiment répondre.

— La neige était fraîche… une couche profonde… c'est sûr qu'il y avait un risque.

Pierre intervient :

— C'est toi qui devais évaluer les risques !

— Bien sûr. Et je l'ai fait.

La pièce se glace. Anna projette un petit rire sombre. Dans sa tête, elle se repasse le jour précédent. Le froid.

La neige qu'ils avaient regardée tomber toute la soirée. La vue au matin sur les pentes qui menaient à la pointe Chugach. L'enthousiasme, oui, le bel enthousiasme du groupe. Pierre le premier, à répéter sans arrêt au petit déjeuner : « Elle est trop belle cette montagne. On y va ! » Anna leur rappelle tous les points dont ils avaient discuté ensemble : la météo favorable. L'absence de vent. L'exposition des pentes.

Pierre la coupe :

— Et tu as décidé qu'on pouvait y aller !

Élise pose la main sur le bras de son frère. Le contact semble l'apaiser. Elle lui dit :

— Pierre, il y a autre chose, quand même… David et toi, vous étiez collés l'un à l'autre. Et Anna avait bien dit de laisser des espaces entre chacun de nous.

— David avait un problème avec ses fixations. J'ai dû l'aider.

— Oui. Mais Anna avait dit…

— Je sais ce qu'elle avait dit ! s'énerve Pierre. Je sais.

Anna tente de le calmer.

— Tu as le droit de penser que c'est de ma faute.

— Oui. T'inquiète pas, je le pense et je le dis.

D'un coup, Pierre se lève. Il renverse sa chaise, se met à marcher comme un pantin, tourne dans la salle, rebondit sur les vitres comme un sphinx ébloui. Élise s'adresse à Anna :

— Quand tu as pris la photo…

— Quelle photo ?

— De Claire et moi. Juste avant l'avalanche.

— Ah. Et ?

— Nous aussi, on était côte à côte. Toutes les deux au même endroit.

Anna a un pauvre sourire. Elle regarde les deux femmes aux physiques de grimpeuses, fines et musclées. Légères. Compare avec Pierre et David, deux grands costauds.

— Vous étiez presque sur le replat avant la goulotte. Là où vous vous êtes arrêtées, il n'y avait aucun risque de faire partir l'avalanche. Elle s'est déclenchée pile au niveau des garçons.

Élise n'insiste pas. Félix vient voir si quelqu'un veut manger quelque chose. David lui dit de laisser le gâteau. Il est un peu gêné, mais il a faim. Claire n'est pas d'accord.

— Tu ne vas pas te goinfrer, là, tranquille, alors que Jonas est enfoui sous la neige. Pas possible, ça… On peut penser à lui. En parler. Espérer. Ça, oui, on peut. Mais manger…

Ses larmes ont commencé à couler au milieu de la phrase. Elles ne s'arrêtent plus.

— … manger ? Mais c'est ignoble, de manger !

— Claire… commence Élise.

— Quoi, « Claire » ? Je te dis que c'est dégueulasse de manger, c'est tout !

Le silence s'installe dans la salle. L'abattement, la tristesse, le désespoir ont gagné le groupe.

— On peut faire quelque chose ? finit par demander David.

— Ce soir, rien, répond Anna. En attendant, on devrait se reposer.

David se lève et monte dans sa chambre. Pierre le suit. Anna va retrouver Félix dans la cuisine. Restées seules, Claire et Élise se font face. Élise tend la main vers Claire qui la repousse.

— C'est de ma faute. À cause de ce que je lui ai dit ce matin.

— Claire… une avalanche ? Comment ça pourrait être de ta faute ?

— Jonas, il était toujours devant. Sauf aujourd'hui. Aujourd'hui il s'est pris toute la pente, et c'est de ma faute. Je le sais, c'est tout.

Élise ne dit plus rien. Claire fuit son regard. Toutes les rancœurs, toutes les bagarres et engueulades qu'il a pu y avoir entre elle et Jonas se sont effacées. Ne reste que la tristesse de perdre celui qui ne serait probablement pas resté un ami, mais qui a été si proche. Un amant. Un partenaire. Un compagnon.

15

Au moment où les alpinistes arrivaient au Refuge, le harfang repartait. Chasseur de nuit comme de jour, ses deux globes jaunes éclairant la neige, il a survolé le glacier et les pentes en direction de la pointe Chugach. Lui ne la nomme pas ainsi, mais il la connaît. Il est né à ses pieds, elle a toujours fait partie de son paysage. Arrivé au-dessus du couloir, il constate les changements. La pente est irrégulière, sa surface est chaotique, la couverture neigeuse, râpée, a perdu son côté lisse et uniforme. En bas, une accumulation de neige forme une colline qui n'était pas là le matin. À plusieurs endroits sur la pente, des sortes de bâtons de couleur rouge sont plantés dans le sol. Il en teste un, le trouve bien trop souple pour servir de perchoir. Le harfang se pose au sol, au niveau du bâton le plus haut. Autour de lui, la pente est criblée de trous avec, à leurs côtés, des tas de neige, comme si un renard ou un lièvre avait creusé pour chasser ou faire son terrier. Un renard, ou un lièvre, ou plusieurs. Et géants. Et acharnés.

Le harfang s'envole, inspecte la zone autour d'un second bâton. Mêmes conclusions. Le voisinage du troisième lui convient plus. Le bâton est simplement planté là. Autour, la neige est presque intacte : une seule série de pas y mène. Un léger creux, qui s'est formé lorsqu'un humain s'est assis. Encore des pas, qui sont repartis dans leurs traces d'arrivée. Il se pose dans une des empreintes de pas qui l'accueille sans fléchir sous son faible poids. Depuis le sol, le harfang observe le ciel. La neige s'est remise à tomber. De gros flocons d'une neige humide, aux bords irréguliers. Le harfang replie ses ailes bien étroitement contre son corps. Ses yeux clignent, se plissent, puis se ferment contre le vent qui souffle fort. Les flocons se déposent sur ses plumes mouchetées, les masquent de blanc. Peu à peu le harfang disparaît, fondu dans la nuit et le blanc. Il s'endort.

Je ne vois pas. Je n'entends pas. Je ne sens pas. Je ne bouge plus. Depuis plusieurs heures. J'ai stoppé mes circulations. Le sang. Le souffle. L'énergie. Seuls mes cheveux et mes ongles insistent. Mon corps est bleu. Mes poumons, figés.

J'ai pensé à Claire aussi longtemps que j'ai pu. Comment on s'était rencontrés à vingt ans, chez les parents d'Élise et Pierre. Grande maison bourgeoise de l'Ouest parisien, meubles cirés, parents encaustiqués, frère et sœur plastifiés. Et elle. La lumière. La pure énergie. Le soleil. Dès notre rencontre, Claire m'avait branché : alpi, grimpe, trail. On n'avait pas arrêté, toute une soirée à communiquer en direct pendant que les conversations des autres rebondissaient sur notre muraille de Chine. Ils n'avaient rien à dire, les autres, ou plutôt, on n'avait rien à entendre d'eux. Tout ce que je voulais, tout ce que Claire voulait, c'était qu'on y aille. On se comprenait, tout, tout de suite, on ne s'est plus lâchés. Claire, comme moi, elle était à fond.

Non.

Elle est à fond.

C'est moi qui étais.

David était là aussi, le timide, une sorte de fils adoptif de la maison. Il n'était pas de notre milieu, un jeune du Morvan monté à Paris, impressionné par tout ce qu'il voyait. Je l'aimais bien, David, tout de suite il m'a plu. Son air simple et dévoué, le compagnon de cordée parfait quand tu sais que toi, tu veux, et que lui, il suivra. Et, comme ça, il avait suivi. S'était raccroché au groupe des quatre jeunes fiers qu'on formait. David était toujours un peu à côté. Jamais vraiment dedans. Toujours quelque chose à exprimer, jamais les mots pour le dire. Gros cœur et petite tête, je lui avais dit un jour sans penser à mal. Il avait boudé toute la journée, avant de reconnaître que j'avais un peu raison. Je l'aimais bien, David.

Non.

Je l'aime bien.

Dommage. On ne se reverra plus.

Drôle de transition, la mort.

Je suis mort et je continue à penser. Je suis mort et ma mémoire est vive.

Drôle de transition.

Une étrange sensation d'instantanéité. Un temps posé sur une neige facile. Mon nez inspire des particules agréables. Légères. Bienvenues. Un battement plus tard et je suis enserré dans un bloc compact de la même neige. Et mon nez s'emplit de particules épaisses qui m'obstruent.

Un temps. Un battement. Un changement.

Ensuite, ça dure. C'est long. Éternellement long.

Au début était la Parole… d'accord.

Mais à la fin ?

Au Refuge, c'est le silence.

Pierre et David dorment, ou font semblant. Anna et Élise sont aussi montées se coucher. Claire est restée dans la salle. Assise, elle fixe sans les voir la nuit noire, la neige, le vent par la fenêtre.

Félix finit de ranger. Seul dans la cuisine, il est agité. Des pensées le taraudent, pensées que la longue marche dans le blanc pour arriver au Refuge avait fait taire. Mais l'accident de la journée l'a ébranlé, et les pensées sinistres sont revenues. Pas moyen de s'en défaire, elles traînent au contact d'un torchon, au son d'un plat qu'il range dans le vaisselier, à l'odeur qui s'échappe du placard à épices… les sens de Félix l'assaillent de souvenirs. L'intérieur soudain l'étouffe, les murs trop proches, les fenêtres qui donnent sur une nuit sans fin, la chaleur à l'intérieur du Refuge sont délétères. Et le silence qui y règne, oppressant.

Reste le blanc de la neige qui dehors se dépose.

Le blanc, voilà peut-être la solution. La neige capable de recouvrir toute trace du passé. La neige, la meurtrière, est aussi salvatrice. Un retour à la neige peut effacer les tourments. Un retour à la neige libérera Félix. Oui. La neige. Et le froid. Laisser le passé se fondre dans la neige, poser du froid sur l'absence comme un baume sur une douleur. Félix éteint les lumières de la cuisine, enfile sa doudoune et sort. Il se prétexte à lui-même une cigarette qu'il ne parvient pas à allumer tant le vent est violent. Il a du mal à tenir debout. Le blizzard a dérobé la clarté de la lune et des étoiles. Impossible de voir ne serait-ce que le poteau du harfang. Félix fait quelques pas. Dix, quinze, vingt mètres. Il se retourne : ses traces sont déjà lissées. Le

Refuge est à peine discernable. Félix repart vers le gris le plus sombre, le plus total. Lorsqu'il se retourne de nouveau, seuls le vent et la neige sont présents. Le Refuge est totalement invisible. L'univers est devenu sonore et tactile. Primitif. Aucune distance entre lui et les éléments. Il se fond dans les flocons qui lui font une deuxième peau, une troisième, une multitude de couches de peau qui s'agrègent sur lui et le chargent de neige et de froid. Il se sent étonnamment bien. Les traits de l'alpiniste disparu – Jonas ? C'était bien Jonas, son nom ? – s'effacent déjà de sa mémoire. Son visage se gomme à grands traits. Restent quelques détails, la couleur de son goretex – vert –, de ses skis – bleus. Il était brun, croit se rappeler Félix. Grand, carré.

Brutalement, d'autres réminiscences le percutent. Accident. Disparition. Les recherches. L'attente. L'échec. Le désespoir. À la place du visage de Jonas, un autre se dessine. Le visage de Jonas ne réapparaît pas. L'autre persiste. Félix demande l'impossible : effacer ce visage. Faire comme s'il n'avait jamais existé. Barrer sa vie d'avant d'un grand trait de blancheur. Renaître à trente ans et la mémoire courte. Félix demande souvent l'impossible – mais sa mémoire objecte toujours. Difficile d'effacer les preuves du passé.

Seule, peut-être, la neige…

La neige invite Félix, le flatte de mots faciles, de mots doux qui l'attirent. Il continue d'avancer sans voir. Revivant un état de son passé, quand il s'était montré aveugle à son environnement, insensible à la réalité qui l'entourait et bientôt s'emparerait de lui. Il est tenté par la remise en question finale. Un oubli efficace, définitif, que le souvenir soit pris dans la neige, roulé, enveloppé, étouffé, emporté au loin et se retrouve enfoui pour toujours sous des couches et des couches de froide épaisseur au cœur du glacier, au pied de la pointe Chugach.

Félix a enlevé ses gants pour tenter de fumer et ne les a pas remis. Il sent le froid l'envahir phalange après phalange. Commençant par les extrémités. Forçant le sang à refluer. Remontant vers la paume. Bientôt, le froid parti des doigts s'approchera du cœur. Le froid et la neige jouent leurs rôles, les sens sont émoussés, les impressions gommées, les souvenirs atténués. Félix se sent plus léger. Il regarde autour de lui, se demande où est le Refuge. Ne le situe plus. Une erreur de débutant, aurait dit Franklin. Peut-être pas une erreur, aurait répondu Félix.

À la fin…

À la fin… ? Pas vraiment !

Une fin, c'est précis. Une date. Une heure. Un moment. Quand l'avalanche m'a rejoint. Quand j'ai respiré la neige à pleins poumons. Quand j'ai perdu connaissance. Un moment bien précis.

Mais après ? Comment qualifier l'après de la fin ? Aussi compliqué que de décrire l'avant du début.

Je suis mort et la fin dure.

Claire ressasse les dernières minutes, les dernières paroles. La froideur des regards échangés. Comment ont-ils fait pour ne plus s'aimer à ce point ? Elle l'ignore, ne cherchait plus depuis longtemps à comprendre leurs désaccords. Elle passait à autre chose. Une autre vie, une autre compagnie, d'autres projets. Mais elle reste persuadée que c'est de sa faute si Jonas est mort. On ne crée pas les tensions en expédition, on attend le retour, la ville, la maison. Les moments banals. On ne crée pas les tensions, on les lisse, on patiente, on assure. On gère. Claire se dit qu'elle a tout sauf géré. Elle a tout fait pour le mettre en danger. Pour les mettre en danger.

Oui, c'est de sa faute s'il est mort.

Seule dans la salle, elle ne tient plus, alors elle sort. Sans bonnet. Sans goretex. Juste sa doudoune. Elle s'en fout. Elle aura froid. Elle l'a mérité. Elle fait dix mètres dehors. Ne voit déjà plus rien. Ne sent que le vent et les impacts des flocons sur son visage. Flocons qui la rapprochent de Jonas. Elle marche. Encore dix mètres.

Elle avance sans hésitation ni direction. Là où elle va, c'est tout droit. Retrouver Jonas. Réparer ses torts. Elle marche. Bout intérieurement. Sa chaleur est tellement intense qu'elle ne sent rien du froid qui gagne. Elle est en rage. Contre elle-même. Jonas, elle aurait dû le quitter bien plus tôt. Mais ce voyage, cette ascension, ils en rêvaient depuis longtemps, et quand l'occasion s'était présentée, elle avait décidé d'étouffer pour quelques mois supplémentaires ses envies d'autrement. Claire émet un drôle de son, le faible souffle d'un petit rire sans joie qui se perd à peine sorti de sa bouche, dans les tourbillons qui l'accompagnent. Oui, elle aurait dû quitter Jonas plus tôt, mais Katherine Volkoff avait su se montrer persuasive. Elle voulait que ce soit eux, et personne d'autre, qui effectuent la première hivernale de la pointe Chugach. Jonas et Claire étaient des alpinistes de haut niveau, toujours à la recherche de nouveaux sommets. Katherine leur offrait la possibilité d'une expédition dans un cadre exceptionnel, et le confort suprême du Refuge. Jonas lui avait demandé ce qu'elle attendait d'eux, elle avait répondu : « Rien. Je vous paie le voyage, le guide, je vous invite aussi longtemps que vous le souhaitez au Refuge, et vous, vous faites ce que vous aimez faire : vous grimpez et vous skiez. » Katherine savait que la venue d'alpinistes de leur niveau serait une fantastique publicité pour Alexander Bay, le Volkoff Lodge et le Refuge.

Jonas et Claire avaient d'abord hésité. Les tensions déjà présentes entre eux ne favorisaient pas la préparation d'une expédition. Mais l'attrait de la neige était trop fort. Ils venaient d'entendre ce scientifique, Axel Kantor, s'exprimer lors d'une émission de radio et son intervention les avait interpellés. Pas dans le sens d'une prise de conscience écologique. Pas du tout. Non, plutôt dans le sens d'une urgence. D'un appétit vorace qui serait bientôt impossible à satisfaire. C'était en Alaska qu'ils trouveraient la dernière neige. En Alaska qu'ils pourraient connaître encore le plaisir devenu si rare de l'approche à ski. La longue remontée des premières pentes de neige. L'escalade de couloirs en glace. Le plaisir d'une arête longiligne et pure. Et c'est, en Alaska, à la pointe Chugach qu'ils pourraient atteindre le sommet d'une toute nouvelle montagne, un sommet inconnu, jamais gravi en hiver. Et skier une folle descente en face nord. Claire et Jonas étaient toujours prêts. Physiquement. Mentalement. Ils s'étaient décidés sans avoir besoin de se concerter, juste en entendant la conclusion de l'émission et le ton lugubre de l'invité. Ensuite, il n'avait plus été question que de logistique, et de l'expédition. L'équipe s'était agrandie pour inclure Pierre, David et Élise. Ensemble ils formaient un groupe soudé, ils se connaissaient bien, avaient une longue liste de courses en commun. Toutes les conditions étaient réunies pour qu'ils profitent de ce Refuge au luxe déplacé, partagent la satisfaction d'une nouvelle ascension hivernale.

Claire pousse un cri violent qui traverse le vent, repousse les flocons. Elle crie, elle crie, trois fois elle crie : « Mais pourquoi ? » Oui, pourquoi avait-il fallu que Jonas l'aperçoive, au Refuge, avec Élise ? Et pour quoi, d'ailleurs ? Pour presque rien, à peine un geste, même pas un baiser, tout juste une caresse. Une main trop lente à quitter une hanche. Quand Jonas lui avait demandé des explications, elle n'avait pas pu s'empêcher de dire la vérité.

Claire avance dans la plaine. Elle ne voit plus rien du tout. Elle marche mécaniquement. À grands pas. S'enfonce dans la neige. L'effort lui fait du bien. Efface la culpabilité. Soudain elle entend un bruit. Une voix. Indistincte dans le vent, puis plus forte à mesure qu'elle progresse. Une voix qui appelle. Qui attire l'attention. Se transforme en cris. Elle se rapproche, jusqu'à presque la toucher. La voix n'est pas loin. Mais reste invisible. Elle avance, encore. La voix se renforce. Continue. Encore cinq mètres. Maintenant, la voix faiblit. Alors elle crie, elle aussi. « Ici ! Par ici. » Elle crie, et change de direction pour se rapprocher. Mais le vent la piège, impossible de savoir vraiment d'où vient la voix. Elle continue sa recherche, aussi déterminée qu'après l'avalanche. Aussi inquiète. Ici, pas d'appareil pour l'aider, le vent projette les sons dans toutes les directions, créant des fausses pistes.

Claire se demande qui est sorti du Refuge.

Elle cherche. Elle a froid. Elle appelle.

Elle cherche. Elle marche, un peu au hasard, un peu guidée par ce qu'elle croit entendre, mais le vent est trompeur.

Elle s'éloigne du Refuge. Elle entend la voix. Elle ne l'entend plus. Elle l'entend, loin.

Elle avance, difficilement. La neige fraîche s'est déjà déposée sur une vingtaine de centimètres d'épaisseur. Ses traces s'effacent à mesure qu'elle avance.

Elle appelle.

Enfin, on lui répond.

16

Véra

Mon séjour au Refuge ne se concrétise pas. Ce soir au dîner chez les Volkoff, Franklin devait être là. J'étais impatiente de le revoir et je comptais sur lui pour organiser le départ, mais il n'a pas pu se joindre à nous. J'ai demandé pourquoi à Katherine, elle a éludé. Elle avait l'air préoccupée et je n'ai pas insisté. Et maintenant, impossible de dormir. Décalage horaire ? Excitation ? Appréhension ? Un peu de tout, certainement. En tout cas, impossible de dormir. Je descends et m'installe, seule, au bar du Volkoff Lodge. Je repense à ce que je suis venue faire à Alexander Bay. Il y a la raison officielle – la cérémonie en l'honneur d'Axel. Il y a l'engagement que j'ai pris auprès de Katherine de faire un reportage sur le Refuge. Il y a maintenant le gardien mystérieux, cet excellent cuisinier français qui cherchait, comme me l'a dit Katherine, à « oublier. Ou s'oublier. Ou se retrouver… enfin, *you know* ». Non, je ne sais pas et, j'avoue, ma curiosité est grande ouverte. Mais je suis aussi revenue pour tout autre chose. Une idée qui est née quand je me préparais à partir, une idée évidente, le genre d'idée qui, une fois présente à l'esprit, ne te lâche plus. Je suis venue revivre un peu du passé, je suis aussi venue clore un cycle.

La fatigue m'embrouille et je sors faire un tour sous les points blancs fichés dans le ciel. Je traverse le petit bois et débouche sur la pente. Dans la neige fraîche des derniers jours, je lutte pour avancer, à la recherche de mes sensations d'avant. L'instant magique où la voix d'Axel me figeait. La minute d'attente les yeux fermés. Les émotions qui me traversaient sans arrêt pendant cette minute si longue, si douce. Tellement mienne.

Clic.

Pendant nos secrets du soir, Axel ne m'avait jamais touchée. Jamais embrassée. Jamais approchée à plus courte distance que celle de son appareil photo. À huit ans, à dix ans, à douze je me disais qu'il était gentil. Un peu bizarre, peut-être, mais gentil. À quinze, tout a basculé. Quand on se posait en haut de la pente il pointait sur moi des yeux intenses, presque brûlants. Il avait un peu les mêmes quand il regardait Svetlana. D'un coup j'étais sûre qu'il était amoureux. De ma jeunesse. De mon rire. De mes yeux qu'il contrôlait. Oui, j'étais sûre, et paumée. Un moment il me dégoûtait, un autre, je rêvais d'une déclaration. J'étais houleuse, j'étais fiévreuse, j'avais besoin qu'il me parle. Un jour que je lui demandais s'il existait un modèle mathématique des sentiments, il m'avait regardée posément avant de répondre une grosse généralité : « Nous, les physiciens, on s'efforce de modéliser la matière, l'énergie, les particules. C'est déjà beaucoup. Alors, l'humain, tu imagines ? Bien trop compliqué. » Une vraie réponse de lâche.

L'année suivante, Noël était revenu. J'avais seize ans, la pente luisait, blanc sur blanc de la pleine lune sur la neige. Lorsqu'il m'avait dit cette fois-ci : « Ne bouge plus. Ferme les yeux », j'avais résisté. Les yeux dans les yeux, je lui avais demandé de m'expliquer ce qu'on faisait ici, ce qu'il attendait de moi. Tout ce qu'il avait trouvé à répondre c'était « clic ». On était redescendus de la montagne sans un mot. À deux mètres l'un de l'autre.

Quand je me revois à seize ans, je me trouve belle. Tellement fine – « fine » était le mot préféré de Svetlana, pour elle ça disait tout de la grâce. À seize ans j'étais fine donc parfaite, forcément parfaite, comme si elle n'attendait rien d'autre de moi que la fugace finesse d'un corps involontaire. Et malgré cette finesse, Axel m'avait abandonnée. Il n'avait plus jamais été le même, après. Rien n'avait plus jamais été le même. Les photos s'étaient arrêtées. Les Noëls avaient cessé. Et puis Svetlana était morte. Après sa mort, Axel avait disparu.

De retour sur les lieux du clic, je ressens l'appel de la pente. La neige. La crête. Le col. De l'autre côté de la crête, l'immensité des possibles que j'imaginais quand, les yeux fermés, j'attendais le clic. Je marche dans le froid. Libre d'aller en haut de la pente, jusqu'à la crête. Laisser mon regard plonger dans la combe. Sur la vallée. Vers la plaine.

Vers le Refuge que je découvrirai bientôt. Si le temps le permet.

17

La neige, aussi paradoxal que cela paraisse, produit un excellent isolant une fois formée en briques. Un igloo inuit construit dans les règles de l'art durera tout l'hiver et fournira à ses occupants chaleur et confort, quelle que soit la température extérieure. Un véritable palais du Grand Nord.

De l'igloo fantasmé par l'imaginaire du voyageur rêvant aux terres boréales, il existe une version rustique, un abri sauvage qu'on appelle parfois « igloo russe » pour insister sur son côté anarchique. Pas de plan ni de schéma de montage, pas de briques à construire ni de géométrie à respecter. On entasse ce qu'on peut – sacs, skis, pulkas… – pour former un dôme qu'on recouvre comme on peut – bâche, vêtements, couverture de survie… – et on pellette de la neige par-dessus en bonne quantité. Ensuite, on creuse un petit tunnel qui tient lieu d'entrée, et on évacue ce qui se trouve à l'intérieur. À défaut des sacs, skis, pulkas… on peut utiliser des corps pour former l'igloo russe. Le ou les volontaires se mettent à genoux, le dos bien rond, les bras croisés au-dessus de la tête. Cette méthode exige un réel esprit de sacrifice et n'est préconisée qu'en l'absence de toute autre solution.

Poussés par le vent, couverts de flocons, Claire et Félix s'activent dans la nuit. Ils n'essaient plus de rentrer au Refuge. Ils sont perdus, pas équipés, pas outillés, autour d'eux ce ne sont qu'ombres grisâtres, spectres blanchâtres, spirales de flocons qui s'enroulent et les enserrent. Claire a compris qu'ils devaient se construire un abri pour la nuit. Un igloo improvisé, même pas russe, un igloo de survie, un simple trou dans la neige. Même pour cela, il y a une technique : se placer face au vent. Creuser avec les mains, rejeter la neige derrière soi, tasser le creux qui se forme avec les pieds. Creuser encore, en oblique, aller vers la terre. Constituer peu à peu un toit de neige, et se glisser dessous.

Claire pense à Jonas. Fugace pensée qui la glace.

Sans pelle, le trou qu'ils peinent à former est pathétique. Sous les quarante centimètres de neige fraîche, la neige est dure. Compacte. Félix et Claire piochent de leurs bras tendus, de leurs doigts raidis, ils tentent de pénétrer la neige de toutes leurs forces Mais la neige est trop dure. Leur progression, ridicule. Leurs doigts, meurtris. Au bout d'une dizaine de minutes, Claire les arrête.

— On ne fera pas mieux. Viens, on doit s'abriter.

Elle s'assoit. Dit à Félix de s'asseoir. Ils sont maintenant côte à côte, dos contre le faible muret de neige qu'ils sont parvenus à ériger.

— Tourne-toi vers moi, dit Claire.

Félix pivote de quatre-vingt-dix degrés sur sa gauche, Claire en fait de même vers la droite.

— On doit se coller pour se tenir chaud. Sinon, on va y rester.

Elle monte sur Félix, s'assoit sur ses cuisses, son ventre contre le sien, au plus près. Maladroitement, ils défont les zips de leurs doudounes et les relient l'une à l'autre, formant une sorte de petite tente en duvet. Ils se font face, les bras de chacun entourant l'autre, leurs bustes collés leur procurent un peu de chaleur.

— Tiens-moi. Sans serrer. Juste, tu me tiens. Moi, pareil. Et on pose nos têtes sur nos épaules. En miroir.

Le vent souffle toujours. La neige tombe toujours. Claire et Félix enlacés en un baiser glacé ne bougent pas. Le trou qu'ils ont creusé les protège peu. Leur tente de duvet improvisée prend l'air en haut, en bas. Leurs mains croisées dans leurs dos deviennent insensibles. Ils attendent, unis, immobiles. Claire parle, des mots qu'elle énonce en rythme. Des mots que Félix discerne mal. Le nez de Claire est enfoncé dans le cou de Félix. Son nez à lui est dans ses cheveux. Claire parle, Félix tente de s'abstraire. Peu à peu, arrive la voix de Véra. Félix sourit en lui-même, ses lèvres sont trop rigides pour sourire, il sourit à l'histoire de Véra qu'il est en train de se remémorer. La narration exaltée d'une nuit d'amour au milieu d'un glacier, deux amants couchés au pied d'un sommet qui venait déposer son ombre sur leurs corps attendris de plaisir. Une histoire qui lui avait semblé irréelle à la première audition. La voix retrouvée le réchauffe à l'intérieur. Félix ferme les yeux. Il n'entend plus la litanie de Claire. N'entend plus le vent souffler. Ne sent plus la neige tomber. Il est bien en compagnie de Véra qui raconte. Tellement bien à distancier le passé. À sentir le tranchant des souvenirs s'émousser. Il pourrait rester toujours comme ça, enlacé dans les bras d'une inconnue à écouter Véra parler d'amour. Il pourrait...

Claire le secoue.

— Eh ! Il ne faut pas dormir !

Félix ne répond pas, tout à la voix de Véra. Claire le remue, doucement d'abord, puis de plus en plus fort, presque brutalement. Enfin Félix rouvre les yeux. L'effort est pénible. Claire crie son nom. La voix de Véra s'échappe dans le lointain.

— Allez ! On bouge. Il faut refaire le trou.

Commence alors le désengagement. Décrocher les doudounes – avec les doigts insensibles : difficile. Les refermer sur soi : difficile. Étendre les jambes, relever la tête. Abandonner la chaleur des ventres. Reculer pour se désenclaver. Tout est difficile. Les corps luttent et finissent par se lever. À la fois engourdis et aiguillonnés par le froid. Une fois debout, Félix se rend compte que leur pauvre abri a pratiquement disparu. Leurs pieds, leurs mollets, jusqu'à leurs genoux sont enfouis sous une nouvelle couche de neige. Alors creuser, dégager, tasser. Recommencer. Se réchauffer à l'effort. Lorsque le trou est de nouveau viable, reprendre leurs positions assises, corps emmêlés, têtes épaulées, doudounes entrelacées. Les mouvements sont devenus plus faciles. Le corps apprend. Le corps espère. Le corps s'adapte. Et attend. Le passage du temps. La fin de la nuit. La lumière. De revoir le ciel. Les étoiles. Retrouver le Refuge.

Autour d'eux, le vent continue de souffler. La neige, de tomber. Félix se recroqueville. Cherche en son intérieur la voix de Véra qui peine à revenir, contrariée par Claire et son énoncé litanique. Félix aimerait comprendre ce qu'elle dit mais le vent efface ses mots. Quand il l'interroge, elle n'entend pas la question. De plus en plus, ses mots s'effacent. S'allongent. Ils lui parviennent sans suite. Finissant en plainte. Comme un hurlement qui tenterait son envol et s'écroulerait dans le silence.

— Claire ! appelle Félix.

Puis, plus fort.

— Claire ? Tu m'entends ?

Elle ne répond pas. La pression de ses mains sur le dos de Félix a diminué. Les bras de Claire glissent de ses épaules. Et les mots continuent de sortir. Deux mots, toujours les mêmes, que Félix finit par comprendre : « Pardon, Jonas. » Félix la frictionne. Il la secoue. Il la serre fort. Il a besoin de la retrouver comme elle était plus tôt, forte et sûre d'elle. Il a besoin qu'elle lui dise comment se sortir de là. Si Claire s'effondre, ils vont mourir sous la neige. Il doit la faire sortir de son état. Alors il lui parle dans le creux de l'oreille. Il lui parle de Véra, de ses histoires d'amour, de la façon qu'elle a de traduire les sentiments en mots, en images, en musique. Les émotions qu'elle suscite en lui. Mais Claire ne semble pas l'entendre. Les minutes passent sans qu'elle réagisse. Félix arrête de parler. Il n'a plus rien à raconter. Ce serait maintenant, alors, que son passé finirait par gagner ? Maintenant, que ses souvenirs douloureux viendraient en première ligne s'installer sous son crâne, et rire d'un méchant rire de souvenir sans pitié ? Ici, sous cette neige, dans ce froid, dans les bras d'une future morte, qu'ils l'achèveraient ? Il grelotte. N'entend plus que le vent. Il pourrait s'endormir. Oui, pourquoi pas s'endormir ? Il paraît qu'on y prend du plaisir…

Venue de très loin, la voix de Franklin lui gifle les oreilles. L'aîné fracasse le confort glacé qui venait s'installer. « Putain de débutant ! T'as vraiment rien appris ? » Franklin est furieux. Félix l'a déçu. Franklin lui chauffe les oreilles, sa voix claironne contre le vent. Félix se réveille. La voix de Franklin l'a secoué. Il ne peut plus rester là, collé contre Claire qui pleure – c'est ça, le bruit qu'elle émet maintenant, des petits hoquets suivis de sursauts, et mouillés. Félix est venu au Refuge pour revivre, pas pour mourir. Il se lève et, dans le mouvement, lève Claire avec lui. Ensemble ils se tiennent debout, pris dans leur drôle de tente de doudoune.

— On doit rentrer, dit Félix.

Il a parlé doucement. Plus beaucoup de force dans la voix. Pourtant Claire semble avoir compris. Ses yeux s'ouvrent en grand, une esquisse de sourire aux lèvres. Elle regarde autour. Son sourire s'élargit.

— Le vent…

— Quoi ?

— Tu entends… ?

— Non.

— Moi non plus… il n'y a plus de vent, dit Claire doucement.

Et Félix entend. Et observe. La neige aussi a cessé de tomber. Ils regardent dans toutes les directions. Cherchant à repérer le Refuge. La nuit est claire maintenant, on voit les étoiles. On devine la pointe Chugach au loin.

— C'est par là, dit Claire.

Ils se mettent en marche, lentement, les yeux écarquillés. Quelques minutes plus tard, à peine quelques dizaines de mètres, ils aperçoivent la pointe orange du poteau qui marque l'entrée du Refuge. Le Refuge, lui, est entièrement couvert de neige, sa masse blanche dans la nuit se confond avec le sol.

— On fait le tour, dit Félix. Derrière, il y a une marquise qui protège la porte. Et des pelles.

Ils contournent le Refuge. Devinent, plus qu'ils ne la voient, la marquise. Commencent à pelleter. Avec les mains d'abord, puis avec les pelles quand ils les ont trouvées. Et tout ce temps, à crier, à appeler, furieusement. À cogner sur la porte quand elle apparaît.

Bientôt, la porte s'ouvre. Ils entrent. Anna et Élise s'emparent de Claire, Pierre et David, de Félix.

Huit heures du matin.

Au Refuge, plus personne ne dort.

Personne n'a vraiment dormi cette nuit. Lorsque Claire et Félix sont rentrés après la tempête, il a fallu s'occuper d'eux. Les réchauffer. Donner à boire. Mettre les mains bleuies dans des bains d'eau à peine tiède et salée. Et puis, une fois la diversion terminée, l'attente, la vraie, a repris, rendant tout espoir de rendormissement illusoire. Chacun au Refuge ne pense qu'à une chose : il faut retrouver Jonas.

Au petit matin, l'air a recommencé à tourbillonner. La neige, à tomber. Le jour naissant est blanc. L'horizon, à portée de main. Les montagnes, invisibles. Alexander Bay, injoignable. Impossible de faire atterrir un avion. Les secours ne viendront pas ce matin.

Après une traversée nocturne faite de rêves glaçants, d'éveils brutaux, son corps palpé de mains qui n'étaient pas de Claire, ni secourables, des mains fortes qui l'entraînaient sans laisser d'espoir, Félix s'est ressaisi. À peine levé, il s'est remis en cuisine. Franklin ne serait pas particulièrement fier de lui mais, au moins, il ne l'insulterait plus. Il prépare et sert le petit déjeuner, que les alpinistes prennent pour passer le temps. Dans la salle, c'est un groupe d'étrangers qui s'est réuni. Six moins un, moins la bonne humeur, moins l'amitié. Avant, on se connaissait tous bien, depuis longtemps, on avait vécu des choses, partagé des moments, des aventures. Des lits, des verres, des vies. On se voyait unis. On en donnait l'impression. Mais là, on est après. L'avant s'est enfermé dans une boîte à souvenirs, personne n'est en mesure de le convoquer. L'avant est devenu un concept, un univers parallèle. L'ombre déformée d'un destin qui aurait pu, qui a failli, et qui n'est plus. L'après n'a rien à voir avec l'avant. Pourtant, les enveloppes corporelles sont les mêmes, les voix et les couleurs et les traits du visage. On ne change pas tant que ça après une mort, sauf peut-être la sienne. Mais la vie du groupe est terminée. Pierre et David se concertent à voix basse. Claire est assise le plus loin possible d'Élise. Anna, centrale avant l'avalanche, est redevenue étrangère.

Félix fait le tour de la table, un grand thermos de café à la main. Claire lui propose de s'asseoir avec eux. Il n'a pas grand-chose à faire ce matin, alors il accepte. Sert le café puis se pose à côté de Claire. Il observe ses mains – le bout de ses doigts encore bleu. Elle ne semble pas inquiète.

Quelques minutes à boire sans entrain, manger sans appétit, les yeux fuyants de partout.

Anna prend la parole :

— On est bloqués ici.

Acquiescements généralisés.

— En attendant, on se tient tranquilles – pas de sortie en solo dans la tempête comme hier soir.

Nouveaux acquiescements. Et, s'adressant à Félix :

— On peut se parler ?

Tous les deux quittent la table et vont dans la cuisine.

— Je connais bien Franklin, commence Anna.

— C'est lui qui m'a formé.

— Il est super, Franklin. Un grand de la montagne.

Félix rit, un peu d'autodérision dans la voix.

— Pas comme moi, c'est sûr !

— Non, approuve Anna. Toi, tu dois encore apprendre.

Quelques secondes de silence. Anna reprend :

— Tu dois apprendre, et vite. Je vais avoir besoin de toi. Les clients, ils sont paumés. Stressés. Ton histoire de cette nuit, il ne faut pas recommencer.

— C'est Claire… j'étais sorti pour fumer, je l'ai vue partir droit dans le brouillard. J'ai essayé de la rattraper…

— OK, OK. Peut-être. Ce n'est pas ce qu'elle m'a dit.

Félix ne relève pas. Anna continue.

— Ce groupe, il est fragile. Depuis l'avalanche, les garçons n'arrêtent pas de comploter. Claire avait l'air d'être solide, mais plus maintenant. Et son amie, Élise. Je ne sais pas… je sens une tension…

— Normal. Elles sont ensemble.

— Quoi, ensemble… ? Ensemble-ensemble ?

— Oui.

— Bon. On s'en fout. Il faut qu'on tienne. Je compte sur toi.

Anna sort de la cuisine. Félix range un peu, nettoie. Pas d'urgence pour préparer le déjeuner. Dehors, le blanc se dépose de nouveau et monte en puissance. Il faut dégager les accès. Félix sort par la porte de derrière. La neige est là. Par terre. En l'air. Sur les côtés. Partout. Et elle tombe. Plus fort, lui semble-t-il. Il commence à déblayer. De grandes pelletées pleines d'énergie qui s'entassent sur les côtés, formant les bases de murs de part et d'autre du chemin qu'il est en train de créer tout autour du Refuge. Lentement. À chaque mètre dégagé, il plante un piquet rouge. Marquant, il l'espère, la voie.

Une demi-heure plus tard, la neige tombe toujours. Félix a pelleté sur une trentaine de mètres, il est à peu près à mi-chemin de la porte d'entrée du Refuge. Regardant derrière lui, il voit ses efforts contrariés, le sentier se masque déjà, il faudrait qu'on l'aide pour aller plus vite et bien marquer la voie. Ensuite, il faudra l'entretenir. Il pose sa pelle et rentre dans le Refuge. Les quatre alpinistes sont restés à table. En silence. Au calme. Il demande de l'aide. Pierre et David le regardent sans bouger. Élise se lève. Elle s'adresse à Claire :

— Tu viens ?

Claire hésite. Montre sa main droite aux deux phalanges encore bleues. Elle décline. Alors Félix et Élise sortent et se mettent au travail. Une pelle, deux pelles, trois pelles, un pas. Une pelle, deux pelles, trois pelles, un pas. Côte à côte ils progressent dans le doux crissement de la neige quand ils y plongent la pelle, dans le son mat de l'écrasement quand ils la tassent sur les murets qui s'élèvent sur les côtés.

Une pelle, deux pelles, trois pelles, un pas.

À deux le chemin se dessine mieux, plus net, plus efficace, ils prennent de vitesse la neige qui s'accumule, sans oublier de planter un piquet tous les mètres. Ils arrivent finalement à rejoindre la façade avant et concluent le tracé, l'un allant jusqu'à la porte, l'autre jusqu'au poteau marquant l'accès au Refuge. Poteau sur lequel le harfang est revenu se poser.

— Merci, dit Félix. Si ça continue de neiger comme ça, il faudra revenir déblayer. Ça serait bien que les garçons participent.

— Oui… Tu sais, Jonas, c'était leur gourou. Ils n'encaissent pas.

— Et toi, tu encaisses ?

— Moi… c'est différent. C'était le mec de Claire, un ami de mon frère. Je ne le connaissais pas vraiment.

Félix la regarde, choqué.

— Les alpinistes, vous êtes tous durs comme ça ?

— On sait qu'il y a un risque. Même si on n'y pense pas. Quand l'accident arrive, on n'est pas surpris.

Ils refont le tour du Refuge, déposent leurs pelles sous la marquise qui protège la porte de derrière. Traversent la ski room, le sas. Rentrent dans la salle. La chaleur les saisit. Félix sent les regards converger vers eux. Il remercie d'une voix forte Élise qui s'assoit avec les autres restés à table, et retourne dans la cuisine. Commence les préparatifs du déjeuner, des tartes salées et sucrées, rien de compliqué. Une vingtaine de minutes plus tard, il enfourne et se pose devant la fenêtre. La neige est dense, il distingue à peine le poteau orange. Le harfang, lui, est invisible. Les piquets qu'ils ont plantés avec Élise ont déjà rétréci. D'ici une heure, deux heures maximum, il faudra ressortir dégager le chemin.

L'attente se poursuit dans une lente et blanche monotonie.

18

La journée de la veille a été interminable. L'équipe de recherche en provenance d'Alexander Bay n'a pas pu arriver. Ce serait peut-être pour le lendemain, peut-être plus tard. Difficile de savoir. En attendant, chacun scrutait dans la direction du ciel, espérant déceler une évolution favorable. Toute la journée, toute la nuit, Claire a imaginé Jonas seul sous la pente, et elle s'est glacée avec lui. Alors ce matin, voyant que la neige a cessé de tomber, Claire décide qu'ils doivent partir à sa recherche. Anna la soutient, David et Élise sont d'accord. Ils s'équipent consciencieusement, prévoyant de quoi bivouaquer, et partent après un rapide petit déjeuner. Tous ensemble, sauf Pierre et son épaule qui restent avec Félix.

La remontée du glacier est une épreuve. La couche de neige fraîche est légère et très profonde. À peine formées, les traces cicatrisent comme une plaie aux lèvres avides l'une de l'autre. Lorsque Élise qui ferme la marche regarde derrière elle, elle ne voit plus leurs marques. Rien que la blanche uniformité qui s'étendait sous leurs yeux avant que le groupe se mette en route. Comme une négation de leur passage. Un camouflet de la nature à la prétention des humains. Alors il faut lutter pour avancer, s'enfoncer, taper les skis pour chercher un sol plus ferme. Tracter la pulka à la macabre destination. Après plusieurs heures d'une marche pénible, dans un silence simplement rythmé du frottement des skis sur la neige, le groupe atteint le couloir. Les sondes qui étaient plantées dans la pente au bas de l'avalanche sont devenues invisibles. Arrachées, déplacées par le vent, écrasées, brisées par la neige qui est tombée sans discontinuer pendant deux nuits et un jour. La montagne a changé, on ne reconnaît plus le relief. Les ruptures de la pente sont atténuées, les rochers qui la bordaient ont disparu. Enfouis sous le blanc. Le couloir et l'arête conduisant au sommet sont toujours là, leur tracé reste net, mais rien n'indique plus le point de départ de la coulée. Seul le renflement de la pente au pied du couloir indique qu'il y a eu une avalanche.

Le groupe se prépare à la recherche. Anna observe la pente. D'après son altimètre et l'aspect boursouflé du relief, ils sont bien au niveau où la coulée s'est arrêtée. Elle pensait avoir pris de bons repères, mais les nouvelles chutes de neige ont tout bouleversé. Le relief est trompeur. Pourtant, elle reste sûre que Jonas est ici. Tout près.

Où, exactement ? Impossible de le savoir.

Le groupe entame son travail de sape. Ils progressent tous les quatre de front, laissant environ cinq mètres entre chacun d'entre eux. Il faut creuser, pelleter, sonder. Creuser, pelleter, sonder. Creuser, sonder, encore, encore. Creuser, pelleter pour enlever la couche fraîche qui a recouvert l'avalanche. Puis, une fois qu'on touche la neige compactée de la coulée, sonder le plus profondément possible. Tester sur cinq mètres de largeur, deux ou trois mètres de dénivelé. Avancer de quelques mètres et recommencer.

Creuser. Pelleter. Sonder. Espérer.

Les bruits des pelles sont discrets. Réguliers.

Frrr. Fchhh. Frrr. Fchhh.

Planter dans le sol. Enfoncer la tête de la pelle. Remonter. Lancer derrière l'épaule. Recommencer. Un jeu d'enfant pour adultes munis de pelles qui ont l'air de jouets. Petites, trapues, démontables. Maniables, oui, très maniables. Et pratiques. Et pour l'instant, inutiles.

Le temps est étouffant. Le bleu matinal a été vite remplacé par un gris épais qui brouille les yeux. Les nuages se sont accumulés. Il ne neige pas. Pas encore. Et pas un souffle de vent. Il fait presque doux. Pas chaud, non, impossible d'avoir chaud ici, en hiver.

Mais doux. Les alpinistes sont peu vêtus, sous-couche en mérinos, veste polaire, goretex léger. Et toujours, creuser. S'échauffer. Sentir la sueur s'inviter sous les aisselles. Les bras s'alourdir de la répétition. L'humeur, aussi, s'alourdir de l'alternance d'espoir et de déception.

Creuser. Pelleter. Sonder. Espérer.

Parfois la sonde refuse de s'enfoncer et c'est la possibilité d'une découverte, l'espoir de retrouver Jonas et de le ramener parmi les siens. Mais les efforts sont vains. Les surprises, négatives. Les obstacles qui arrêtent les sondes sont des paquets de neige durcie qui donnent l'illusion d'un corps.

Après plusieurs heures de recherche, David pousse un cri presque joyeux. Il a trouvé quelque chose. Le groupe se rassemble autour de lui. Il leur montre le gant qu'il vient de dégager de la neige.

— C'est celui de Jonas, dit Claire.

La découverte électrise le groupe et les recherches reprennent énergiquement.

Creuser. Pelleter. Sonder. Espérer.

Vers 15 heures, Anna leur propose d'arrêter quelques minutes. Reprendre des forces. Ils s'assoient sur la neige, pelles et sondes plantées à côté d'eux, un groupe de cantonniers à la pause-déjeuner. Les visages sont fermés. On mâche sa barre, on boit son thé. Anna observe le ciel : gris foncé. Toujours sec, même si le baromètre de sa montre pointe franchement à la baisse. Claire et Élise sont assises l'une à côté de l'autre, elles ne se parlent pas. David, un peu à l'écart, est mal à l'aise. Au Refuge, Pierre a sans arrêt refait l'histoire et David se repasse en boucle ses arguments. La tension entre Claire et Jonas. Claire et Élise. Jonas qui restait loin derrière. Anna qui n'avait pas géré le risque.

À force de ressasser, il se lance.

— Pierre dit que c'est de votre faute.

Claire bondit. Littéralement. Elle saute debout et se plante face à lui.

— Comment ça, « de votre faute » ? C'est qui, « vous » ?

— De ta faute, Claire. Jonas s'est retrouvé en bas parce que vous vous étiez engueulés. Et de la tienne, Anna, parce que tu aurais dû contrôler le risque.

Un silence plombé suit ses paroles. Il est trop tard pour Jonas. Jamais trop tard pour les questions, les doutes et les accusations. Anna finit par se lever. Chacun reprend le travail. Les jambes s'y remettent, les bras, la tête. Le cœur en demi-teinte.

Creuser. Pelleter. Sonder. Désespérer.

Le jour tombe, bientôt il fera trop sombre pour chercher. Anna choisit un promontoire rocheux sur la rive ouest du couloir pour monter les deux tentes. Claire et Élise dormiront dans l'une, Anna et David dans l'autre. Les préparatifs du dîner les occupent pendant une petite heure, récolter l'eau, la faire fondre, préparer les lyophilisés – ce soir, curry de légumes, riz et lentilles. La nuit s'est installée, et le froid, et les nuages chargés de neige. Le groupe se scinde pour aller manger, deux par tente, chacun dans son duvet. En silence pour Anna et David. En silence tendu pour Claire et Élise.

Au Refuge, la journée s'est écoulée dans le calme. Un calme irréel. Le silence apaisé d'un refuge de montagne, quand tous sont sortis et que le gardien se repose, a été remplacé par une chape de silence rigidifiée, enserrant les sons et les figeant dans l'air. Les sons et les mots n'ont plus d'espace. Pierre est resté toute la journée assis dans la salle. En silence, excepté quelques râles de douleur occasionnels quand son épaule le faisait trop souffrir. Vers midi, Félix lui a proposé quelque chose à manger, il a refusé d'un signe de tête. À l'heure du dîner, Félix lui a posé d'autorité une assiette sur la grande table à manger. Pierre l'a regardée avec une expression de mépris en prononçant ses premiers mots de la journée : « Je ne peux rien avaler. » Et il a ajouté : « Jonas, c'était mon meilleur ami. Comme un frère. Mieux qu'un frère. » Félix a laissé l'assiette. Il a dit à Pierre qu'il devrait manger quelque chose, puis il est parti chercher son propre dîner. Est revenu s'asseoir. Félix a commencé à manger et Pierre a craqué. Il est venu s'asseoir en face de Félix devant son assiette, et a commencé lui aussi à manger. Progressivement, le silence a pris une autre qualité, plus confortable, plus humaine.

Maintenant, Félix et Pierre ont fini de dîner. L'ambiance s'est allégée. Félix va chercher deux verres et deux flacons, porto blanc ou vodka. « Vodka », dit Pierre. Félix le sert et se sert aussi. Ils boivent un premier verre, puis un second, sans trinquer. Félix s'en tient là. Pierre reprend un verre. Ses mots sont nerveux quand il commence à parler.

— Saloperie d'épaule ! Je voulais aller avec eux, mais j'ai trop mal.

— Ils sont déjà quatre. Et Anna, elle sait ce qu'elle fait.

Pierre devient tout rouge et fait claquer son verre sur la table.

— Ah, ne me parle pas d'Anna ! Elle est nulle, cette guide, c'est de sa faute si Jonas est mort.

— Comment ça ?

Pierre raconte. La montée. Jonas et Claire. La tension. Le retard.

— Ouais… je ne vois pas en quoi c'est de sa faute. Vous étiez tous d'accord pour y aller, non ?

— Et alors ? Elle aurait dû nous retenir !

Pierre se ressert un verre qu'il avale cul sec, et reprend :

— C'est de la faute d'Anna, et aussi de ma sœur.

— Ta sœur ?

— Oui. Élise, c'est ma sœur. Elle s'est laissé séduire par Claire.

Pierre remue sur sa chaise. Il heurte la table de son bras en écharpe, laisse échapper un cri.

— Et Claire… elle ne pouvait pas rester tranquille, celle-là ? Il a fallu qu'elle aille choper dans le premier cercle ! Comme si on était à sa disposition.

Félix n'a rien à dire. Rien ne peut empêcher une avalanche. Rien ne ramènera le mort.

Pierre continue :

— Si Jonas avait été dans son état normal, il serait passé devant, il nous aurait tous déposés et on l'aurait rejoint, crevés, heureux, contents. Comme d'habitude. Et alors, il aurait eu son sourire incroyable… Jonas, il rayonnait. C'était le soleil du groupe. Notre leader. Je n'en reviens pas, qu'il soit mort.

Pierre se tait quelques instants, puis laisse échapper un « Salope ! » glaçant. Félix se lève. La conversation a dérapé. L'alcool, ce n'était pas une bonne idée. Il retourne en cuisine. Vaque, un peu, mais il n'y a pas grand-chose à faire. Il met ses écouteurs et commence un podcast. Longtemps que la voix de Véra ne l'avait adouci… Il en choisit un au hasard, une histoire d'écrivains et leur correspondance érotique. Un peu bizarre, un peu compliqué, mais la voix de Véra, son intensité et sa joie de vivre communicative lui font du bien. Il se demande, après quelques minutes d'écoute, ce qui amène certaines personnes à chercher dans le danger les sensations fortes et les émotions profondes, alors qu'il suffit à d'autres d'explorer les abysses intérieurs. Félix sourit, il n'a pas l'habitude de ce genre de réflexions.

Le podcast terminé, il sort faire un tour. La nuit est glacée. Le ciel, opaque. Félix approche du poteau sur lequel le harfang est perché. L'oiseau le fixe. Dix mètres les séparent. Félix fait quelques pas. L'absence de vent impose le silence. Cinq mètres. Le harfang déploie ses ailes. Patiente. Une, deux secondes. Puis d'un battement puissant, il s'envole. Passe tout près de la tête de Félix. L'air de rien. Félix rentre. Toujours aucune nouvelle d'Alexander Bay, de Franklin ni de l'équipe de recherche. La salle est vide. Félix va dans sa chambre.

Pierre est perdu.

Sans cesse réveillé par la douleur que les calmants n'apaisent pas, les positions inconfortables, la solitude, il est perdu. La nuit est noire, ou blanche. Violemment contrastée. Pas du tout paisible. Son épaule le fait souffrir et il ne supporte plus de s'entendre gémir. Jonas, lui, ne se serait jamais plaint. La dernière image qu'il garde de Jonas, c'est le point vert, au bas de la pente, qui progressait pour les rejoindre. Dans le calme. Le silence. La pureté de la pente évidente et sans heurts, la belle pente de neige fraîche à peine zébrée des premiers passages. Le point vert, petit mais bien net, qui zigzaguait lentement. Et puis d'un coup, le craquement qui déchire le tympan, le bruit terrifiant de la pente qui s'effondre. La brume de neige, l'aérosol qui déferle sur la montagne, le point vert qui vacille et s'éteint. Une allumette enflammée soufflée par la force de l'avalanche. Les dix à vingt secondes que dure la coulée. Le point vert devenu invisible. Se souvenir de Jonas sous la forme d'une tache verte perdue dans une masse de blanc l'insupporte et il essaie plutôt de se remémorer ses exploits. Être impressionné, se sentir porté par l'enthousiasme, la force et les envies inépuisables de Jonas, ça lui faisait du bien. Pierre et Élise étaient tous les deux en admiration devant Jonas et Claire, deux versions magnifiées de leurs propres personnes. Si c'était Jonas qui avait séduit Élise, il aurait compris. Sa personnalité solaire, sa générosité, oui, il aurait compris. Mais Claire… Exceptionnelle, oui, impressionnante, mais froide. Si froide.

Il se lève et, dans le silence de la nuit, arpente le Refuge. Le couloir des chambres ; la cinquième chambre, vide. La ski room, la cuisine, vides. Il finit par s'installer dans la salle, vide elle aussi. La baie vitrée ne laisse rien voir du glacier ni de la chaîne des Chugach, l'horizon masqué par la neige qui continue de tomber. Une petite bibliothèque bien remplie, les livres étroitement serrés les uns contre les autres, est installée près de la cheminée. Pierre inspecte les ouvrages qu'elle contient. Des récits d'expéditions polaires, des livres sur l'alpinisme, l'andinisme, l'himalayisme, la haute altitude, les lectures habituelles des refuges. Histoires d'exploits, d'amitié, d'abnégation et de mort. Le tout raconté dans le style sans relief de ceux pour qui l'action seule est source d'émotions ; ou au contraire, avec un lyrisme clinquant qui tente vainement de rendre l'intensité des sensations. Pierre prend un ouvrage qu'il ne connaît pas : *Neiges*, d'Axel Kantor, et va s'asseoir devant la cheminée. Avant de commencer sa lecture, il observe. Sur la couverture, le nom de l'auteur imprimé en caractères blancs se détache à peine de la photo d'une montagne plongée dans le brouillard. La brève notice biographique de la quatrième de couverture indique que l'auteur est directeur de recherches au Centre d'études de la neige, chercheur associé aux universités d'Hokkaido, Novossibirsk et Fairbanks. Intrigué, Pierre ouvre *Neiges*. Le préambule de l'ouvrage le présente comme une analyse de la neige sous toutes ses formes, depuis sa naissance en tant que cristal microscopique dans l'atmosphère jusqu'à sa disparition inexorable sous l'effet de la météorologie et du climat. En exergue, une citation d'un certain Ukichiro Nakaya : « La neige est une lettre envoyée du ciel. » Pierre, scientifique et géographe de formation, est intrigué. Il se plonge dans *Neiges*. Les chapitres sont séparés par des photos en noir et blanc prises de nuit, au même endroit, depuis le même point de vue. Au premier plan, une forme humaine, de taille variable, aux traits indistincts. Derrière, une large pente enneigée. En arrière-plan, une crête qui file dans le ciel. Chaque image est mystérieuse et leur succession, envoûtante. Sous l'effet des calmants, de la solitude et de la lecture, Pierre ressent une impression de rassurante étrangeté, l'impression d'être recueilli dans un cocon certes inconnu, mais résistant aux accidents et au malheur. Peu à peu, les heures passent. Le géographe doublé de l'ami en deuil trouve dans ces pages un début de calme, le calme que procure la connaissance. Jusqu'aux chapitres consacrés aux avalanches. Un chapitre en particulier analyse une méthode de prise de décision face au risque d'avalanche suivant le critère de « risque socialement acceptable » : le risque d'une sortie en montagne est socialement acceptable si la probabilité d'un accident mortel ne dépasse pas celle d'un accident mortel au cours d'un trajet en voiture. Cette méthode due à Werner Munter, un guide de haute montagne suisse, consiste d'abord à remplir les cases d'un tableau à trois lignes et trois colonnes. Les colonnes sont intitulées « Conditions », « Terrain » et « Facteur humain » et les lignes « Régional », « Local » et « Zonal ». Chaque case du tableau contient une série de questions qui doivent être posées avant toute sortie en neige et qui permettent de formaliser les impressions qu'un alpiniste éprouve face à la montagne : inclinaison de la pente, quantité de neige fraîche, température et humidité, aspect de la neige de surface, stabilité du manteau… En fonction des réponses, l'analyse du tableau suggère une décision négative ou positive. Si la décision est négative, l'analyse s'arrête et la course ne doit pas avoir lieu. Si elle est positive, une méthode quantitative de mesure du risque, la « méthode de réduction », doit ensuite être appliquée. Elle consiste, par des opérations arithmétiques simples et d'une relative objectivité, à quantifier le niveau de risque pour savoir s'il est socialement acceptable.

À la lecture, Pierre se dit que si Anna avait connu la méthode de Munter, le groupe aurait peut-être pris la bonne décision, et Jonas serait peut-être encore vivant.

Peut-être, oui. Ou pas.

Comme le dit l'auteur de *Neiges* en conclusion de ce chapitre : « La méthode de Munter nous confronte à des limites inhérentes à toute vision probabiliste du monde : les limites de l'événement rare, cette insulte à nos certitudes qui se réalise sans contredire les probabilités qui ont établi sa rareté. Une insulte à notre foi en notre survie, notre capacité à "tromper la mort" alors qu'on ne trompe que soi-même. La neige suit les lois de la physique. Vouloir la contrôler est vain, et croire qu'une méthode nous autorise à négocier avec elle est une illusion. »

Et la tristesse revient. Brutale. Impitoyable. Et après la tristesse, de nouveau la colère. Pierre range *Neiges* dans la bibliothèque. Il s'allonge sur un des canapés, ferme les yeux et reprend le cours de sa veille.

Au pied du couloir, la nuit est profonde. D'une densité rare sous les nuages qui barrent la lumière stellaire. L'air est épais, presque matériel. Dans les tentes, on ne dort pas. On remue. On pense. Élise et Claire ont froid, elles ont réuni leurs duvets et se tiennent serrées l'une contre l'autre. Pourtant, rien de sensuel dans cette proximité. Pas de délicatesse de pied contre pied, d'invite de cuisse contre cuisse. Manque la main posée avec lenteur sur un bras autre ; l'épaule à l'arrondi calé dans le creux d'une paume. Manque le ventre soulevé par une respiration raccourcie, qu'on vient éprouver de son propre poids. Claire et Élise n'ont rien à partager ce soir. Rien de commun. Deux inconnues en provenance d'horizons différents. Deux étrangères de passage qui trouvent une solution pratique au problème de la nuit froide. Rien de plus. Par moments, Élise essaie de parler, mais Claire ne répond pas. Elle ne trouve plus sa voix, moitié de leur voix commune qui mêle les souffles et donne aux gestes direction, sens et intensité. Claire est murée dans son corps, des cris de douleur et de rage l'empêchent d'en sortir. Elle est prisonnière des agressions qui se sont succédé. L'avalanche, la disparition de Jonas, la recherche inutile. Le retour au Refuge. La colère de Pierre. La voix de Claire se terre dans sa gorge, et les corps, sans la voix, ne se rapprochent pas.

David et Anna sont eux aussi sous la tente. Bien alignés dans l'espace réduit. Eux ne se touchent pas, mais ils se parlent. Leurs voix portent dans le silence nocturne et Claire et Élise les entendent, sans distinguer les mots. Juste le rythme. Un peu haché au début, puis plus fluide. Un dialogue. Des rires, de temps en temps. Pas de grands éclats de rire, mais des rires quand même. Des rires impensables, insupportables et bien présents. Anna et David sont en vie et leurs accès de bonne humeur incontrôlée les repositionnent du côté des vivants.

Élise ne se sent plus nulle part. Ce qu'elle a découvert avec Claire, l'instantanéité des élans, les gestes évidents, l'égalité des plaisirs, tout cela s'éloigne. La proximité avec Pierre, l'amour inconditionnel qui les a toujours maintenus proches l'un de l'autre, fratrie unie et solidaire, cela aussi s'éloigne. Elle ne sait pas ce qu'elle retrouvera. Les voix de la tente d'à côté se font plus rares, puis s'éteignent. Élise s'endort. À peine si elle perçoit les impacts des premiers flocons sur le toit de la tente.

Claire s'endort à son tour.

Après quelques courtes heures d'un sommeil agité, Félix ouvre les yeux. En pleine nuit. L'obscurité est mâtinée de blanc. Un blanc de plus en plus dense qui s'accumule sur le Refuge, et tout autour. La neige n'était pas attendue, mais ici, on ne sait jamais…

Il essaie de se rendormir mais se heurte aux quatre qui bivouaquent sous la neige. À Jonas, enfoui. À son passé, enfoui lui aussi. Il prend ses écouteurs et lance un podcast de Véra.

La détente finit par s'inviter.

19

Véra

Devant l'entrée du Volkoff Lodge, je vois un petit groupe. Katherine en vive discussion avec Franklin. Un peu en retrait, un homme que je ne connais pas. L'homme tient deux chiens en laisse, un petit bâtard tendance beagle et un grand malamute. Les chiens sont assis, calmes, et leur calme contraste avec la fébrilité des humains que je ressens avant même de comprendre ce qui se passe. Je m'approche du groupe, m'arrête, attends. Franklin me détaille en prenant son temps.

— Salut, petite Véra.

Franklin n'a pas beaucoup changé. De taille moyenne, mince, très carré, il a gardé son physique de grimpeur-acrobate. Ses cheveux ont blanchi, un peu, ses rides se sont creusées, pas mal, il a toujours le même regard extrêmement clair, extrêmement droit, les yeux bleu délavé qui observent, analysent, soupèsent et décident. En le voyant, je ressens une impression de tranquillité absolue.

— Franklin ! Enfin ! Mais je suis tellement heureuse de te voir !

— Petite Véra, moi aussi je suis bien content.

Katherine paraît soucieuse. L'homme aux chiens se balance d'un pied sur l'autre. La tension qui émane du trio est tangible. Soudain le malamute lance un hurlement qui me glace et le beagle se met à japper en continu. Leur maître essaie de les apaiser, mais rien à faire. Il s'adresse à Franklin :

— Ça y est, les chiens sentent quelque chose.

Le silence revient. Katherine esquisse un rapide sourire à mon intention, puis son visage se referme pour parler à Franklin :

— Il faut que tu ailles au Refuge.

— OK boss.

— Avec Sven et les chiens.

— Bien sûr.

J'interviens :

— Quel est le problème ?

Katherine et Franklin se regardent. Katherine me répond :

— Un accident.

— C'est grave ?

— Possible. Franklin va aller voir.

— Bon. C'est triste... mais puisque Franklin doit y aller...

Je me tourne vers lui.

— Alors, tu m'emmènes ?

Katherine fronce les sourcils. Franklin esquisse un sourire. Sven et les chiens m'ignorent. J'insiste :

— Katherine, pour une fois, écoute-moi : je pars avec Franklin. Après tout, c'est toi qui m'as convaincue de faire un reportage ! Et ça fait presque une semaine que j'attends.

Katherine s'adresse à Franklin :

— Les prévisions ?

— Demain, pas terrible. Ça devrait aller mieux après-demain.

— Ensuite ?

— Ensuite, stable. Sauf si…

— Oui… si jamais…

— Oui… enfin…

— Bon…

Le sens de leur dialogue m'échappe un peu. Bien campé sur ses pieds, les mains dans le dos, Franklin attend. Katherine réfléchit. Franklin précise :

— Il y a une chambre libre au Refuge.

— OK. Elle part avec vous. Dès que possible.

Le petit groupe se disperse. Katherine et moi entrons dans le Volkoff Lodge. Elle me fait attendre dans le salon et revient quelques minutes plus tard avec une énorme malle sur roulettes.

— Là-dedans, il y a tout ce qu'il te faut. Laisse-moi faire.

Et Katherine se met à m'engoncer dans toutes sortes de vêtements techniques, chauds, respirants et protecteurs, des couches et des couches qui me protégeront des pieds à la tête. Elle me trouve aussi une paire de chaussures qui supportent des températures de –45 degrés, et des moufles d'expédition polaire. Les essayages terminés, je m'épluche et on s'assoit dans le salon. Je fais parler Katherine de ses projets pour Alexander Bay. Elle s'enflamme, évoque des séjours luxueux en pleine nature grâce à une débauche de moyens techniques, financiers, énergétiques, elle est happée par sa vision d'un futur opulent jusqu'à l'obscénité, réservé à une minorité parmi la minorité. Ce qu'elle décrit est si éloigné du monde dans lequel je vis, mon univers de citadins anxieux, soucieux de préserver une nature qu'ils connaissent si mal, le décalage est tellement assourdissant que je n'enregistre pas ce qu'elle dit. Ses paroles rebondissent contre ma conviction que l'avenir ne doit pas être l'aberration suicidaire qu'elle veut en faire, ma conscience me balance des « la, la, la, la » plein les oreilles pour étouffer ses mots.

Pendant que Katherine me parle et que je refuse d'entendre, je me demande ce que Svetlana penserait.

Svetlana…

Son nom résonnait en permanence au Volkoff Lodge, dans le salon, dans les couloirs, au bar, les cris d'appel de ses hommes se télescopaient dans l'air, des oisillons quémandant la becquée, un peu d'attention, quelques vermisseaux. Pendant les Noëls au Volkoff Lodge, son nom de lumière lui rendait justice. Ici, elle brillait. La Svetlana entourée, admirée du Volkoff Lodge m'a toujours inspirée plus que nos ternes souvenirs du quotidien, les soirs où elle s'échappait à regret du labo pour s'occuper, un peu, de moi, ces rares journées à nourrir, loger, blanchir et jouer qui l'ennuyaient. Au Volkoff Lodge, je peux me souvenir de Svetlana la conquérante.

La voix de Katherine revient à mes oreilles et je me reconnecte brutalement. Fais semblant d'avoir suivi et m'efforce de l'écouter encore quelques minutes. Finalement, elle se tait. Je ne vois pas bien sous quel angle je vais aborder ce reportage, ça me viendra peut-être une fois sur place. J'essaie de lui soutirer quelques détails sur Félix, le gardien, mais elle n'en sait pas plus que ce qu'elle m'a déjà dit – ou alors, elle tient à me laisser le découvrir par moi-même. Au moment où je me lève pour retourner dans ma chambre, Katherine me prévient que la situation au Refuge risque d'être compliquée. Que je dois me préparer à l'imprévu. Je suggère en plaisantant que l'accident fera peut-être un bon sujet, elle me flingue du regard.

— Surtout pas ! Tu dois nous soutenir, pas nous plomber.

Sur ce final un peu tendu, je ramasse mon équipement et monte dans ma chambre.

Demain, je passe la crête.

20

Au pied de la pointe Chugach, la nuit a été brève, entrecoupée de tours de garde pour déblayer la neige qui s'accumulait sur les tentes. Anna et Claire ont été les premières à réagir, vers 1 heure du matin. La neige tombait tellement fort qu'elles ne se voyaient presque pas, seuls les halos des frontales marquaient leurs positions. Pendant dix minutes, elles ont pelleté pour dégager le toit de leur tente, creuser une tranchée autour et monter une sorte de muret de neige avant de revenir se glisser dans le duvet pour quelques heures de repos. Puis, à 5 heures, Anna a réveillé David, Claire a réveillé Élise, et les deux seconds sont sortis faire leur part. Maintenant, il est 9 heures passées. Anna a fait de l'eau chaude, le groupe debout devant les tentes s'active en partageant un thé et quelques barres. La nuit a été froide, le matin l'est plus encore. Le soleil bas ne perce pas les nuages. La neige continue de tomber. Soufflée par le vent qui a forci, elle se déplace à l'horizontale, cinglante. La fatigue s'est installée, le lever du jour ne la dissipe pas.

— Avec ce qui est tombé cette nuit, ça ne sert à rien de continuer, dit Anna. On va retourner au Refuge attendre l'équipe de recherche.

— Attendre les chiens, tu veux dire ? reprend David.

— Oui. Les chiens.

— Les chiens… mais c'est pas possible, ça ! Pas possible.

David rentre dans la tente et en ressort tout équipé. Descend du promontoire où ils ont passé la nuit et s'engage dans le couloir. Après quelques mètres de traversée, il se dirige vers le haut de la zone qu'ils ont explorée la veille. Il progresse lentement, s'enfonce jusqu'à mi-cuisse. Le court piolet qu'il tient à la main n'est pas adapté, il aurait préféré ses bâtons mais ils sont restés avec les skis, au pied du couloir. Quelques minutes plus tard, il reprend la recherche à l'endroit où elle a été interrompue. Pelle à la main, il creuse et sonde, retrouvant rapidement les gestes réguliers de la veille. Mais en vain. David insiste. Il creuse de plus en plus vite, avec des petits cris de rage, des « Han ! » et des « Allez ! » qui le chauffent, lui donnent l'énergie de poursuivre sa tâche futile. Creuser. Pelleter. Sonder. Recommencer.

Le jour maintenant bien né le regarde avec stupeur. La neige tombe à plus petits flocons, mais sans cesser. Neige qui le nargue de sa vitalité. Le temps de sonder la pente sur sa largeur, environ trente mètres, et les traces qu'il vient de faire sont comblées. Les zones qu'il vient d'explorer, invisibles. Il regarde en direction du bivouac. Les tentes sont en place et il ne voit personne dehors. Personne pour l'aider dans sa mission stupide. D'ailleurs, David ne veut pas qu'on l'aide. Ce qu'il veut, c'est montrer à Jonas qu'il pense à lui. David veut retrouver Jonas pour pouvoir témoigner de tout ce qu'il lui doit. Bien plus que le ski, l'alpinisme ou la montagne, Jonas lui a appris à être un homme. À faire des choix, à prendre des risques. Ne pas se contenter du petit succès, de la conquête facile, de l'effort contrôlé. Non. Avec Jonas, on se dépasse. Comme maintenant. David a l'impression, en gravissant le couloir, qu'il se dépasse. Il fait plus que le nécessaire. Plus que l'indispensable. Il fait, David, œuvre de respect en cherchant Jonas, et il espère que cela lui gravera une belle marque sur le cœur.

Je sens des vibrations.

Je les sentirais, plutôt, si je n'avais pas arrêté de respirer depuis deux jours.

C'est la neige. La neige tout autour a formé une masse compacte qui me transmet tous les bruits de la Montagne comme si j'en étais le fœtus dans son ventre.

Je sens des vibrations, et j'entends des bruits.

Je croyais que le Silence suivrait la Parole, mais depuis que je suis mort, je n'arrête pas d'entendre des bruits. Des craquements. Des grondements. Des sifflements. Je suis aux premières loges pour entendre ce qui se passe dans la Montagne.

Hier, j'ai eu l'impression qu'ils étaient tout près. Presque à me piquer du bout de leurs sondes. Une impression fugace, impossible de sentir s'ils me touchaient vraiment, mais les bruits de la Montagne avaient changé. J'ai cru entendre des voix, sentir le martèlement de pieds au-dessus de ma neige. Si j'avais pu, j'aurais parlé. J'aurais crié. Je les aurais appelés. Mais je n'ai plus l'usage de la parole, et les voix se sont éloignées. Depuis, je n'entends plus que la Montagne. De temps en temps, un monstre craquement. Une crevasse qui s'ouvre. Le glacier qui s'écarte de la pente. Le couloir qui réagit.

C'est la remontée du glacier qui m'a achevé. Quand Claire m'a dit qu'elle comptait s'installer avec Élise, quand elle m'a posé ça, là, en plein milieu de la plaine glaciaire, je suis resté muet. K.O. Sonné. Elle a filé devant et j'ai eu un coup de chaud en la voyant s'éloigner. J'étais rouge de honte, mon visage brûlait, mon corps bouillait, je me suis déshabillé pour faire descendre la température. Torse nu sur le glacier, je ne sentais même pas le froid, rien que la honte. J'ai retiré mon DVA pour enlever ma première couche en mérinos et l'ai fourré dans mon sac le temps de me rafraîchir. Et j'ai oublié de le remettre avant de repartir.

Je me suis souvent vu mourir jeune. Mais jamais pour l'éternité. Non. La mort pour moi, cela devait être un nouveau départ. Une expédition dans un territoire inconnu. Je sourirais bien si mes lèvres n'étaient pas totalement rigidifiées. Je clignerais bien de l'œil – le droit, plus facile – si mes paupières n'étaient pas collées figées. Je rirais bien à l'idée de me voir exhumer dans cent ans, dans mille ans, et qu'on parle de moi comme le témoin d'une époque reculée. Un homme pré-fin de l'histoire, pré-grand cataclysme, pré-destruction de la planète. Je me verrais bien figurer, par mon physique, mon équipement, ma situation géographique, tout un pan de l'aventure humaine au XXI*e* *siècle. Qu'on se penche sur moi pour m'étudier, croiser mon ADN avec les bases de données du futur, analyser des matériaux disparus comme le goretex de mon blouson ou le Vibram de mes semelles. Analyser mon dernier repas lors d'une autopsie dans une salle que j'ai du mal à imaginer tellement elle est futuriste. Qu'on étudie avec intérêt le poulet, les légumes, les céréales de mon dernier dîner ; le porridge du matin ; la barre que j'ai mangée de rage au pied du couloir – d'habitude, je ne mange rien pendant une course. La barre qui m'a fait prendre encore* *deux cents mètres de retard sur mon groupe. Cruelle, la barre… mortelle, même.*

Ce matin, on m'a cherché de nouveau. Mais moins. Moins fort. Moins nombreux. Une personne seule.

David, sûrement.

J'ai reconnu son calme. Sa détermination naïve. David est le seul à me croire capable de survivre à la mort. Dans son Morvan plein d'esprits et de forces surnaturelles, aux forêts pas encore enrésinées et aux bêtes encore sauvages, il a vu des pierres bouger seules, des arbres parler aux humains, des chevreuils se lier d'amitié avec des hommes. Accoutumé aux mystères de la nature, il a un cœur simple. Un esprit simple. David n'est pas un scientifique, ce n'est pas quelqu'un de rationnel, il ne croit pas aux analyses et aux décisions fondées sur la raison. C'est pour ça qu'il m'accompagne. Il me suit sans contester. C'est pour ça que je l'aime.

David a découvert en Alaska un monde qui lui ressemble. Un monde d'esprits actifs, de terreurs surfaciques et de profondeurs démoniaques. Il n'est pas perdu, ici. David est encore plus chez lui depuis qu'il s'est fait mettre un piercing en ivoire sous la lèvre inférieure pendant qu'on attendait un coup de beau temps à Anchorage. « Un vrai bébé alutiiq », il nous avait dit ce soir-là. Et on avait bu, bu, bu pour fêter la naissance.

David – oui, c'est bien lui – m'est repassé dessus plusieurs fois. Juste au-dessus. Mais sans me trouver. Ma position pieds en l'air, tête en bas, debout à l'envers dans la neige, ne doit pas aider. Si on veut que la sonde me trouve, il faut piquer juste sur une de mes semelles – ça ne fait pas une grande surface –, sinon on passe à côté. On pourrait me marcher au-dessus des dizaines de fois sans jamais me situer.

Pas d'urgence.

Je préfère attendre que les hommes du futur me découvrent. C'est beaucoup plus plaisant, comme idée, que de finir dans une boîte avec un entourage en pleurs et des discours convenus. Beaucoup plus plaisant.

David a labouré le couloir sur toute sa largeur, sur plus de cinquante mètres de hauteur. Il est fatigué. Plus encore, il est contrarié. Contrarié de sa propre impuissance. Une contrariété qui le gagne à chaque mètre supplémentaire de lutte contre la neige, qui s'empare de lui, le taraude, lui donne des acidités dans tout le corps. Il gravit encore une dizaine de mètres, la neige l'aveugle, il s'enfonce, creuse, sonde. En vain. Cela fait une heure qu'il a quitté le campement, et rien. Il ne voit rien. Le haut est bouché, le bas estompé, fondu dans la neige. Pas d'horizon dans le couloir. Pas de Jonas sous ses pieds. David décide de faire demi-tour. La descente est aussi dure que la montée, moins pour le cœur, plus pour l'équilibre. À chaque pas il doit retenir son poids pour ne pas se retrouver enfoui jusqu'à la taille. Il ne sonde plus. Ne creuse plus. N'espère plus. Lorsqu'il arrive au niveau du camp, celui-ci est plongé dans le brouillard, il ne le distingue pas bien. C'est Anna qui, voyant un point de couleur se déplacer dans la pente, se met à crier. À l'appeler. À le guider.

David les rejoint. Il est épuisé.

— Bon. Ça suffit, dit Anna. Plus rien à faire. Dès que ça se lève, on rentre.

Ils se replient sous les tentes.

Peu après, la neige cesse, le soleil perce, le jour blanc se colore. Le relief réapparaît. Ils rangent leur matériel et se mettent en route vers le Refuge.

21

De mémoire d'homme, personne n'a atteint le sommet de la pointe Chugach. L'éloignement, les conditions climatiques, son altitude modérée font qu'elle n'exerce pas sur les alpinistes la même attraction que d'autres sommets plus prestigieux. Pourtant, elle est grandiose. Les premiers jours au Refuge, Félix l'a souvent contemplée. Lorsque le temps est au beau et que la lumière fuse, il est facile d'imaginer l'itinéraire. La longue remontée du glacier. La première pente. Le vallon. Le couloir de l'avalanche. En haut du couloir, la voie évidente jusqu'au sommet le long de la pure arête de neige, un trait de crayon blanc dans un ciel bleu d'hiver. Face à la montagne, Félix s'est senti en phase avec ces alpinistes qui avaient formé le projet de gravir la pointe Chugach. Nourri de cette vue qui engage le corps, cette vue qui ne se laisse jamais englober, il a compris qu'on se dise qu'un jour, on irait. Quand les conditions seraient réunies, que la météo serait favorable. Ou, dans son cas, quand son cœur lui serait rendu et qu'il pourrait de nouveau se projeter.

Le groupe est rentré au Refuge en fin d'après-midi. Les regards sont vides, les corps, fatigués. Claire et Élise se sont un peu retrouvées. L'ombre de Jonas plane encore au-dessus d'elles, mais elle n'est plus que cela, une ombre. Et la lumière qui circule de nouveau entre elles a repris de la force, suffisamment pour éclipser les astres mineurs. Ou les soleils disparus.

Les chutes de neige ont repris. La pointe Chugach est de nouveau invisible. Félix demande de l'aide pour déneiger les abords du Refuge. David l'accompagne. Ils parlent peu, chacun occupé à pelleter. David est épuisé, il progresse difficilement. Alors qu'ils ont à peu près dégagé la moitié du périmètre, Félix lui dit de rentrer. David n'insiste pas. Il pose là sa pelle et s'en va sur le chemin qu'ils viennent de matérialiser. Quelques minutes plus tard, Claire rejoint Félix. Ensemble, ils travaillent efficacement. Quelques mètres encore et ils arrivent à l'entrée de derrière. Refaisant ensemble le chemin de l'avant-veille. Arrivée à la porte, Claire se redresse, s'appuie sur sa pelle. Elle regarde Félix :

— Tu sais quoi ? J'ai faim. On a tous faim. Même si on n'ose pas le dire.

Ils rentrent. L'air froid qui les accompagne réveille Élise et David.

— Je vais préparer le dîner, dit Félix.

Tous approuvent, sauf Pierre, assis à l'écart, qui ne réagit pas. Ils ont faim, ils sont vivants et, tant que Jonas est enfoui, l'impossible reste concevable. Alors, on continue de vivre en écoutant les petites voix qui susurrent l'espoir. La disparition de Jonas est une incursion de l'au-delà dans leur quotidien, une parenthèse de vie dans un temps sans durée qui s'arrêtera quand ils l'auront retrouvé.

Ils patientent en silence. Anna est plongée dans la lecture de *Neiges*. Malgré sa formation de professionnelle de la neige, elle se dit qu'elle y trouvera peut-être du nouveau. Pierre l'observe en attendant d'en discuter avec elle. Et peut-être d'en découdre.

Dans la cuisine, Félix écoute un podcast. Ce soir il doit préparer quelque chose de réconfortant et la voix de Véra l'inspire. Elle sait rendre la légèreté aux choses qui l'ont perdue, transformer un sombre destin en festin d'émotion. C'est ce talent dont Félix a besoin aujourd'hui : être capable de donner du plaisir malgré la situation, inciter le groupe à se sentir bien malgré le drame. Ce repas, pense-t-il, sera leur ancrage. Il va les distraire de leur ascension tragique, ils cesseront d'envisager la pointe Chugach comme seul objectif pour retrouver, ici, en bas, d'autres motivations que de toujours repousser leurs limites.

L'expression le fait ricaner : ses propres limites, il les a atteintes de nombreuses fois, et jamais repoussées. Ce serait plutôt elles qui l'auraient repoussé ! Enfant, il n'était pas très sportif, pas très résistant, pas très réceptif à l'idée de l'effort. Et il ne connaît pas le plaisir de l'endurance, les fameuses endorphines qui rendent accro au point que l'enjeu n'est plus d'atteindre l'objectif, mais de s'y rendre. Car les adeptes de l'endurance ne se soucient pas de leur but, seulement de fournir une nourriture à leurs récepteurs opiacés. Félix, lui, rêve. À la ferme de ses grands-parents quand il était petit, il passait des heures assis dans un champ à écouter les bruissements des herbes, les glissements furtifs des petites bêtes sur le sol, le frétillement des ailes d'oiseaux venant voir ce qu'il faisait. Les pas lourds des vaches curieuses de sa présence. Levant la tête, il suivait les spirales des buses, écoutait leurs sifflements traverser le ciel. Les vacances se déroulaient dans un paysage immuable et varié, une infinie diversité à l'échelle humaine. De cette enfance il a gardé le goût de la nature, des animaux qu'on observe, de ceux qui vous observent. Des doux reliefs, vallons et vallées, prés et collines, qu'on parcourt pour découvrir. Sa drogue à lui, ce serait plutôt la curiosité. Capable de grimper encore une colline pour aller voir plus loin, capable de descendre jusqu'à la rivière – et tant pis s'il faut remonter – pour aller s'asseoir sur un rocher et contempler la vie qui sourd du torrent. Cette curiosité qu'il a voulu partager, en couple, puis en famille, bien trop tôt, et qui l'a conduit ici.

Dès son arrivée, Franklin l'avait emmené explorer la chaîne de montagnes qui, au nord-est d'Alexander Bay, marque le début des grands espaces. En s'approchant des pics hautains, Félix avait ressenti une inquiétude qui l'avait mis en déséquilibre. Lui le curieux de tout qui aimait parcourir la nature pour la découvrir, il avait craint de ne plus oser être curieux. Rester petit au pied des géants, croire sur parole les exploits qu'on raconte, les visages marqués, les yeux plissés par le soleil, les glaciers et le vent. Admettre qu'on satisfasse sa curiosité à sa place. Franklin l'avait rassuré : « Ici, tu fais ce que tu peux. Pas ce que tu veux. Accepte, et ça ira. » Et Félix avait fini par accepter la hauteur, la multiplicité des points de vue, l'impression omniprésente d'inaccessibilité. Lors de leur première journée, ils avaient marché sur un bon sentier avant de remonter l'éboulis de la moraine et s'engager sur un glacier. Ils avaient progressé jusqu'au pied des parois, suivant un itinéraire tortueux dicté par les crevasses qui zébraient le glacier. Les arêtes coupantes et les pointes effilées, les sommets les plus hauts, les plus majestueux restaient hors d'atteinte, mais leurs bases devenaient accessibles. On pouvait les toucher. Mettre la main dessus. Lever les yeux. Contempler une ligne verticale sur la paroi, une « voie » – c'est ainsi que Franklin appelait ces traits de crayon imaginaires qui donnaient à Félix le vertige de l'impossible. « Tu ne fais pas ce que tu veux, mais ce que tu peux », avait répété Franklin en voyant que Félix parcourait du regard une de ces voies. « Ah, celle-là, c'est la voie des Polonais », lui avait-il expliqué. Devant l'étonnement de Félix, il avait précisé : « Quand tu débutes, tu fais la voie normale. La pente de neige, l'arête rocheuse, l'arête de neige. » Ces voies normales, sans grand intérêt pour les grimpeurs affirmés, semblaient déjà des obstacles importants pour Félix. Franklin avait continué : « Ensuite, il y a les variantes. Le dièdre, la cheminée, la belle fissure qui scie la paroi. Ces voies, on leur donne souvent le nom des premiers grimpeurs. Les ouvreurs. » Tout en pointant quelques exemples dans la paroi qui les dominait, il avait enchaîné : « Après, il y a les voies des artistes. Celles des acrobates. Des experts qui grimpent sur deux doigts ou pendus à un piolet sur des parois complètement lisses. Eux, ils aiment bien les noms à rallonge, avec une petite blague ou deux. » Franklin avait repris son souffle

– un si long discours, c'était rare, chez lui. Avant de conclure : « Et puis, dans les montagnes les plus rudes, sur les pires sommets, dans les pires météos, il y a les voies des Polonais. Là, tu sais que c'est dur, que c'est engagé et que tu peux y rester. »

Les jours suivants, Franklin l'avait guidé dans de nouvelles sorties. Une arête de neige, splendeur graphique tracée droit dans le ciel. Une escalade rocheuse facile mais longue, au retour Félix ne sentait plus ses avant-bras. Un couloir de neige glacée, raide, impressionnant. À chaque ascension, la peur pouvait surgir. Prête à faire trembler les jambes, à faire vriller les tripes. Peur dans la paroi rocheuse quand une prise avait bougé dans sa main. Peur sur l'arête quand, à la redescente, il s'était pris les pieds dans les crampons et avait glissé – heureusement, Franklin l'avait retenu. Peur presque panique dans le couloir lorsqu'il avait regardé vers le bas à mi-parcours. Une peur qui l'avait poussé à accélérer, à vouloir à tout prix se sortir de là. Jusqu'à se rappeler les mots de Franklin : « Reste calme. La devise de Walter Bonatti. Un très grand. Reste calme. » En respirant, en comptant ses pas, en regardant un peu devant, un peu en haut, jamais en bas, jamais trop loin, Félix s'était calmé. Et il avait eu la révélation de la beauté en découvrant, à la sortie du couloir, une vue à trois cent soixante degrés. Franklin avait conclu l'ascension par ces mots : « On est dans le ciel, là. Tu comprends ? Dans le ciel, et sur terre. »

Ce soir en préparant le dîner, Félix se demande s'il existera un jour une voie des Polonais à la pointe Chugach. Sur le grand plan de travail il étale la pâte pour le saumon en brioche qu'il servira au dîner. Sa version du koulibiak, un mets de fête qu'il a rarement l'occasion de préparer. Mais le groupe a besoin de soutien.

Dehors, le harfang veille. La vue à trois cent soixante degrés, l'espace à trois dimensions, il connaît. Le harfang veille et soudain s'envole dans un nuage de neige fraîche qui le suit comme une traîne dans le ciel, puis retombe au sol alors que lui continue de monter.

Félix fait pocher le saumon. Sur la moitié de la pâte à brioche, il dépose une couche de vert de bettes étuvées. Il sort le poisson de son bouillon, l'égoutte, dépose les morceaux encore nacrés sur le vert, puis les recouvre d'une épaisse crème aux herbes et fondue d'échalotes. Il replie la pâte à brioche sur la préparation. Quelques griffes décoratives, un coup de pinceau de jaune d'œuf sur le dessus, et il enfourne. Dans une heure, le dîner.

Anna entre dans la cuisine. Elle semble se détendre dans la chaleur de la pièce. L'eau qui fume dans l'étuve à 70 degrés. La vision du koulibiak à travers la porte vitrée du four. Ils se jaugent en silence quelques instants.

Et puis Félix pose la question qui le travaille.

— Anna, ça te fait quoi, à toi ?

— De… ?

— Ben… ça. De perdre un client dans une avalanche.

— C'est dur. Pour lui. Pour ses proches. C'est terrible.

— Et pour toi ?

— Pour moi ?

Elle réfléchit.

— Moi… ça m'a fait un coup dans le ventre. Le voir partir, trouver le DVA dans son sac, comprendre qu'on n'allait pas le sauver. Et me dire, tout le temps de la recherche : « Qu'est-ce que j'ai commis comme faute ? »

— Pourquoi ? C'est de ta faute ?

— C'était moi la guide, moi la responsable du groupe.

Elle fait une pause. Félix lui sert un verre de vin. Ils trinquent. Anna reprend.

— La pointe Chugach, ce n'est pas une journée de ski de rando dans les Alpes. En venant ici, tu acceptes une part de danger plus importante. Et moi, je suis là pour aider à prendre les meilleures décisions compte tenu de tous les facteurs… je savais que le bas du couloir était dangereux, j'ai pensé qu'on pouvait passer en allant vite et en prenant des précautions.

— Pierre dit que vous auriez dû renoncer.

Anna esquisse un sourire.

— On dit forcément ça, après. Mais tu as bien vu, comment ils étaient tous à bloc. Tous partants.

Il est bientôt l'heure. Anna laisse Félix qui achève les préparatifs du dîner.

Il est 21 heures passées.

Ils ont tout mangé. À grandes bouchées, à grands bruits de mastication, noyés dans les exhalaisons de sauce et d'air chargé d'épices et d'aromates. Sans beaucoup parler, à part des « tu peux me passer… ? » déclinables à volonté des éléments du dîner. Ils ont tout dévoré et la table est encombrée de gravats.

Et maintenant, ils s'échauffent.

Félix et Anna font des allers-retours entre la cuisine et la salle pour débarrasser. À chaque fois que l'un d'eux se rapproche de la table, la conversation bascule en mode *mute* et, dès qu'ils s'éloignent, les échauffements reprennent – ils sont comme des potentiomètres humains. Le rangement achevé, Félix sort fumer une cigarette. La nuit est dense, épaisse, sans profondeur de champ, rien de net à plus de vingt mètres. Pourtant le temps semble se calmer, en tout cas il ne neige plus. Les nuages peuvent monter, le vent, les dégager. La nuit, plus tard, sera peut-être plus claire.

Il rentre, vérifie la connexion satellite qui cette fois fonctionne correctement. Il appelle Katherine qui lui confirme l'arrivée de Franklin « certainement demain dans la matinée ». Félix lui fait part de ses inquiétudes : l'ambiance est tendue, un des membres du groupe, Pierre, est très remonté. Katherine lui conseille d'écourter la soirée, il n'a qu'à prendre un prétexte pour les renvoyer dans les chambres le plus tôt possible. L'arrivée de Franklin et de Sven avec les chiens devrait calmer les esprits. Katherine ajoute : « Le plus important, c'est le corps. Sans corps, l'histoire ne finit pas. »

Le bref échange rassure Félix. Pas longtemps. L'atmosphère dans la salle est étouffante. Pierre joue avec son verre, son téléphone inutile, il fixe Anna sans rien dire. Elle lui parle, il ne répond pas. Soudain il éclate :

— C'est ta putain de faute, c'est tout ! Rien d'autre à dire !

— Pierre, ça suffit, dit Claire d'un ton ferme.

— C'est de sa faute, c'est sûr. Mais toi, et Élise, je ne vous oublie pas ! Vous êtes autant responsables.

Claire sourit tristement.

— Un complot de meufs ? C'est ça, ta vision du monde ? Les petits garçons punis par les méchantes filles ? Mais tu es tellement naïf, mon pauvre Pierre !

— Naïf ? Au contraire ! Vous deviez vous débarrasser de Jonas pour être tranquilles toutes les deux. Au mieux, c'est un acte manqué, au pire…

Pierre se tait.

— Au pire ? reprend Claire sur un ton glacial.

— Au pire, ça vous arrange bien.

Un lourd silence s'abat sur la salle. Il insiste :

— Jonas, je l'aimais, c'était mon modèle. Un mec hors du commun. Et à cause de vous, il est mort.

— Il faut que tu arrêtes. Tout de suite ! Là, maintenant. Il faut que tu arrêtes d'affabuler et de nous mettre sur le dos la mort de Jonas. Ou alors…

— Ou alors quoi ? reprend Pierre.

— Ou alors, quand tu seras redescendu de ton mauvais trip, tu réaliseras l'horreur de ce que tu viens de dire. Et tu resteras tout seul avec ta tristesse.

— C'est peut-être mieux comme ça !

Pierre se lève, va dans la cuisine et demande à Félix la bouteille de vodka. Félix la sort du congélateur, la pose sur un plateau avec quelques verres à shots. Pierre prend le plateau et l'emporte. Dans la salle, il ne trouve plus que David. Tous les deux seuls, ils boivent à la mémoire, non, à la santé de Jonas. Dehors, la neige s'est remise à tomber. L'accalmie temporaire n'était que cela, une accalmie. Félix attend dans la cuisine, il hésite à aller se coucher. Avant, il faudrait déneiger encore une fois – ou pas, c'est peut-être inutile de le faire avant le lendemain. De temps en temps, il jette des regards furtifs dans la salle. Les deux hommes boivent, ils ne parlent plus que par monosyllabes, sur le ton de ceux qui prétendent se comprendre sans avoir besoin de préciser mais qui en fait ne se comprennent pas. Chacun est perdu dans des pensées qui peut-être se ressemblent, les paroles marmonnées qui créent l'illusion d'un dialogue n'expriment que des sentiments égoïstes, des impressions grossières que l'alcool contribue à rendre encore plus rudes.

Le niveau dans la bouteille descend. Les minutes passent. Le silence s'installe, un silence qu'aucun bruit extérieur ne vient troubler, le feutre enneigé du dehors suffit à tout étouffer. De temps en temps, un son s'élève d'une des gorges, celle de Pierre, plus rarement celle de David. Pierre n'a pas participé à la recherche, il est frustré de sa propre impuissance. Tandis que David a l'impression d'avoir tenté quelque chose. D'avoir été à la hauteur. Pierre enchaîne les verres et ressasse.

— On y est peut-être pour quelque chose, nous aussi ? finit par dire David alors que le fond de la bouteille apparaît clairement.

— Mais non ! Ce sont elles les responsables. Anna qui nous a emmenés alors qu'on aurait dû faire demi-tour. Les deux autres qui ont trahi Jonas. Il n'y a pas à discuter.

— Et ce que disait Anna, alors, qu'on était restés trop longtemps tous les deux au même endroit ?

— C'est des conneries !

— Oui… peut-être…

Pierre le coupe :

— Il n'y a pas de « peut-être ». C'est de leur faute, à elles.

Pierre se sert encore un verre, propose à David qui refuse et se lève.

— Je vais me coucher. Et toi ?

— Non.

— OK. Ça va aller ?

Pierre le regarde avec un air bizarre. Un petit sourire d'un côté de la bouche, un pli amer de l'autre. Une tête asymétrique et inquiétante.

— Oui, bien sûr que ça va aller ! Et pourquoi pas ? Après tout, on vient juste de perdre notre meilleur ami !

— Oh… c'est pas ce que je voulais dire…

— Non. Je sais. Mais tu vois, ça ne peut pas aller. Encore moins tant qu'elles seront là, toutes les deux, ensemble.

— Pierre, je te comprends… mais tu vas trop loin.

— On est tous allés trop loin ! Tellement trop loin qu'il n'est pas revenu.

David va se coucher. Pierre finit son verre, veut se resservir mais la bouteille est vide. Le verre à la main, il reste les yeux rivés sur l'extérieur, sur la myriade de taches blanches qui dans la nuit sont seules visibles, portant sur leur dos la lumière indirecte de la lune et celle affaiblie des étoiles.

22

Neiges

Fairbanks. Ville universitaire, ciel et terre d'un noir et blanc sans nuances autres que les balafres explosives des aurores boréales.

Axel Kantor marche dans les rues désertées. Sa conférence a été un succès, il a reçu une ovation d'un public habituellement mesuré. À la suite de son exposé, il a même donné une interview à la radio locale WKFairWave.

Axel est pensif. Insensible à la pâleur blanchâtre d'un jour de neige à Fairbanks. Le visage du journaliste qui a conduit l'interview ne le quitte pas. Axel s'est dit qu'il devait être originaire du sud de l'Alaska, peut-être même un Alutiiq d'Alexander Bay, tant il semblait familier de l'histoire des Volkoff. De fait, John – un nom passe-partout dont Axel n'a pas cru à l'authenticité – avait un tatouage traditionnel qui lui couvrait la majeure partie du menton. Un ornement de traits parallèles peut-être exécuté à la manière ancestrale, la peau cousue d'un fil en tendon teinté de suie et passé dans une aiguille en os. Du moins, c'est ce qu'Axel croyait en fixant le bas du visage de John pendant leur entretien.

Après quelques banalités sur le climat, la neige et l'avidité des colons de toute époque en Alaska, John avait pointé un micro inquisiteur directement vers Axel. L'interrogeant sur l'intérêt que lui, le scientifique, trouvait à écrire un ouvrage tel que *Neiges*, à donner des conférences, à honorer de sa présence les Volkoff et leur machine à fric, alors qu'il savait, qu'il démontrait même depuis des années, avec ses équipes, avec la communauté des chercheurs climatiques, que rien ne changerait tant que personne ne changerait. Axel n'avait pas la réponse. Il ne l'a toujours pas, et les avenues obscures et d'une largeur indécente de Fairbanks sont les témoins muets de son interrogation.

Axel avait évoqué le caractère unificateur de la neige, les nombreux traits communs à tous les peuples du froid, mais le journaliste ne s'intéressait pas à l'universalité. Il voyait dans ces traits communs une lamentable réduction des spécificités – une grande noyade, un grand saut dans la banalité des peuples anciens. « Maintenant que notre habitat naturel est devenu habitable, nous allons disparaître », avait dit John en guise de conclusion, tout en serrant un peu trop fortement la main d'Axel.

John le journaliste portait au visage une marque tribale, voilà ce qu'Axel avait pensé, jusqu'à ce qu'il lui pose la question. John avait répondu, l'air amusé, qu'il était né et avait grandi à New York. Et que son tatouage et son piercing venaient tout droit d'un *tattoo parlour* d'Alphabet City. Mais, avait-il admis, ils étaient bien d'inspiration alutiiq – ou « aléoutienne », suivant le néologisme forgé par les premiers colons russes. « Il ne reste que quelques milliers de personnes qui parlent ma langue », avait-il expliqué à Axel. Lui-même était venu en Alaska pour vivre à la façon de ses ancêtres. La langue qu'il apprenait et les marques sur son visage le reliaient à son histoire. « Et encore… avait-il ajouté en riant. Il a fallu que j'arrive ici pour me rendre compte que je portais un tatouage destiné à une jeune fille à peine pubère ! »

L'interview terminée, la nuit pleine et dense se rétablit sur Fairbanks. La neige qui s'était mise à tomber pendant le séminaire d'Axel ne semble pas près de s'arrêter. Ni l'avion pour Anchorage, de décoller. On l'appellera, lui a-t-on dit, quand le moment sera venu. Pour l'instant, qu'il profite de la ville.

Facile à dire…

Fairbanks est un point singulier planté au milieu d'autres civilisations, pense Axel. Une catastrophe. Un point blanc irrationnel et déconnecté dans un pays constellé de peuples de la neige, des Athabascans du froid dont les ancêtres parlaient tanana ou koyukon. Des Amérindiens imperméables aux frontières érigées par les lois des nouveaux arrivants et, pourtant, bâillonnés par elles.

John est venu à Fairbanks plutôt que de s'installer autour d'Alexander Bay, lui qui est issu d'une lignée alutiiq du Sud, parce que la vie des communautés se télescope avec celle des intérêts économiques, et qu'il faut vivre. John le New-Yorkais redevenu alaskien n'est pas chez lui ici. Pas plus, pas moins que les autres habitants de la contrée de la nuit et de la neige. Il est chez lui, songe Axel, comme moi, le Russe exilé en France qui vient retrouver un peu d'air du pays de l'autre côté du Pacifique. Comme les alpinistes dont m'a parlé Katherine et qui s'installent pour toute une saison ; comme Véra qui retourne au Volkoff Lodge.

Drôle de sujet, la neige, avait dit un jour Svetlana à Axel alors qu'ils revenaient ensemble de Fairbanks prendre leurs quartiers de Noël à Alexander Bay. Drôle de choix que de vouloir à tout prix comprendre la neige. Axel n'avait pas pu lui parler des clics, il avait simplement souri un peu gauchement – quand on est chercheur, on a droit à un peu de fantaisie, et pas toujours accès à son inconscient. Svetlana s'en était tenue là. Mais Axel la comprend. Que la neige fascine, oui, sûrement, depuis toujours. Qu'on lui consacre sa vie, c'est comme courir après le vent, ou chercher à retenir l'eau dans ses mains. Pas une minute ne se passe sans que la neige change d'aspect, de composition, de température, de propriétés. Même si, à la fin – et le chimiste peut sourire d'avoir toujours raison –, il ne s'agit que d'eau sous des formes différentes. Mais le physicien, lui, sature de toutes ces variétés inexpliquées. Autant de variétés de flocons et de neiges qu'il y a, ou avait, de langues différentes parlées par les peuples de la neige avant la grande anglicisation. Et les extinctions se suivent, et se ressemblent, et se poursuivent, d'un mot à un flocon, d'un degré à un peuple. Fugacité des flocons, des états de la neige, des formes qu'elle revêt ; fugacité des individus, des peuples, des langues et des différences.

La neige a cessé de tomber sur les avenues vides de Fairbanks. Le téléphone sonne dans la poche d'Axel : son avion peut décoller, il faut qu'il y aille.

Ce soir, il dormira au Volkoff Lodge.

23

Véra

La nuit va être longue en attendant que Franklin vienne me chercher. Apparemment, le temps s'améliore dès demain matin. C'est Franklin qui le dit et j'ai toute confiance, même si ça paraît peu crédible sous la neige qui s'est remise à tomber. Drue, épaisse, inexorable. Nez à la fenêtre, je compte les flocons, j'essaie d'en suivre quelques-uns jusqu'à ce qu'ils touchent terre. Je les perds. Je somnole, je rêvasse. À l'extérieur, les rares bruits sont amortis par la neige qui s'accumule. À l'intérieur, mon cœur bat, mon souffle se hache, mon sang voyage.

Impossible, encore, de dormir. Tant pis, je m'équipe comme pour le départ. Emmitouflée dans ma tenue Grand Nord, j'ouvre la fenêtre et cherche des yeux la crête. Elle reste invisible. L'atmosphère est épaisse, tangible. Bien cachée sous mes couches, je souris. Me fonds dans le paysage. Dans les flocons qui viennent m'effleurer le visage. Cette neige est tendre, rassurante, elle descend doucement, se pose avec délicatesse, rien en elle ne fait penser à mal, au danger, à ses pièges. Elle tombe, cette neige, en toute bienfaisance, disposée à recouvrir les années, les distances, les déceptions et les morts. Certains de ses flocons me parlent, petites aiguilles pointées dans les six directions qui ne savent pas où s'accrocher, elles hésitent, réfléchissent, tanguent et comme moi se déposent là où le vent les a portées.

Comme un flash m'arrive l'écho d'une conversation entre Svetlana et Axel, une conversation qui m'avait troublée quand j'avais onze ans. Un soir, Svetlana avait pris Axel à partie sur une question de théorie des cordes, ou quelque chose d'aussi obscur. Je m'étais assoupie dans un grand fauteuil si profond qu'il me dissimulait à leur vue. Quand je m'étais réveillée, leur conversation n'avait plus rien à voir avec la physique des particules. Parmi les mots qui me parvenaient était revenu plusieurs fois celui de *zapoï*, cet état d'ivresse au long cours typiquement russe, incontrôlable et débridée. C'était *zapoï* par-ci, *zapoï* par-là, éclats de rire et éclats de voix, Axel et Svetlana parlaient avec une drôle d'énergie. Je les sentais proches, plus que d'habitude. Intimes. Leurs voix s'étaient faites plus douces à mesure que l'heure avançait, bientôt je n'entendais plus que leurs chuchotements dans le Volkoff Lodge déserté.

Je m'endors sur le fauteuil face à la fenêtre ouverte, les joues caressées de l'air froid. À la russe. Les mains dans les manches, le nez et la bouche qui émergent tout juste de la cagoule en polaire. À presque entendre le bruit des flocons qui se déposent. L'oreille aiguisée dans mon sommeil compte les chutes, les contacts, les adhésions, mon esprit rêve de la jonction entre les flocons, l'attraction des aiguilles qui se tordent et se mêlent du bout de leurs petites aiguillettes elles-mêmes entortillées les unes autour des autres, une juxtaposition qui ne cristallise pas encore mais déjà suggère des unions, deux flocons comme deux êtres dont les antennes se toucheraient, se trouveraient et sortiraient de leurs solitudes pour former un corps plus grand, plus complexe, une structure.

Voilà. Je divague. Mes rêves de neige s'égarent, mes illusions d'amours s'effacent. La fenêtre qu'un coup de vent fait claquer me réveille. Des voix me parviennent par rafales, de vraies voix portées par l'air qui hésite, change de sens, tourne et revient, m'envoie des bribes de conversation. Bien réveillée maintenant, j'écoute. Katherine est l'une des locutrices. Son ton est ferme, comme à son habitude. L'autre voix est celle d'un homme. Pas Franklin. Pas un des frères Volkoff non plus. Son débit est lent, ses paroles peu fréquentes. La voix est douce. Posée.

Je connais cette voix.

J'ouvre en grand la fenêtre et me penche à l'extérieur : Axel est là, juste sous ma fenêtre, en train de parler avec Katherine.

24

Pierre est affalé, ivre, sur le plan de travail de la cuisine. Il est tellement fatigué, il a tellement bu qu'il pourrait presque s'endormir, pourtant une vision le tient éveillé. Incapable de rejoindre sa chambre, incapable de quitter sa colère, il observe avec fascination le reflet bleuté d'une longue tige de métal sur le côté de l'armoire réfrigérée en inox.

Dès son arrivée au Refuge, Félix s'était débarrassé de l'arme que Katherine lui avait donnée, ce fusil qui devait le protéger quand il progresserait seul sur la piste. L'arme n'était pas censée servir ensuite, alors Félix l'avait posée dans le renfoncement qui accueille la chambre froide, et n'y avait plus pensé.

Des idées tordues envahissent l'esprit de Pierre. Des idées, d'après lui, de justice. Il regarde l'arme avec intérêt, ses yeux caressent le reflet du canon. Il y voit un parfait outil pour rééquilibrer le monde qui s'est mis à pencher du mauvais côté depuis la disparition de Jonas. Avant, il y avait un homme à suivre. Maintenant, il ne reste que des individus, un groupe éclaté, une structure affaiblie. Le monde de Pierre risque de s'effondrer sur lui-même comme une plaque de neige trop lourde posée sur une sous-couche fragile. Sauf si le fusil rétablit l'ordre.

Pierre se redresse difficilement. Se stabilise sur ses pieds. S'approche du frigo. Il va s'emparer de l'arme.

— Tu fais quoi ? l'interrompt brusquement la voix d'Élise.

Elle se tient devant lui en collant et tee-shirt, les cheveux ébouriffés, le visage chiffonné mais les yeux bien éveillés.

— Non, mais tu fais quoi, là ?

Il ne répond pas. Elle attrape son frère par les épaules, le fait pivoter et le pousse vers la salle. La nuit est pleine, la lune striée par la neige qui tombe toujours. Élise assoit Pierre dans un fauteuil. Debout face à lui, elle l'observe. Pierre détourne le regard et se relève. Elle esquisse un mouvement pour le retenir, mais il l'arrête.

— T'inquiète. Je ne vais pas faire de connerie.

Pierre se plante devant la baie vitrée et fixe un point dehors. Un point visible de lui seul, dans la direction de la pointe Chugach.

— Ça ne s'arrête jamais de tomber ? demande-t-il.

Élise ne dit rien. Pierre reprend :

— On ne va pas le retrouver. C'est sûr. Il va rester coincé là-bas sous la neige.

— Tu n'en sais rien. Une équipe de secours va arriver dès demain et…

— Quelle équipe ? l'interrompt Pierre. J'ai entendu le gardien parler avec Katherine, ils viennent à deux. Tu parles d'une équipe !

— Ils viennent avec des chiens d'avalanche. Ils ont l'habitude. Ils le trouveront.

— C'est pas possible, ce que t'es froide !

— Pierre, ça suffit !

— Quoi, « ça suffit » ? Parce que je suis ton frère, ça te donne le droit de me parler comme ça ?

— Oui. Quand tu ne sais plus ce que tu dis. Ou ce que tu fais. Absolument.

Pierre est collé à la vitre, Élise s'approche, le prend par les bras et le tourne vers elle. Leurs visages sont à trente centimètres l'un de l'autre.

— Je vais te le redire, essaie de comprendre, cette fois : ce n'est pas de notre faute. Ce n'est pas de la faute d'Anna. Si tu dois trouver un responsable, pense d'abord à Jonas. C'est lui qui a voulu grimper cette saleté de montagne. Lui qui a tout organisé, qui a engagé Anna.

— Notre guide, ça devait être Franklin, pas Anna !

— Oui, et alors, ça aurait changé quoi ?

Quelques secondes de silence, et Pierre relance :

— Et puis, il y a ton histoire avec Claire.

— Arrête, tu veux ? Arrête de tout mélanger. Jonas et Claire, c'était fini. Tu le sais, non ?

— C'est pas ce qu'il nous disait…

— Ce qu'il vous disait quand ?

— Quand on se voyait. Quand on sortait. Quand…

Pierre hésite. Élise attend. Le silence les enveloppe. Dehors, la neige patiente. Elle attend les pas qui vont la souiller, les trous qui vont se former et qu'elle viendra combler. Le pouvoir d'effacement total qui est le sien, elle l'exercera.

Elle attend.

Élise attend.

Pierre reprend :

— Le soir où on est arrivés à Alexander Bay…

— Oui ?

— La soirée, au Volkoff Lodge…

— Et ?

— Quand vous nous avez laissés, on est restés tous les trois au bar. Et Jonas nous a dit qu'il allait se remettre avec Claire.

— Mais c'est faux ! Jonas et Claire, c'était fini depuis longtemps. Il ne partageait plus rien avec Claire. Plus rien.

— C'est ce que tu crois, parce que ça t'arrange. Mais ce n'est pas la réalité. Jonas et Claire étaient faits l'un pour l'autre.

— Non. Je t'assure. Pas du tout.

Ils s'assoient côte à côte dans un des grands canapés. Leurs paroles flottent encore quelques secondes dans la salle, puis se déposent au rythme des flocons qui s'amassent dehors. Rompant le silence, un sifflement perce la vitre.

Le harfang, peut-être ?

Pierre reprend :

— Tu crois qu'ils allaient se séparer, mais c'est faux. C'est même naïf, de penser ça.

— Ah bon ? Explique-moi, alors.

— Ils allaient faire un enfant. C'était ça, leur projet pour se retrouver.

— Quoi ?

— Oui. Jonas nous l'a dit au bar de l'hôtel. Après la pointe Chugach, il allait convaincre Claire de faire un enfant avec lui.

— Mais c'est complètement mytho !

— Pourtant, c'est la vérité.

— Mon pauvre Pierre, ça n'a aucun sens, ce que tu dis… aucun sens.

— Ah bon ? OK, on va lui demander.

D'un coup Pierre se lève et se rue vers l'escalier et la chambre de Claire. Élise tente de le retenir mais il est déjà à la porte, main sur la poignée. Il ouvre. Claire est réveillée. Assise sur le lit, les mains jointes, serrées entre ses jambes. Élise s'assoit sur le lit à côté d'elle. Pierre esquisse un pauvre sourire. Il a raison, il en est sûr. Il repense aux paroles de Jonas au bar du Volkoff Lodge : « Elle ne pourra pas dire non. C'est biologique : une femme de son âge qui n'a pas eu d'enfant, tu lui proposes de faire un gamin, elle va dire oui. C'est sûr ! » Ils avaient trinqué tous les trois, confortablement assis dans les fauteuils en cuir, à la santé du futur. Pierre était admiratif, un tel patrimoine, ce serait dommage que la lignée de Jonas s'arrête. Et Claire, malgré ses défauts, elle avait aussi un super potentiel, physique, intellectuel. Ces deux-là, ils allaient faire une bête de course, un futur champion, un petit génie.

Claire regarde Pierre, la main d'Élise posée sur son avant-bras. Et elle lui parle :

— Tu sais ce qu'il m'a dit, le matin… le matin…

— De l'accident ?

— Oui. Tu sais ce qu'il m'a dit, avant de commencer à grimper ?

— Non.

— Il m'a dit qu'il voulait qu'on fasse un enfant.

Pierre regarde Élise, l'air triomphant.

— Je le savais ! s'écrie Pierre. Je savais que c'était vrai !

— Mais que quoi était vrai ?

— Que vous alliez avoir un enfant. Je le savais, il nous l'avait…

Mais Claire le coupe.

— Tu ne savais rien du tout ! C'était la première fois qu'il m'en parlait. C'était même la première fois qu'on en parlait, tout court. Entre nous, ça a toujours été limpide : nos vies ne laissaient pas la place à un enfant.

— Et alors ?

— Et alors, je lui ai dit qu'il rêvait. Qu'il délirait, plutôt. Que de toute façon, maintenant, j'étais avec Élise.

— Tu l'as achevé.

D'un bond, Claire se lève et le gifle.

— Sors ! Sors d'ici ! Immédiatement !

Pierre prend un air satisfait. Se dirige lentement vers la porte, en se pavanant. Une fois dans le couloir, il se retourne et dit à Claire :

— Tu ne t'en remettras jamais.

Pierre redescend dans la salle, repasse devant la cuisine. Le fusil n'est plus à sa place. « De toute façon, je ne sais même pas m'en servir », se dit-il en regagnant sa chambre. Il se couche, tourne, retourne, finit par s'endormir au tout petit matin, bercé par le bruit du vent qui s'est levé tôt et fait bien son travail.

Quelques heures plus tard, le jour offre une vision extraordinaire. Un enchantement du Nord, ciel d'un bleu intense sans nuages ni chaleur, un bleu parfait qui offre à la blancheur parfaite de l'étendue neigeuse un miroir pour sa splendeur. Claire, Élise et Anna sont installées à la table du petit déjeuner. Toutes trois ont les yeux rivés sur l'extérieur, la journée radieuse qui s'installe devant elles.

— On n'y croyait plus ! dit Anna.

— Non. Et on n'en voulait plus, complète Claire, le visage fermé. Tellement bizarre, la lumière, la beauté, la pureté…

— Oui… en tout cas, l'équipe de recherche va pouvoir venir, et je te promets qu'on va retrouver Jonas.

David et Pierre les rejoignent. David a le visage reposé. Pierre est marqué, les traces de la nuit encore inscrites sur son visage, dans sa démarche, dans sa lourdeur quand il s'assoit. Dans l'effort visible qu'il fait pour lever sa tasse. Mais peu à peu, ses yeux lui parlent. La perfection bicolore du dehors l'apaise malgré lui. Tous les cinq boivent et mangent, un peu, en silence. Tous pensent la même chose : que cette journée est une journée idéale pour grimper, que c'est la météo dont ils avaient rêvé pour attaquer la pointe Chugach. Mais ils n'iront pas.

Félix vient leur dire que l'équipe de recherche arrivera dans une heure et qu'ils doivent se tenir prêts à partir pour se rendre sur le site de l'avalanche.

Claire, d'un coup, s'écrie :

— Ça n'a pas de sens…

— Qu'est-ce qui n'a pas de sens ? demande Élise.

— D'aller le chercher… Jonas, il aurait voulu finir comme ça. Sous la neige, avalé par la pente, l'homme glacé de la pointe Chugach. Il n'aurait pas eu envie de revenir se faire enterrer en ville dans une boîte étroite, une terre sale, sous un ciel qui pue.

Peu à peu, l'absence de Jonas se redépose sur les présents. Ils attendent. Vaquent. S'occupent. Jusqu'à ce qu'un bruit de moteur qui se rapproche les secoue. Ils se collent à la grande baie vitrée pour voir l'appareil de Volkoff Aviation se poser sur le glacier, à une centaine de mètres du Refuge, parfaitement dans l'axe de la pointe Chugach. Deux hommes et deux chiens en descendent, puis, quelques secondes plus tard, Véra.

À peine débarqués de l'avion, Franklin, Sven et les chiens se dirigent d'un pas décidé vers le Refuge. Les chiens sont excités, ils courent, jappent et sautent dans tous les sens. Félix et Anna sortent pour accueillir les arrivants. Le temps de brèves salutations, quelques explications et de se préparer rapidement, et Franklin et Sven partent avec Anna et les chiens. Ils s'engagent sur le glacier à longs pas glissés, à ce rythme il leur faudra à peine deux heures pour arriver au pied du couloir. Pas un mot n'est échangé. Ils gardent leur souffle pour le travail. Les chiens sont alertes, ils suivent facilement dans les traces des skieurs. Il ne faudrait pas les fatiguer, même si, d'après Sven, la marche va plutôt les décontracter. Juste derrière, Élise et Claire. Un peu plus loin, David, qui progresse moins rapidement.

Assise dans un coin de la salle, Véra se fait le plus discrète possible. Franklin l'a présentée aux occupants du Refuge, mais tous étaient préoccupés par l'urgence des préparatifs et l'agitation avant le départ. Maintenant que le calme est revenu, elle attend qu'on accuse réception de sa présence, entre le silence indifférent de Pierre et la curiosité qui émane de Félix par vagues irrépressibles.

25

Véra

J'étais toute petite la première fois que j'ai entendu parler du Refuge. Svetlana l'appelait « la datcha des Volkoff » et je m'étais représenté une jolie maison posée face à la mer. Une maison pour voir passer les baleines, plonger dans l'océan, nager avec les dauphins. Croiser des ours blancs. Un gîte accueillant dans une nature sauvage et belle. Jamais je n'avais imaginé ce lieu prétentieux entouré de montagnes piquantes, dernier repaire d'une équipée macabre. Tout ce qui m'évoquait une confortable cabane plutôt qu'un hôtel de luxe, une nature harmonieuse plutôt qu'un désert glacé, a disparu. On a joué à l'ardoise magique avec mes impressions d'enfance et j'essaie sans y parvenir de les reconstituer.

Le Refuge s'est vidé de ses occupants, ne restent que l'homme à l'épaule abîmée – Pierre, je crois – et le gardien qui s'occupe, je dois dire, plutôt bien de moi. Donc je vais boire mon thé, bien *nice*, bien calme, je vais boire mon thé servi par le gardien aux yeux qui m'expédient des lasers, j'en ai des trous dans la peau, je vais boire mon thé et attendre que les alpinistes reviennent. Le thé est bon et bizarre à la fois. Un drôle de thé, un goût de sarrasin qui me rappelle la kacha du petit déjeuner de Svetlana. J'ai à peine trempé mes lèvres dans le thé brûlant que me reviennent en rafales brutales les souvenirs du quotidien. Pas les vacances, pas les Noëls. Non. Le vrai quotidien de tous les jours avec Svetlana. Son air pressé, toujours pressé, ses remarques cassantes dont elle ne se rendait même pas compte. Ses caresses distraites sur ma tête avant de partir au labo – moi, je restais encore un peu à la maison avant d'aller en classe – et l'odeur de la kacha qui traînait derrière elle quand elle avait claqué la porte. C'était le moment que j'attendais pour partir en expédition. Notre trois-pièces n'avait pas grand-chose à cacher, et j'en avais souvent fait le tour sans rien trouver d'intéressant. Mais je continuais, dans l'espoir toujours renouvelé de tomber sur un trésor enfoui. Jusqu'au jour où j'ai trouvé. J'étais en sixième, j'attendais l'heure d'aller en cours de russe. J'étais en train de farfouiller consciencieusement dans le placard de sa chambre et j'ai vu, posée derrière les boîtes à chaussures, une petite boîte. Trop petite pour des chaussures, trop grande pour un bijou. Et le carton… un vieux carton ramolli avec des taches d'humidité et des traces d'écriture en caractères cyrilliques. Je savais déjà un peu les lire, et j'avais déchiffré l'inscription : « Pour Svetlana. » J'avais ouvert la boîte.

Voilà où j'en suis avec ce thé qui vient taquiner mes souvenirs d'enfance. Assise dans une pièce que je ne reconnais pas, avec un inconnu qui marmonne dans son coin en fixant la fenêtre comme si elle allait lui voler la vue. Et l'étrange gardien qui me ressert du thé au sarrasin, me demande si j'ai tout ce qu'il faut, m'apporte un petit gâteau, un autre, s'empresse autour de moi, à me donner le vertige – heureusement que je suis assise. Quand il ne se tient pas juste à côté de moi, il reste campé à l'entrée de sa cuisine en me regardant un peu bizarrement. Rien d'inquiétant, plutôt l'attitude d'une connaissance que je n'aurais pas reconnue. Et pendant qu'il me regarde, il a ses écouteurs dans les oreilles, et l'air d'écouter quelque chose qui lui plaît.

La matinée passe vite, je décide de visiter les lieux. Le Refuge façon Katherine Volkoff est totalement superlatif ! Dans ma chambre, la 5, celle qui n'était pas occupée par le groupe et où je dormirai cette nuit, tout le mur qui donne sur l'extérieur est vitré, et amovible. Pour ouvrir, il suffit d'appuyer sur le bouton du boîtier de commande situé à la tête du lit et la fenêtre s'efface littéralement dans le sol. Et si on veut plus, on peut aussi ouvrir en grand la verrière de toit, de sorte qu'allongé dans son lit, bien au chaud sous sa couette, on sente les étoiles tomber sur la neige. Fruit de l'indécence assumée des Russes états-uniens, le Refuge porte un nom qui jure avec le luxueux chalet qu'il est devenu, et je ne vois pas trop ce que je vais trouver à en dire de positif. Ma vision du Grand Nord, ce sont des inconnus qui se rencontrent, s'entraident et se découvrent dans l'immensité glacée. Pas celle de riches aventuriers sans besoins qui ont les moyens d'assouvir tous leurs désirs.

Peut-être que l'histoire de Félix se révélera plus inspirante.

Ma visite terminée, je retourne m'installer dans la salle, et j'attends. Par la baie vitrée, j'essaie de repérer la trace de Franklin et son équipée. Je les ai perdus de vue quand ils ont disparu derrière une bosse au bout de la grande plaine glaciaire. Soudain, j'entends le gardien qui me dit :

— Venez voir. Dehors. Couvrez-vous et venez.

Il a une belle voix, profonde, douce, alors je viens, accompagnée de Pierre. On passe par la ski room et on sort par la porte de derrière. Un escalier extérieur conduit à un balcon sur le côté du Refuge. Au bout du balcon, une longue-vue est installée sur un trépied. Un tabouret posé derrière elle.

— Allez, regardez. Mais ne la bougez pas. Elle est calée.

Je m'installe, pose un œil sur l'oculaire. Et recule, tellement l'effet est violent. À quelques mètres à peine de moi, semble-t-il, je vois une scène se dérouler comme si j'y étais. Les chiens qui tournent, le nez dans la neige. Un des chiens, surtout, le malamute. L'autre, le beagle, reste tranquille. Il n'est là que pour jouer avec le malamute, c'est « sa petite friandise », comme m'a expliqué Sven pendant le vol. D'ici, je vois la friandise qui ne bouge pas. Allongé sur une surface brillante qui doit être une couverture de survie dépliée, le beagle attend, tandis que le malamute sillonne le bas de la pente. Dans le haut du champ de vision, je vois aussi Franklin, et les autres qui forment un groupe compact.

Je les observe. Essaie de comprendre ce qu'ils font.

Rien, visiblement.

— Tout va bien ?

Je me retourne brusquement, manque de faire basculer la longue-vue. Le gardien du Refuge est toujours là, à deux mètres de moi.

— Oui, oui. Merci. Je vais rester regarder un peu.

— Appelez-moi si vous avez besoin de quelque chose.

Je ne dis rien. Il me contourne et redescend quelques marches, se retourne. Toujours ce regard un peu bizarre.

Comme un chien qui attend son os. Mais moi, je ne suis la friandise de personne.

— De quoi que ce soit, il insiste.

Il a une très belle voix, en fait. Enveloppante.

Félix descend l'escalier et me laisse contempler la recherche en cours. Au bout d'une dizaine de minutes, je me lasse de voir le grand chien qui se démène, le petit qui se prélasse. Les humains impuissants qui se retiennent de bouger pour ne pas gêner les chiens. Rien de notable et je me refroidis sérieusement. Je rentre. Quand j'arrive dans la salle, Pierre me saute presque dessus avec un « Alors ? » tonitruant.

Alors, pour commencer, lui, il devrait se calmer ! Sa voix, déjà, n'a rien d'agréable. Métallique et mal placée, avec des petits hoquets, autant qu'il se taise. Et de toute façon, je n'ai rien à lui apprendre d'intéressant.

— Toujours rien. Mais allez-y, la longue-vue est disponible.

Il quitte la salle en coup de vent. Je me remets à ma place, devant le feu. Comme par miracle, Félix apparaît avec un thé. Un vrai cette fois.

— Vous devez avoir froid…

— Oui. Merci.

Il pose une tasse devant moi, reste une infime seconde de trop debout à attendre quelque chose. J'hésite à prolonger le moment, lui parler du sarrasin, de la kacha et de mes souvenirs. Après tout, un inconnu, c'est parfait pour partager. J'hésite, et il retourne dans sa cuisine.

Dans la boîte que j'avais trouvée dans la penderie de Svetlana, il y avait des lettres. Une liasse – drôle, ce mot de « liasse », comme on dit « billet » pour un mot d'amour – entourée d'un élastique vieilli, craquelé par endroits. J'avais tiré dessus et il s'était cassé sous mes doigts. Les lettres étaient tombées par terre. J'avais regardé les lettres éparpillées. Sur les enveloppes, une adresse à Saint-Pétersbourg, la seule que je connaissais. Celle de Svetlana, chez ses parents. Au dos d'une des enveloppes, une adresse aussi, mais inconnue. Pas de nom, juste une adresse.

Au bout de quelques instants, j'avais compris que les lettres n'allaient pas m'attaquer, me mordre ni me griffer, alors j'en avais ramassé une au hasard et je l'avais sortie de son enveloppe. Elle était écrite en russe. J'avais compris la première ligne, « Svetlana, ma chérie, ma lumière », et tenté de traduire la suite mais la langue était trop compliquée pour moi, et l'écriture difficile à déchiffrer. Et puis j'avais entendu notre vieille horloge sonner, j'allais être en retard, c'était impensable, j'avais reconstitué la liasse du mieux que j'avais pu en espérant que Svetlana ne passait pas ses soirées à vérifier l'élastique, et j'avais tout remis dans la boîte. Prévoyant de reprendre ma lecture dès que possible.

Lorsque j'avais eu de nouveau l'occasion, quelques jours plus tard, de fouiller dans la penderie, la boîte avait disparu. Je ne l'ai plus jamais revue. Pourtant, elles sont restées tout près de moi, ces lettres. Elles m'ont accompagnée au Volkoff Lodge. Elles m'ont suivie au Refuge. Nous repartirons ensemble. Je les emporte toujours avec moi. Je n'ai jamais lu plus loin que « Svetlana, ma chérie, ma lumière », je n'ai jamais dépassé cette première ligne si intense. Et l'auteur de ces lettres, je ne l'ai jamais connu. Svetlana ne voulait pas – à l'écouter, j'étais née d'un *zapoï*, pas d'un homme.

Félix revient avec quelque chose à manger. Des gâteaux qu'il vient de faire – j'ai droit à tous les égards ! Je l'invite à partager et il s'assoit en face de moi. Une table, un plateau, deux assiettes et l'angle de l'immense cheminée nous séparent. Nous goûtons ensemble une première bouchée. Ses gâteaux sont excellents, gourmandises d'épices, cardamome, cannelle et gingembre mélangés avec des pommes et des raisins secs, le tout chaleureusement accueilli par une sorte de pâte à pain feuilletée hyper-beurrée.

— Mais c'est tellement bon !

— Merci. Des *ginger and cinnamon buns*, une recette de Katherine Volkoff.

— Et dites-moi, qu'est-ce que j'ai fait pour mériter ça ?

Félix sourit.

— Rien pour l'instant. Ici, ce qui se mérite, c'est de quitter le Refuge, aller sur le glacier. Sur la plaine. Voir comment font ceux qui vivent ici.

— Les hommes ?

— Les hommes. Les bêtes. Le harfang perché devant la porte. Les lièvres et les renards des neiges. Vivre comme eux, voilà quelque chose qui se mérite vraiment.

— Oui… c'est vrai…

— D'ailleurs, ce n'est pas fait pour nous, ici. Regardez ce qui vient de se passer.

L'excitation des chiens dans l'avion me revient soudain. Au calme, au chaud, avec le gardien et ses épices, j'avais presque oublié l'opération en cours. Par la fenêtre, je ne vois que le blanc, le cirque, la pointe. Et le soleil, qui a commencé à descendre et s'inscrit dans le cadre. Félix regarde l'heure.

— Dans deux heures, il fera nuit. Il faudrait qu'ils se décident à revenir.

— Il fait beau aujourd'hui, non ? Ce n'est pas trop dangereux ?

— Ici, le danger, ce n'est pas seulement le mauvais temps. C'est la neige. Même quand il fait beau, il peut y avoir une crevasse… une chute de sérac… une avalanche.

On continue à manger. En silence. Félix a l'air un peu gêné. Je l'emmène sur le terrain de la cuisine, et voilà qu'il me parle plus facilement. D'une expérience à l'autre, il me détaille son parcours avec gourmandise : les débuts dans des grands restaurants parisiens, le déménagement à la montagne et l'installation professionnelle dans un hôtel de Chamonix. Là, son débit ralentit. Des ombres naissent autour de ses paupières. Ses traits se tendent. Je sens que je me rapproche du cœur de son histoire, et cherche la bonne façon de ne pas le faire dévier. Soudain, on entend un grand fracas, un bruit de dégringolade suivi d'un hurlement strident, du côté de l'escalier extérieur. Félix se précipite dehors. Je le suis. Pierre, qui était depuis tout à l'heure scotché à la longue-vue, est assis en bas des marches et se tient l'épaule.

— Ils l'ont trouvé ! Ils l'ont trouvé !

Et il pousse un cri de désespoir.

Félix monte regarder dans la longue-vue, et redescend quelques minutes plus tard.

— Ils sont déjà en route.

Pierre, entre deux larmes, détaille :

— J'ai tout vu. Tout. J'ai vu le grand chien marquer et aboyer comme un dément, il ne pouvait plus s'arrêter. Et j'ai vu… après… j'ai vu…

Il se tait.

— Et après ? demande Félix d'une voix douce.

— Après, j'ai vu le corps de Jonas sorti de son trou, posé sur la pente. Avec la longue-vue, je voyais même son visage. C'est trop précis, ce truc-là ! ajoute-t-il rageusement.

On rentre. Pierre se jette dans un fauteuil et ne bouge plus. Il est prostré. Le soleil est tombé, la lumière du jour faiblit. Je reprends place devant la cheminée. Malgré le feu, le froid me gagne, un froid venu de l'intérieur. Un froid inquiétant. Pour me réchauffer, je prends quelques notes. Félix s'affaire, range, installe, prépare le dîner. Il n'a plus la tête à moi. Quand il croise mon regard, c'est par hasard, sans intention, sans la curiosité qu'il avait tout à l'heure.

On attend.

26

Tôt le matin, le harfang a quitté le poteau devant le Refuge à la recherche d'une proie, mais la faim ne l'a pas guidé longtemps. Il a abandonné sa quête, choisissant d'aller vers les pentes de la pointe Chugach. Planant, il a observé l'agitation. Entendu les chiens. Les humains. Le bruit des pas dans la neige, les cris, les souffles bruyants. Les coups de pelle.

Le harfang s'est posé sur un rocher au bord du couloir. Étrangement, personne ne lui prêtait attention. Il a pourtant l'habitude qu'on s'extasie. Il a l'habitude des cris, des doigts pointés, des admirations et des questions stupides qu'il dédaigne du bout des rémiges. Mais aujourd'hui, les regards étaient fixés vers le sol. Même les chiens l'ont ignoré lorsqu'il a quitté son rocher pour survoler la zone de recherche. Tout juste si le petit a levé le museau. Il aurait pu se poser à côté d'eux sur le champ de neige et personne n'aurait remarqué sa présence.

Lorsqu'ils ont trouvé le corps, le harfang était là. Il a tout vu de la scène. L'homme au grand chien qui ressemblait à un loup s'est immobilisé à un endroit. Le chien a levé la gueule et a hurlé. Le harfang s'est senti menacé, mais le loup ne lui en voulait pas. Il a continué de hurler jusqu'à ce que le petit chien le rejoigne et lui lèche le museau. L'homme au loup s'est écarté et d'autres humains se sont approchés. Ils ont commencé à creuser à l'emplacement marqué par le chien. D'abord avec des gestes presque violents. Puis ils se sont calmés. Les coups de pelle ont ralenti. Se faisant plus légers. Plus lents. Et ils ont fini par sortir quelque chose de dessous la neige. Un humain comme eux. Inerte. Son visage nu était d'une étrange couleur bleu foncé. Une des femmes a crié. L'humain n'a pas réagi. Elle s'est approchée du corps, a tendu la main vers lui, l'a posée sur son visage. Il n'a pas bougé. Deux hommes l'ont installé sur une sorte de traîneau, lentement, délicatement, en prenant toutes les précautions pour ne pas le heurter. Puis le groupe s'est remis en route. Le harfang est reparti sans les attendre, les humains seraient lents à rentrer. Ses coups d'ailes un peu plus faibles qu'au matin, il est revenu vers le Refuge.

C'est seulement maintenant, alors qu'il fait complètement nuit, qu'il les voit arriver. Une longue file qui fait crisser la neige à son petit rythme, sans plus de raison de se hâter. Une fois la troupe rentrée dans le Refuge, le harfang s'envole et repart chasser. La faim s'est réveillée.

Au Refuge, règne le silence. Franklin a proposé d'installer Jonas dans la ski room pour la nuit mais les autres ont protesté. Jonas méritait mieux qu'une dernière nuit entre les chaussures, les chiens et la chaudière. Alors Félix et Franklin ont disposé un large panneau de bois sur des tréteaux dans la salle. Le corps de Jonas a fait un bruit mat lorsqu'ils l'ont déposé, bois dur contre chair gelée. Chacun a retenu son souffle, attendant encore un impossible qui n'arriverait pas. Ensuite, plus rien. Depuis, Pierre ne quitte pas Jonas du regard : le visage bleu, les yeux grands ouverts, la main droite dégantée aux doigts tout noirs. Régulièrement, il caresse des yeux l'étendue du corps. David est à côté de lui. Claire et Élise se tiennent de l'autre côté, sur le côté gauche de Jonas. Anna, juste derrière elles. Franklin et Sven, en retrait, sont assis face à la fenêtre. Cela fait maintenant une heure qu'ils sont revenus, et on n'entend plus dans la salle que les souffles et les soupirs. Véra décide d'aller voir Félix s'affairer plutôt que de rester avec le corps. Elle s'arrête dans l'encadrement de la porte de la cuisine et regarde le gardien. Il est de dos. Ses bras bougent, ses mains prennent et posent, son buste et sa tête pivotent et reviennent. Ses gestes sont rapides, précis, concentrés. Écouteurs dans les oreilles, il émet quelques sons indistincts, comme s'il chantonnait mais sans mélodie, juste en phrasant. Comme un mantra. Véra contourne le plan de travail mais il ne remarque pas tout de suite sa présence. Son regard est flottant, comme s'il exécutait toutes les tâches en cours sans avoir besoin de ses yeux, si ce n'est de manière périphérique.

Alors qu'elle s'approche de lui, Félix prononce une phrase que Véra entend. Elle reconnaît son gimmick d'introduction. Machinalement, elle le reprend à haute voix. Cela fait plusieurs jours qu'elle n'a pas émis et la radio lui manque. L'intimité qu'elle partage avec les personnes qui l'écoutent. Rêvent avec elle. Pensent avec elle aux amoureux qui transcendent l'Histoire, aux passions qui augmentent la vie et dépoussièrent le quotidien. La voix d'Axel lui revient aux oreilles, les mots échangés la veille au Volkoff Lodge, la joie qu'elle a ressentie en le retrouvant. L'enthousiasme qu'Axel a lui aussi exprimé, évident, sincère. Et la nuit qui s'est prolongée très tard, presque jusqu'à l'heure de partir avec Franklin. Car Axel avait un fantastique cadeau, le cadeau d'une vie argentique. Ensemble, ils ont regardé les photos de Véra au Volkoff Lodge. Et l'impression était surréelle. Véra avec Axel a fait défiler l'album de sa vie entière, les souvenirs affluaient photo après photo, neige après neige, ciel après ciel. Dans la lumière lunaire. Dans les étoiles. Dans son regard obéissant d'enfant, yeux fermés, tête levée, dans son regard défiant d'adolescente, yeux grands ouverts, la tête face caméra. Une soirée de retrouvailles émouvante. Et maintenant, le Refuge, le groupe et la vie avec le mort.

Félix se retourne et la voit. Il se tait. Ses yeux lisent les paroles qui sortent des lèvres de Véra, suivent le rythme des mots qu'il connaît, et il sourit. Naïvement. Largement. Incapable de se retenir, il sourit d'une tranche de dents et de lèvres qui lui barre le visage dans toute sa largeur.

— C'est vous ? C'est bien vous ? demande Félix

— Oui, oui, c'est moi, répond Véra surprise.

— Quel bonheur !

Véra sourit en retour. Félix répète :

— Quel bonheur ! Quelle joie !

Puis il se tait. Ses mains tournent autour de sa ceinture, lissent son tablier, s'arrêtent sur sa taille. Coudes écartés, mains sur les hanches, tête tendue vers l'avant, il reprend :

— Vous savez… non, je suis bête, vous ne pouvez pas savoir…

— Quoi ?

— Que je vous écoute tout le temps. Je voyage avec vous, je marche avec vous, je travaille avec vous, je m'endors avec vous…

— Avec mes histoires ?

— Oui. Vos histoires… elles me font rêver.

— Eh bien merci !

Félix veut continuer mais Véra ne lui en laisse pas le temps. Elle éclate de rire, un rire sonore et joufflu qui étouffe les larmes, un rire libérateur face à Félix solidement campé, mains sur les hanches, pieds écartés, qui avoue son amour immodéré pour les amoureux de l'Histoire, et la voix de Véra.

L'arrivée de Pierre coupe net le rire de Véra. Il la regarde avec effroi – comment ose-t-on sourire aujourd'hui, sans même parler de rire ? Après l'avoir longuement dévisagée, et elle qui ne sait pas trop quoi dire, ni comment réagir, Pierre se tourne vers Félix et lui demande de l'aide.

— Jonas… il a…

— Il a… ?

— Il a… enfin… il commence à gonfler…

Véra finit pour lui :

— Il a des gaz ? C'est normal. Tous les morts en ont.

— Mais… c'est horrible… on a l'impression de l'entendre…

— OK. Je crois que là, on n'a plus le choix, dit Félix. On doit le déplacer dans la ski room, ou le laisser dehors. Au frais.

— Non. Pas dehors.

— Bon. La ski room, alors.

Félix s'active. Quitte la pose. Enlève son tablier. Se lave les mains.

— Allons-y, dit-il à Pierre.

Au passage de la porte de la cuisine, il effleure le dos de la main de Véra qui reste pensive. Son séjour au Refuge, elle ne l'avait pas imaginé ainsi, enfermée avec un mort, quelques tristes et un admirateur.

Dans la salle, la veillée continue. Le cercle s'est un peu agrandi, les liens puissants qui unissaient les présents se sont relâchés. Franklin est assis près de la cheminée. Sven et Anna sont dehors avec les chiens. Claire et Élise se font face, de part et d'autre de la tête de Jonas. David est debout devant le milieu du plateau. Pierre se pose en face de lui tandis que Félix se place au niveau des pieds de Jonas et demande à Franklin de l'aider. Chacun assure sa prise sur le plateau et ils le soulèvent. Ils quittent la salle, poussent la porte du sas et y pénètrent. Ils manœuvrent lentement, avec respect, jusqu'à se tenir tous dans le sas avec Jonas. Lorsque la porte du sas s'est refermée côté salle, Claire pousse celle côté ski room et ils entrent.

Le froid les saisit.

Sur le plateau, Jonas tressaute en rythme avec Pierre et David qui sont en tenue d'intérieur et tremblent comme des feuilles.

— Allez, on se dépêche, dit Franklin.

Et avec Félix, ils poussent le plateau, forçant les deux hommes à se reprendre, et les deux femmes à avancer. Ils sont maintenant au milieu de la ski room. L'espace est large, les chaussures de montagne bien disposées sur les rayons, les skis bien rangés dans les râteliers, les crampons, piolets et bâtons soigneusement accrochés. L'ordre qui règne est trompeur, on se sentirait presque à l'aise dans cette pièce, bercé par le ronronnement de la chaudière et du séchoir qui fait vibrer légèrement les parois.

— Et les tréteaux ? dit Claire.

Franklin pointe du menton en direction de Félix.

— J'y vais, dit Félix.

Franklin reprend sa charge – à cinq, Jonas n'est pas si lourd – et Félix retraverse le sas. Une fois dans la salle, il prend les deux tréteaux. Observe Véra, immobile devant la cheminée, l'air d'être perdue.

— Véra ? Vous allez bien ?

Elle se retourne.

— C'était un rêve, de venir au Refuge…

— Moi aussi, j'avais des rêves avant de venir ici, répond Félix.

— Et ?

— Ils ont disparu en chemin.

— Dommage. Les rêves, ça fait vivre.

— Pas sûr. Ils m'empêchaient de respirer. Leurs ombres me pourchassaient.

— Ah…

— Mes rêves sont restés là-bas. Je voudrais bien les remplacer.

— Par quoi ? demande Véra.

Félix tarde à répondre. Une voix forte se fait entendre. Franklin, qui l'appelle.

— Je dois les apporter. Pour Jonas… dit Félix en lui montrant les tréteaux.

Félix retourne dans la ski room, positionne les tréteaux, et le plateau de Jonas est redéposé.

— Au froid, il ne gonflera plus, dit Franklin.

Puis il sort rejoindre Anna, Sven et les chiens.

Le harfang a observé la scène avec intérêt. Du haut de sa deuxième maison, un poteau à l'arrière du Refuge, il a vu l'agitation dans la ski room. Il a assisté à l'installation. À l'attente. Au dépôt. Ses ailes le démangeaient, il avait encore faim, la journée n'était pas terminée, la journée de chasse en tout cas, mais il est resté voir les humains. Drôles de bêtes, lentes, figées, leurs gestes manquent de souplesse ou alors, quand ils sont souples, ils manquent de force. L'aîné qui sort à l'instant, un peu moins que les autres peut-être.

Le harfang bat des ailes. Une fois. Un ample mouvement qui agite l'air autour de lui.

Les mouvements des humains sont faibles et craintifs, inadaptés. Et eux-mêmes changent sans cesse de parure, leurs couvertures ont des couleurs indues, des aspects étranges. Plus risible encore, leurs sourires carnassiers sont factices – ils seraient bien incapables, ces humains, d'attraper dans leur gueule la moindre proie pour survivre dans le blanc.

Le harfang bat des ailes. Une seconde fois. Le chien à tête de loup le regarde sans bouger.

Le harfang se redresse, prêt à s'envoler. Il se sent appelé, un souffle lui dit de voler à sa rencontre. Un souffle étranger perdu dans la plaine, qui tarde à revenir. Un souffle d'humain à la recherche d'une dernière maison. Le souffle porte des voix discordantes qui s'affrontent, des mots étranges, peu audibles. Le harfang ferme les yeux une fois, les rouvre. Le loup le regarde encore, mais les voix ont disparu. Et avec elles, le souffle de la discorde.

Il ne peut avoir cette charge d'âme. Il ne peut, c'est aussi lumineux qu'un champ de neige nouvelle au soleil du midi, prendre avec lui ce souffle et l'héberger dans son cœur de chasseur. Il ne peut s'attarder plus, de peur de voir les mauvaises manières de ces humains déteindre sur lui, et le clouer au sol – ou sur la porte d'une de leurs granges. Le harfang bat des ailes et s'envole, il prend de l'altitude, fait quelques cercles au-dessus du Refuge. La fumée qui en monte est puissamment odorante, son arôme diffère de la fumée qui s'en dégage d'habitude. De cette fumée s'échappent des particules qui viennent tournoyer au pied du poteau, y former un petit creux, un minuscule tourbillon visible aux seuls yeux du harfang. Le harfang poursuit sa route et quitte le Refuge, laissant au pied de son poteau les particules se fondre dans la neige. De ses yeux tout-puissants il inspecte l'étendue neigeuse et la trace des humains. Parfois, on y trouve des proies faciles, leurs sens saturés par des restes de nourriture oubliés sur la neige. Il faut bien que les humains servent.

Le froid noir de la nuit est tombé lourdement sur les épaules de Sven, d'Anna et de Franklin. Même les chiens, résistants au froid et à l'obscurité, sont mal à l'aise dehors. Tous rentrent dans la ski room qui est pleine. Entre ceux qui veillent Jonas, une sorte de chaîne aimantée s'est formée. Pierre tient la main droite de Jonas, Claire, sa main gauche. Élise donne la main à Claire. David tient Pierre par l'épaule. Quand le petit groupe entre, Pierre leur jette un regard rapide. Le fond de colère contre Anna pourrait resurgir, mais il renonce. L'heure n'est pas à protester.

Anna, Franklin et Sven ne restent pas dans la ski room, ils ne sont pas à leur place autour de Jonas. Dans la salle ils retrouvent Félix qui attend ceux qui veulent manger quelque chose.

— Il faudrait l'enterrer, avant de manger, dit Anna.

— Ça ne va pas être possible.

— Je sais, je sais… mais ça me gêne de manger à côté de lui.

— Peut-être qu'il s'en fout ? hasarde Sven.

— Peut-être, répond Anna. Mais ce n'est pas une raison.

Félix intervient :

— J'ai fait simple. Soupe, sandwichs, salade.

— Pas de viande ? demande Sven.

— Non. Pas de viande.

Trente secondes de silence plus tard, il ajoute :

— Je vais leur dire de venir manger quelque chose.

Il part les chercher.

Franklin va dans la cuisine et revient avec une bouteille de vodka et des verres à shots.

— Il est gentil ce garçon, mais il n'y connaît rien, dit-il en les posant sur la table.

Il débouche la bouteille et remplit les verres. Les autres arrivent peu après. Franklin distribue les verres de vodka. Tout le monde boit, des culs-secs automatiques. Personne ne parle. Franklin les ressert et insiste :

— Allez ! Quelqu'un doit dire quelque chose. Votre ami, vous ne pouvez pas le laisser partir tout seul.

Alors ils boivent, et commencent à parler. Ils boivent, et les paroles se font plus directes, plus profondes. Ils boivent encore et, en procession, bouteilles et verres à la main, retournent dans la ski room retrouver Jonas.

27

Véra

Chacun a dit ce qu'il avait à dire pendant la petite cérémonie que Franklin a bien ordonnée. Maintenant que les amis de Jonas ont fini de parler, on continue à boire, et à le regarder.

Le plus étrange : il ne me gêne pas. Son corps inerte, ses yeux vitreux, ses joues bleuies, ses mains puissantes qui reposent sur le plateau le long de son corps, je m'y suis faite et j'ai envie de lui parler. De dire à son oreille attentive tout ce que je ressens depuis qu'on a entamé la troisième bouteille de vodka.

Pierre et David sont affalés sur un banc, juste au-dessous de la rangée de chaussures qui finissent de sécher. Un lacet qui pend au-dessus de la tête de Pierre se balance au gré de la ventilation, son extrémité comme une araignée au bout de son fil torsadé de couleur. Mais ça n'a pas l'air de le déranger. Au contraire. Il accompagne de la tête le mouvement de balancier du lacet, vient à sa rencontre, le suit dans son oscillation. Tandis que son compère le regarde sans bouger, fasciné par le mouvement répétitif.

Du côté des deux femmes, Claire et Élise, je n'entends plus rien. Elles ont beaucoup parlé pendant la première bouteille, de la vie, de la mort et du retour, des arrangements pour rapatrier le corps. Elles sont ailleurs maintenant. Claire remue les lèvres en silence. Ses mains se tordent au niveau des poignets, elle semble psalmodier une liste de mots. Élise l'accompagne en rythmant la récitation de petits hochements de tête.

Pierre et David d'un côté, Claire et Élise de l'autre, deux bulles bien distinctes qui se rejoignent peut-être plus haut, dans le souvenir de Jonas. Deux bulles qui m'ont exclue après les premiers verres et la fin des conventions, elles m'ont gentiment repoussée au-dehors de leurs frontières invisibles mais réelles. Tangibles. Alors, je tourne dans la ski room. Autour du plateau. Autour de Jonas. Je fais le tour de la pièce. Je prends garde à ne pas faire éclater les bulles quand je m'en approche, surtout rester à bonne distance.

Franklin et Sven sont allés dormir. Les chiens aussi. Anna est là. Seule, comme moi. La main sur le plateau près du cou de Jonas, elle lui caresse la joue. Dans le silence de la pièce, j'entends ses ongles râper contre la barbe. À chaque tour autour du plateau je passe près d'elle. Par moments, je l'entends murmurer aux oreilles du mort sur un ton complice, presque intime. Je ne comprends rien de ce qu'elle dit mais c'est normal, je ne suis pas non plus invitée dans sa bulle. Alors je tourne. Je marche, à petits pas, je n'arrête pas, sans ça je m'écroule, ma chère petite vodka qui allait bien au début commence à me sillonner le ventre et faire des blagues à l'oreille interne, j'ai l'équilibre qui vacille, le sens de l'orientation qui défaille, les jambes qui flageolent et le moral…

Non. Le moral, ça va. De ne pas être morte, ça réconforte. Surtout que Félix passe toutes les cinq minutes une tête par la porte du sas pour vérifier l'état dans lequel je me trouve. Félix, c'est l'ange gardien de mon *zapoï*. Grâce à lui, rien de sérieusement grave ne pourra m'arriver.

L'ailé m'appelle.

De ses ailes amples, il m'appelle.

Autour de moi le calme s'est fait. Les vivants sont floutés comme des spectres sans âme, des corps moins vifs que le mien, des yeux moins clairvoyants.

Les amis.

Drôle de mot.

Comme une moitié de quelque chose. À mi-vie j'étais. À mi-pente ils m'ont perdu. À mi-parcours je suis resté.

Pierre et David m'ont toujours admiré. J'étais leur supérieur en tout, en force, en esprit, en succès. Quand on marchait dans la rue, ils m'encadraient. Presque à mon niveau, un tout petit peu derrière. Quand je parlais, ils hochaient la tête comme de braves petits soldats, prêts à tout sur un geste de moi. Quand on s'installait dans un restaurant, je me calais confortablement au fond d'une chaise et eux restaient les fesses légèrement décollées, le buste un peu avancé. En attente. En écoute.

C'était distrayant, flatteur. Pas très stimulant.

Claire, elle, n'a jamais voulu me céder. Jamais. Elle avait l'énergie et l'intelligence d'être la plus forte. Elle ne m'a jamais laissé gagner, c'est ça qui m'avait accroché à elle. Ça, et la puissance de son ventre. La vigueur de son sexe quand elle m'acceptait. Son art de virevolter autour de moi quand elle me couchait sur le dos. Elle avait la finesse et les multiplicités d'une divinité indienne, ses membres fins et forts à la fois, ses yeux énigmatiques qui me perçaient. Du haut de son buste aux seins petits, aux longs tétons, elle m'injectait en elle. Me faisait arquer les hanches, projeter les fesses, me contrôlant. Me montant. Elle n'a jamais voulu que je la prenne autrement que comme ça, moi sur le dos, elle au-dessus. Qu'elle me prenne, en vrai.

Ni Pierre ni David ne l'ont jamais su. Ils n'auraient pas compris. Mais quand on admire la force, comme moi, quand on se mesure aux autres en permanence, on sait quand on est dominé. On sait, et on accepte. Comme j'accepte maintenant d'apprendre du harfang, de lui devoir une nouvelle vie. Oui, je l'accepte. Je la désire. Elle me prend. Elle m'emmène. Loin des amis.

Des amies.

Claire et Élise. Ma mort les contrarie, il va leur falloir quelques jours, peut-être un peu plus, pour accepter que ma mort les sépare. Elles qui avaient décidé de s'unir, elles sont bien contrariées, et c'est drôle.

Ha ha !

J'essaie de rire mais aucun son ne sort.

Ha ha ha !

J'essaie plus fort et toujours rien.

Tout près de mon oreille Anna me parle. Je n'entends rien, je ne sens pas son souffle sortir de sa bouche. Mais je sais qu'elle me parle. Elle a tant à se faire pardonner. Et moi, tant à oublier.

Le cri du harfang s'éloigne.

J'aurais dû me préparer avant l'avalanche. J'aurais appris le vol, la chasse, la survie dans le froid. Ses plumes élégantes. Son duvet qui protège quand la neige recouvre, quand le vent cingle, quand la glace prend la terre dans ses serres. J'aurais appris à vivre comme lui.

L'ailé.

Le harfang.

Cinq heures du matin. Dans trois heures il fera jour, Franklin, Sven, Jonas et les chiens repartiront. Les alpinistes aussi, j'imagine. Et moi ? Moi, j'ai la vodka à digérer et un article à écrire. Quand Félix me suggère de repasser dans la salle, j'accepte avec soulagement. Il a préparé un café et servi deux tasses qu'il pose sur la table devant la cheminée. Il s'assoit à côté de moi, pas trop près, mais suffisamment pour que je sente sa chaleur qui arrive par vagues avec les battements de son cœur. Sa chaleur, et son odeur intérieure, puissante et piquante. J'ai la tête qui tourne, c'est peut-être la vodka.

— Ils vont bientôt repartir, me dit Félix.

— Tous ?

— Oui. D'abord Franklin, Sven et le corps…

— Et les chiens !

— … et les chiens.

— Et les autres ? Ils vont rentrer comment ?

— Franklin a parlé avec Katherine Volkoff hier soir. Elle envoie un autre avion dans la matinée.

Il s'interrompt quelques secondes, puis reprend :

— Et vous ?

— Quoi, moi ?

— Vous voulez rentrer ?

— Pas trop… pas tout de suite…

Félix réfléchit.

— Un autre groupe a réservé le Refuge, ils doivent arriver dans cinq jours. En attendant, vous pouvez rester.

— Seule ?

— Avec moi.

— Oui… c'est ce que je voulais dire…

— Oui. Seule avec moi.

Il boit une gorgée de café. Moi aussi. On est sérieux tous les deux. Il reprend :

— Je m'occupe de tout, je vous fais à manger, et vous, vous profitez… vous écrivez…

En silence on boit le café. Je grignote un des biscuits qu'il a apportés. Je me détends. Peu à peu je digère mes voisins d'un jour. Je partage avec eux un moment-clé de leur existence, un moment rare qui se prolonge dans l'étrangeté de me retrouver seule avec le gardien du Refuge. Quelques jours en plein blanc. En plein froid. En plein Nord. Les yeux rivés sur la pointe Chugach au loin. Et une histoire à découvrir. De quoi m'inspirer, peut-être ?

Je demande à Félix d'éteindre les lumières. Une fois mes yeux accoutumés, je vois dehors. La lune est pleine, le ciel dégagé, les ombres géantes des pics en dentelle comme des doigts pour me retenir. « J'arrive », je leur dis, à voix basse. Je vais me coller contre la baie vitrée. Je devine le froid plus que je ne le sens. Le vent, aussi. Rien ne tremble dehors, seules les spirales de neige soulevée du sol m'indiquent que l'air n'est pas parfaitement calme.

Le soleil engendre un peu d'agitation. La mise en carlingue de Jonas est expéditive. Les chiens n'aiment pas sa présence, le loup se met à hurler jusqu'à ce que Sven lui colle le petit entre les pattes – une friandise, ça calme.

À peine la porte de l'avion refermée, les alpinistes et Anna retournent vers le Refuge. Aucun d'entre eux ne regarde l'avion manœuvrer. Ils font dos commun, comme s'ils ne voulaient plus rien savoir de leur mort. Moi, je suis l'avion du regard jusqu'à ce qu'il disparaisse. Espérant voir la tristesse de la veille s'envoler avec lui. Les amis rentrent dans la salle pour attendre le deuxième avion. Félix est là pour eux, discret, prévenant. Sachant que leurs histoires vont bientôt se séparer, lui restant au Refuge prêt à continuer à vivre, et eux savourant quelques heures sans leur mort. Pierre et David se tiennent comme deux bœufs musqués, épaule contre épaule, front uni face aux femmes. Anna est seule. Personne ne lui parle plus. L'intimité joyeuse avec la guide, le plaisir de la découverte, les moments de beauté partagée, les impressions qui s'échangent, tout ce possible s'est volatilisé. Ne reste que la présence d'une étrangère qui porte sa part de responsabilité. Personne ne lui parle, sauf Félix, ponctuellement, et moi qui profite de ces dernières minutes pour en apprendre le plus possible sur ce qui s'est réellement passé.

Un bruit dehors nous signale l'approche de l'avion qui atterrit peu après sur la plaine. On se dit au revoir sans émotion, chacun pressé d'en finir.

Le groupe quitte le Refuge.

Félix débarrasse la table du petit déjeuner avant d'aller dans la ski room. Je l'imagine en train de ranger les tréteaux, entreposer la planche, récupérer les bouteilles vides. Effacer les traces. Quand il a fini, il vient s'asseoir sur un des fauteuils qui font face au glacier. Souffle bruyamment. Je l'accompagne. Il sourit, puis me dit :

— Il faut que le Refuge soit impeccable pour les nouveaux arrivants. Aucune trace de ce qui s'est passé.

— Oh, ils l'apprendront forcément !

— Non. Pas forcément. En tout cas, pas tout de suite. Ici, on reste discret sur les accidents.

Nous nous taisons. Le temps calme s'invite dans la matinée. Les secondes sont lentes, les minutes ralenties. Les heures hésitantes. L'air dans la salle est immobile, presque solide, comme un miroir face à la lumière éclatante du dehors. L'air est en paix.

Mon séjour au Refuge va pouvoir commencer.

On bouge.

Je ne vois rien, je n'entends rien, je ne sens rien. Pourtant, je sais qu'on bouge. Le harfang a dû me prêter sa boussole, elle doit continuer à fonctionner après la mort, envoyer des signaux... je ne me l'explique pas mais je sais qu'on bouge.

Me voilà soulevé de mon plateau. Posé sur un sol métallique.

Des vivants m'entourent. Des inconnus.

Une porte se ferme.

Un gros ronflement.

Mon harfang s'est révélé. Je vole avec lui. On doit voir la pointe Chugach.

La première fois que j'avais entendu parler de la pointe Chugach, c'était dans un café de Chamonix. Deux types qui en revenaient. Les yeux vides, les bouts des doigts marqués, les cernes. La voix faible. Un échec dû au mauvais temps, ils étaient restés trois jours coincés sur le replat au milieu du couloir et, quand le temps s'était dégagé, ils avaient dû rentrer en urgence pour sauver les pieds et les mains du troisième. « L'autre ». Ils ne l'appelaient que « l'autre ». L'autre, c'était le faible. Celui qui les avait empêchés d'atteindre le sommet.

Voilà celui que je suis devenu maintenant. Je suis devenu « l'autre », celui à cause de qui l'expédition est un échec. Celui qui fait que chacun rentre déçu, frustré, vindicatif.

La plaine est loin au-dessous, monotone et blanche, lisse. Les plumes du harfang me balaient le visage, ses « wouf... wouf... wouf » rythment le retour. Enfermé dans un avion, enfermé dans mon corps, immobile, je ne sens plus rien de l'air, des autres, je n'entends plus rien. Rien que les ailes du harfang qui me guide au-dessus de la plaine.

Et puis je ne l'entends plus.

D'un coup.

Ses ailes ont dû bifurquer, son vol s'est arrêté, je ne sais pas exactement. Ce que je sais, c'est que je suis totalement seul.

Ma dernière impression est celle d'un vide absolu, une blancheur éclatante, aveuglante. Nous sommes arrivés, la boucle est bouclée, le harfang est reparti, mon histoire s'arrête.

28

Quelques jours, quelques nuits se mesurent à l'échelle d'une vie. Jours qui s'étalent lentement, comme la pâte d'un gâteau avant la cuisson. Nuits qui arrêtent le temps dans l'air figé au-dessus de la plaine. C'est le blanc qui veut ça. Le froid. L'intensité de la lumière qui irradie le Refuge. L'immensité. Le blanc, le chaos après l'accident. La solitude partagée. Le blanc recouvrant tout efface toute trace du passé. Toute trace du passage. Toute trace.

Le blanc du renouveau sans condition.

Lorsque le vent a fini de souffler, chasser les nuages, déposer les flocons, la plaine glaciaire est neuve et chacun peut être ce qu'il devait être. Ce qu'il voulait. Ce qu'il espérait. La neige dispense une infinité de deuxièmes chances à ceux qui comme Félix et Véra ont le choix de ne pas s'arrêter à la mort. Les amis de Jonas, et Anna, et même Franklin et Sven, doivent poursuivre.

Refuser le coup de balai qu'offre la neige. Pour eux, le passé compte, il les oblige. Félix et Véra, sans guide ni expérience, peuvent faire des pas décisifs. Des pas qui seront peut-être comptés, peut-être prudents. Mais des pas qui leur seront propres. C'est le blanc qui fait ça. L'union indissociable du vent, de la neige et de la lumière, la permanence du temps lorsqu'il se fixe au beau et unifie la vision.

Le temps, la neige, la lumière et le silence, sûrs ferments d'un recommencement.

Après les départs, Félix et Véra font connaissance. Ils sortent du Refuge, descendent du nunatak et marchent sur le glacier, se retournant souvent pour s'assurer qu'ils ne perdent pas de vue le Refuge. Qu'à cette distance, un fil ténu les retient. Ils parlent d'eux. Leurs vies. Leurs parcours. Leurs détours. Félix est capté par la voix de Véra, même s'il ressent une pointe de déception quand elle évoque des sujets du quotidien. Il préférait ses histoires. Lui ne se livre pas, pourtant ses mots et ses silences dessinent un parcours de vie que Véra perçoit, un sentier tortueux qui projette ses ombres au passage d'un mot ou d'une hésitation. Leur conversation les rapproche. Tandis qu'ils avancent en direction de la pointe Chugach sur un chemin éphémère, à la pureté et à la beauté momentanément en équilibre, ils se détendent à distance de leurs vies ordinaires. À l'air, au vent, à la neige, flux du cerveau libérés, neurones en flash et synapses activées, Véra et Félix pactisent de leurs vies au beau rythme de la marche sur la neige. Lorsqu'ils font demi-tour, une légère ébriété s'invite, l'ivresse d'avoir bravé les pièges du glacier et d'en avoir réchappé. À mesure que le Refuge se rapproche, leurs paroles deviennent plus alertes. La marche prudente de l'aller se transforme en une promenade détendue le long de leur trace de retour. Il est tôt pour rentrer et Véra veut voir la plaine, alors ils contournent le Refuge et passent de l'autre côté du nunatak. Posté sur son poteau, le harfang les attend. Salue Félix. Enregistre l'arrivante. Sur la plaine, au bout de la piste effacée par la neige fraîche, Alexander Bay. Invisible. Inconcevable. Terminus de l'immensité. Le court trajet en avion s'efface de la mémoire de Véra, elle prend la mesure de la traversée de Félix. La platitude qui s'étend devant elle laisse peu de place à l'horizon, à peine un trait au loin, une confusion du ciel et de la terre. De ce côté-ci, pas de relief structurant, pas de cadre, pas de limite, la répétition sans fin ne permet pas de visualiser Alexander Bay. Le Refuge qu'elle imaginait comme une sorte de dépendance, une extension du Volkoff Lodge, ce Refuge qu'elle a atteint sans effort en avion, lui apparaît enfin comme un monde à part. Un monde en lui-même. Et la plaine qui les sépare d'Alexander Bay est une discontinuité de l'espace et du temps qui l'avale. Seule avec Félix qui converse silencieusement avec le harfang, elle prend la mesure de leur isolement. Un frisson la parcourt. Une peur expresse qui peine à partir. Félix, lui, a l'air bien. Heureux, non. Heureux n'est pas le mot. Depuis qu'elle est arrivée, elle ne l'a jamais vu heureux. Les circonstances de leur rencontre ne prédisposent pas à la joie, la légèreté ou la bonne humeur. Mais le bonheur, c'est autre chose. Un état latent qui se révèle quand les conditions sont réunies, un champ des possibles qui se matérialise lorsque l'occasion s'invite dans la vie. Un fonds de commerce avec soi-même qui n'est pas toujours ouvert mais jamais complètement fermé, quels que soient les événements qui nous affectent. Être heureux, c'est d'abord en être capable. Se reconnaître un droit à la belle vie, rendre coup pour coup au destin, se laisser guider par la joie. Quand Véra observe Félix, elle estime que son aptitude au bonheur est au plus bas. Pourtant, ici, il paraît équilibré. Elle se demande ce qui a pu le pousser à venir au Refuge et attend l'occasion pour qu'il s'explique.

La plaine ne bouge pas. Le soleil qui se couche derrière la chaîne des Chugach envoie ses derniers rayons blafards. Le froid les saisit. Ils rentrent.

La soirée est brève et maladroite. Félix prépare à dîner. Véra l'invite à manger avec elle. Il accepte. Félix est gêné, elle aussi. Ils se quittent tôt. Véra s'acharne à compter les étoiles dans le ciel de verre de sa chambre.

Félix travaille pour le lendemain. Les jours suivants. S'affaire. Range. Nettoie. Jusqu'à s'endormir, tard, énervé. Épuisé. Incapable de goûter au plaisir de Véra dans ses oreilles.

Et le deuxième jour.

Le deuxième jour, ils parlent peu. Rien à dire devant l'immensité, juste se laisser subjuguer. De ce silence, une idée germe, une idée partagée qui s'impose sans qu'ils l'expriment. Ils partent en plein midi, en plein froid, en plein beau dur et luisant. Ils marchent avec leurs raquettes, créant une trace neuve sur le glacier, au-dessus des crevasses, insouciants des dangers. Sans corde ni DVA, sans matériel de sécurité ni de sauvetage, ils marchent et s'enivrent de l'air. De la vue infinie. Du bruit de la mer qu'ils entendraient presque frapper la face nord de la pointe Chugach. Ils marchent en confiance, leurs pieds ne s'enfoncent pas dans la neige, leur poids bien réparti sur les raquettes. Ils marchent en silence, les émerveillements partagés restent implicites. Émerveillement de Félix qui retrouve la respiration de son voyage d'arrivée. Émerveillement de Véra qui retrouve le mystère des photos avec Axel. La légèreté de leurs pas donne confiance. Rien de ce qui crisse ne peut trahir, rien de ce qui craque et fendille ne les plongera sous la terre. Félix et Véra marchent sur le glacier jusqu'à la première pente. Ils décident de la gravir. La pente est douce et leurs raquettes trouvent le chemin. La topographie du relief apparaît plus détaillée. Le couloir semble moins près vu d'ici qu'ils ne l'imaginaient. Ils montent, lentement, redescendent dans le petit vallon. Eux ne skient pas, équipés de leurs raquettes il leur faut encore une heure pour sortir du vallon et atteindre le pied du couloir.

— C'est étrange… je ne pensais pas qu'elle était si loin, dit Véra en regardant la pointe Chugach.

— Oui. C'est trompeur.

— Tant mieux ! Si on ne se faisait jamais d'illusions, on ne tenterait jamais l'impossible.

Ensemble, ils observent le couloir. Une crevasse béante s'est ouverte dans la largeur de la pente.

— C'est la rimaye. Elle était bien bouchée les jours précédents. Il a dû y avoir du mouvement, dit Félix.

— On pourrait passer ?

Félix l'observe. Il hoche la tête.

— Probablement, oui. On pourrait.

La rimaye les nargue, sourire moqueur qui déchire la pente. Ils voient qu'elle se referme à quelques dizaines de mètres sur leur gauche, les deux lèvres réunies dans un baiser.

— Oui. On pourrait. En contournant par là, dit Félix en pointant la commissure des lèvres de la montagne. Mais il faudrait s'équiper. Les raquettes, ça ne suffira pas. Il faut le matériel pour grimper.

— Et on l'a ?

— Oui. Il y a tout ce qu'il faut au Refuge.

Ils se taisent. Véra observe la pente. Ils repartent. Parcourent le chemin en sens inverse. Le trajet est long, le soleil décline et le froid gagne, mais la trace est belle, les raquettes portent. De retour au Refuge, l'excitation est palpable. Les joues de Véra sont marquées par le froid. Ses yeux brillent. Ils se réchauffent autour d'une boisson, se lancent des regards. Ils ont été braves, ils sont allés plus loin que leur ignorance n'aurait dû le leur permettre. Ils sont revenus sains et saufs. Les yeux brillent, les peaux se réchauffent, ils s'attisent.

— Tu vois, on a fait quelque chose qui nous lie, dit Véra.

Félix ne relève pas le tutoiement.

— Peut-être. Mais une liaison comme ça, elle peut se délier tout aussi vite.

— Pourquoi tu dis ça ?

— On a été des alliés objectifs. Alors, plus d'objectif, plus d'alliés. Les grandes aventures sont des histoires de gens qui font preuve d'une solidarité sans faille dans les circonstances les plus extrêmes et qui, une fois revenus, s'écartent.

— Et alors ?

— Et alors, leurs rencontres, ce ne sont pas des vraies rencontres, juste des partenariats.

— Bon, mais est-ce qu'on ne peut pas dire ça de toute relation humaine ? Que nous sommes dans la vie des alliés objectifs, que nous nous unissons, nous nous faisons des amis, prenons des amants, choisissons des conjoints pour nous unir vers un objectif ?

— Justement non ! Tes histoires d'amour, Véra, elles disent tout le contraire.

— Ah tiens… je me demande bien quel est le rapport…

— Elles disent comment des gens qui n'avaient pas le moindre projet ensemble se sont trouvés.

Félix se lève et va chercher de l'eau chaude. Véra le suit.

— Tu sais quoi, Félix : demain, on y retourne ! On pourrait même grimper le couloir !

— Ah oui… ?

— Comme ça, on se redonne un objectif.

Félix sourit. Il se voit avec Véra sortant du couloir pour déboucher sur l'arête qui mène au sommet. Véra reprend :

— On n'a pas le choix, il faut aller sur cette montagne ! Tu sauras nous guider ?

— On verra… oui, je pense.

— Super. Et on aura tout le temps pour que tu me racontes ton histoire.

Félix la regarde sans comprendre.

— Oh… ça… non, il n'y a rien à raconter.

Félix se tait. Véra n'insiste pas. Elle prend *Neiges* dans la bibliothèque, feuillette l'ouvrage. Félix l'observe discrètement.

La nuit est totale. La neige s'est remise à tomber. Félix et Véra regardent par la baie vitrée les flocons osciller dans une faible brise, décliner l'invitation de la terre, profiter de leur légèreté. Rester libres, jusqu'au dernier moment. Et puis faillir. S'agréger. Oublier leur individualité pour revenir à la grande famille. Et disparaître.

— C'est comme s'ils mouraient quand ils touchent terre, dit Véra.

— Comme nous dans une foule. On ne sait plus qui est qui.

— Oui. Et eux, qu'est-ce qu'ils savent de leur histoire ? Tout ce qu'ils connaissent, c'est le contact de leurs voisins. Pas de mémoire, pas d'avenir, rien que la cohésion du groupe

Véra se rapproche de Félix qui va au contact.

— Nous sommes des flocons ?

— Une minute, quelques petites minutes de vie libre, et puis on tombe au sol. Alors on fait le tas, comme les flocons, une grosse masse d'humains sans individualité.

Véra enrobe de sa main l'épaule de Félix. Il se laisse prendre. La paume de Véra devient ancrage, le point de contact devient point de fusion, la peau de Félix se coule dans la paume de Véra. Elle colle son visage sur la vitre, observe l'intensité de la neige qui tombe sans discontinuer. Recouvrant les traces. Barrant le chemin des entrées du Refuge. S'accumulant au pied des poteaux. Jusqu'au perchoir du harfang. Elle cherche les yeux jaunes mais la nuit est trop profonde, la neige trop épaisse et le harfang fondu dans le blanc et l'obscurité ne se révèle pas. Ses yeux ne sont plus là pour les guider, ses ailes, pour les porter. Son cri, pour les rassurer.

Véra soupire.

— Je crois qu'on n'ira pas à la pointe Chugach.

— Non, probablement pas. Pas sous cette neige.

— C'était un rêve…

— Un beau rêve.

Ils se taisent. Restent sans rien dire, yeux perdus, cherchant l'accalmie derrière la masse neigeuse, les nuages et la nuit noire. À la redécouverte de cette neige qui rythme les jours depuis qu'ils ont quitté leurs villes, leurs familiers, leurs routiniers.

La nuit passe rapidement. Véra et Félix se sont endormis dans les fauteuils de la salle. Au réveil, l'immensité bleue et blanche les saisit. Le ciel est balayé, le glacier purifié. Le petit déjeuner est lumineux. Ils se jaugent. Et puis Véra :

— Bon alors… On y va ?

Et Félix :

— Allez ! On y va !

Ils s'habillent, font leur sac, prennent tente et duvets. Félix s'occupe des provisions, des vivres pour deux ou trois jours. Ils choisissent leur équipement, raquettes et bâtons, piolets et crampons. La matinée est consacrée à la préparation, enfin ils sont prêts.

— On est dingues, non ? demande Véra.

— Oui. Et ça fait du bien !

Le bleu et le blanc les appellent de leur brillante insouciance. Véra et Félix commencent à marcher sur ce qu'ils croient reconnaître de leurs traces de la veille. La direction générale est la bonne, aucun risque d'erreur face à la géographie évidente, parfaitement claire dans le ciel, parfaitement claire sur la neige. Le glacier, la première pente, le petit vallon ; ensuite, le couloir. Au loin, l'arête. Une même envie, insensée, les anime, celle de gravir la pointe Chugach. À mesure qu'ils avancent, Félix se sent de plus en plus optimiste à l'idée de l'ascension. Ils progressent facilement dans la neige qui s'enfonce peu. Moins rapidement que les skieurs, certes, mais avec aisance.

Tandis qu'ils marchent, l'impression d'être toujours au milieu les gagne. Le cerveau égrène les minutes et évalue les distances, les yeux le contredisent, les pas ne semblent pas compter. Seule la taille du Refuge qui diminue lorsqu'ils se retournent indique qu'ils s'en éloignent. Mais la pointe Chugach reste aussi lointaine. Aussi hautaine. Inabordable. Jusqu'au début de la première pente. Le souffle alors se raccourcit, le regard plonge, les yeux se rivent dans les pas, traces neuves de Félix qui a pris la tête, traces plus profondes de Véra qui double ses pas. Chaque trouée dans la neige esquisse un chemin pointillé qui peut-être guidera leur retour. Après le sommet de la première pente, ils basculent dans la courte descente. Le fond du petit vallon, à l'ombre, est glacial. Ils ressortent du vallon. Au pied du couloir, la rimaye grande ouverte la veille est maintenant bouchée, un simple trait de fracture sur la pente. Ils la franchissent sans même s'en rendre compte. Ils grimpent, lentement, avec solidité, la partie basse du couloir. Les traces de l'avalanche sont complètement effacées. Ils parviennent enfin au replat. Le soleil décline, la marche les a fatigués et le replat est idéal pour un bivouac. Ils montent la tente, l'arriment avec des pieux à neige. Le temps de finir d'installer leur mini-camp, de faire de l'eau, chauffer le dîner, et la nuit vient. Mais pas l'obscurité. Dans le ciel dégagé se dessinent les reliefs, les grandes pointes effilées au loin, les bosses enneigées qui dansent autour d'eux, l'approche du couloir et sa pente.

Lorsqu'ils cessent de parler, ils écoutent. Le silence est total. Le calme, absolu. Le ouaté de la neige étouffe les souvenirs de l'accident, de la mort, de la veillée. La neige accumulée isole le présent, rendant Félix et Véra moins sensibles au passé. Depuis le départ du corps, ils ne sont plus obligés de feindre, ne sont plus tenus à l'empathie. Ils ont retrouvé leur indépendance, et maintenant, ils sont là. Libres.

Et Félix demande :

— Est-ce que tu pourrais, enfin, est-ce que tu voudrais bien me raconter une de tes histoires ce soir ?

Véra s'esclaffe.

— Ah non, moi je ne raconte rien ! Quand j'enregistre, je suis seule avec mon texte et mon micro. C'est super intime comme expérience.

— Bon, tant pis, répond Félix. Je mettrai mes écouteurs.

— Ou alors, tu me racontes, toi, une histoire. Pour changer ?

Félix ne répond pas. Véra se dit qu'elle devra encore attendre. Elle est bien, là, ils sont bien tous les deux, l'attente n'est pas lourde, ils vivent un temps fait pour être, sans raison, sans cause ni effet. Elle attendra, oui, et puis peut-être qu'elle n'attendra plus. Peut-être qu'il ne lui parlera pas. Ils vivent ensemble une trêve intense et rare. C'est, peut-être, suffisant. Ils mangent bien, s'hydratent abondamment d'une eau chaude parfumée à l'anis étoilé. Assis sur la neige devant leur tente, ils s'emplissent du paysage. En direction du Refuge, la longue ligne de leurs traces strie le glacier. La différence de texture de la neige foulée la distingue à la lumière de la lune, ligne de vie rassurante sous le ciel étoilé. Au-dessus de leurs traces les constellations se répondent, captivant le regard. La Grande Ourse et le Dragon, Cassiopée et les Gémeaux, les trois signes d'Andromède inscrivent des fragments de phrase dans le ciel, alphabet éternel de l'humanité. Dans un moment suspendu, Félix et Véra écoutent les deux univers se rejoindre, l'aérien permanent et le terrestre temporaire confondus dans la commune infinité de la nuit.

Le froid commence à se faire sentir. Ils se retirent sous la tente. Elle est assez large pour qu'ils s'y installent sans se toucher. Ils ont même la place de poser leurs sacs à dos entre eux. Félix et Véra rentrent chacun dans son duvet, alors commencent les rotations, frottements et gesticulations qui accompagnent la mise au repos des corps sous la tente. Se positionner, se déshabiller jusqu'à rester en sous-vêtements et bonnet. Laisser les plumes du duvet fonctionner. Faire le harfang. Peu à peu, le corps calfeutré se détend. Les bras rentrés. Les oreilles protégées. Les pieds calés au fond du sac de couchage. C'est l'heure des soupirs d'aise. Le corps bien contenu, Félix et Véra prennent conscience de l'espace limité de la tente, son toit si proche, ses parois si légères. Et de l'espace, si vaste, si puissant, au-dehors.

Félix a mis ses écouteurs. Véra le regarde en coin, sa demande de tout à l'heure l'a troublée, elle ne se sent plus aussi à l'aise avec lui, mais il n'a pas l'air de vouloir d'elle autre chose que sa voix, son ton et ses mots.

Elle ferme les yeux et essaie de dormir.

29

Véra

Le réveil est brutal, le bruit sous la tente, démentiel, des claquements, des sifflements, des cognements. Et Félix qui ne bouge pas. Il dort, il ronfle même, très légèrement. Je m'assois dans mon duvet, j'ai du mal à sortir les bras tellement il fait froid. Mon haleine est solide, mon nez est gelé et le vent, le vent…

Mais qu'est-ce que je fais ici ?

Le Refuge, je savais : je suis venue au Refuge pour préparer le sujet que m'a demandé Katherine. Et puis, la veillée avec les alpinistes m'a donné une autre matière, des témoignages sur les liens qui unissent la vie et la mort. Une belle mise en perspective de la relativité du luxe. Jusque-là, ça m'allait. Si en plus je pouvais décrypter Félix et son histoire, mon séjour au Refuge se montrerait fructueux. Mais ici, ce n'est plus le Refuge. C'est l'exposition. La nudité. L'impuissance. Je risque ma vie avec un inconnu et l'angoisse me prend. Rentrer, voilà mon seul objectif après la nuit de tempête sous la tente.

Il est 8 heures et le soleil devrait se montrer. Le vent ne faiblit pas. Je me contorsionne dans le duvet pour m'habiller. Il fait si froid que je n'arrive pas à rester immobile, même habillée, même dans le duvet. Je me secoue, je m'ébroue, j'essaie de faire bouger la tente pour activer Félix, qu'il se lève lui aussi et mette de l'eau à chauffer. J'ai besoin d'un bon thé brûlant. Félix ne bouge pas, je le pousse un peu, du bout des doigts d'abord, puis plus franchement, je le secoue jusqu'à ce qu'il ouvre les yeux. Mais il ne me voit pas. Il rêve. Je lui parle. Fort, pour couvrir le bruit du vent. Je crie. Il me regarde d'un air hébété, il ne me reconnaît pas, je sens qu'il fouille dans son disque dur. Je le secoue violemment, j'ai besoin qu'il se réveille, pas qu'il délire.

— Oh ! Félix, c'est Véra. Du Refuge.

— Inès ? C'est toi ?

— Véra. Pas Inès. On est sous la tente, dehors c'est la tempête.

Il se redresse brutalement. Il s'assoit. Les yeux grands ouverts, il ne me voit pas. Impossible de compter sur son aide. Je prends la casserole et tente une sortie. Le vent me larde de petites lames de cristal qui traversent les rares endroits exposés de mon visage. J'essaie de garder les yeux ouverts pour voir quelque chose mais je suis prise dans un pur blizzard. L'air est glacial et les flocons tournent dans tous les sens, ils ne se déposent même pas tant le vent les agite. D'un coup de poignet, je ramasse un peu de neige avec la casserole et je referme la tente en urgence. J'allume le réchaud et attends que la neige fonde pour mon thé. Félix s'est rendormi, un sourire plaqué sur son visage que j'éclaire de ma frontale. Lorsque l'eau bout, j'y plonge un sachet de thé. La vapeur qui monte fait fondre la glace sur mon nez.

Félix ouvre les yeux. Il ne sourit plus. Je lui demande qui est Inès, il répond quelque chose que je distingue mal, entre élocution matinale et hurlements du vent. J'insiste et cette fois il ne répond rien. Je lui verse une tasse de thé. Il se redresse et la boit. Il s'habille à son tour dans son duvet. Pendant que Félix enfile ses couches de vêtements, j'entrouvre de nouveau la tente, de nouveau le vent s'invite. Je referme. Les parois ploient sous la neige. J'aurais bien envoyé Félix la dégager, mais il est trop bizarre, alors j'y vais. Dehors, c'est l'enfer glacial. Ça pique, ça cogne, ça déchire, les dents se serrent, la bouche se ferme, le nez refuse, pourtant il faut respirer. Ma petite pelle de secours à la main, je charrie des masses d'une neige qui commence à se compacter sur la tente.

Le toit débarrassé, je rentre sous la tente.

— Elle tombe à une vitesse, cette neige…

Félix ne répond pas. Il est vraiment, vraiment étrange ce matin.

— Ça va ? je lui demande.

— J'ai fait des rêves… je n'y arrive plus…

Il ouvre la tente et sort. Je lui crie, un bon cri, je lui hurle de refermer derrière lui, mais il ne réagit pas. Il s'éloigne, un, deux, trois mètres, puis disparaît dans la tempête. Je referme avant de congeler. Réintègre mon duvet. Ça finira bien par se calmer, on pourra repartir. Pour tenter de me détendre, je me mets à chercher des inspirations de podcasts, des germes d'histoires, des raisons d'aimer, mais rien ne me vient quand je regarde – mentalement – autour de moi. Comment désirer quand on ne désire que survivre ? Comment aimer quand la peur vous mange le ventre ? Comment s'ouvrir les sens quand tout est hostilité et violence ? Dans ce blanc, pas de clair-obscur, de sentiments à moitié révélés, de mots doux ombrés, pas de petits coins, de tranquillités, rien de ce qui fait les sursauts du désir, les unions passagères, les gorgées de plaisir, les orages de la chair. Ici tout est ouvert, étendu, et glacé. Alors, oui, peut-être qu'une histoire d'amour serait possible, mais au rythme de la peur, au bruit de l'effroi, à l'appel de la mort qui tinte à chaque pas.

Félix ne revient pas.

Cinq minutes, peut-être dix, qu'il est dehors. C'est trop. Je m'extrais de mon duvet et sors. Les milliers de lames sont toujours là et m'accueillent. Je tiens difficilement debout. Je hurle « Félix ! », je n'entends même pas ma propre voix dans le vent. La lumière de ma frontale porte à cinq mètres à peine et me plonge dans un brouillard saturé de petits arcs-en-ciel qui m'éblouissent. En dirigeant mon regard vers le sol, je parviens à repérer ses traces. Je les suis en criant son nom, toujours sans obtenir de réponse, pourtant il n'est pas loin et je finis par tomber sur lui. Littéralement. Je bute sur son dos. Félix est assis en tailleur. Les bras tendus derrière lui pour maintenir son dos droit. Les mains enfoncées dans la neige. Il est stupide, ou suicidaire. Tout en me penchant je continue de l'appeler. Il ne réagit pas. Je lui crie dans l'oreille, cette fois il tourne la tête et me regarde. Et d'une voix faible, me dit de le laisser. J'essaie de le soulever. Impossible. Il ne m'aidera pas. Je décide de le traîner. J'enlève ses mains de la neige. À peine s'il dit quelque chose ; s'il proteste, je n'entends rien. Il s'est déjà refroidi, il a du mal à résister. Je le prends par les poignets, l'allonge sur le dos et reprends ma trace en le tirant comme un traîneau. C'est épuisant, mais je parviens à nous ramener jusqu'à la tente. Là, je dois encore ouvrir, me glisser à l'intérieur et le tracter. Enfin, je referme. Le bruit de la tempête diminue, le souffle du vent est resté dehors. La tente s'agite encore mais j'ai l'impression d'un calme relatif.

Je suis vidée.

Je prends le temps d'examiner Félix : il a le nez tout blanc, les joues striées de veinules bleues, les yeux vitreux, le regard absent. Je l'enveloppe avec moi dans un duvet et me colle contre lui pour le réchauffer. Dehors, le vent souffle moins fort. Il berce plus qu'il n'agresse. Épuisée, je m'endors. Me réveille une infinité de fois sur un coup de vent, un tressaillement, un bruit de Félix qui parle, qui crie, qui geint. Sur sa chaleur retrouvée au milieu de mon corps. J'ai le ventre qui vrille, les entrailles qui s'expriment, j'en veux à Félix de l'envie qu'il a eue de sortir. De l'envie d'y rester. Peu à peu, il se calme. Sa respiration se détend. Son corps, par vagues, se lâche contre le mien, jusqu'à se déposer complètement. Et puis, plus rien. Rien que son corps inerte, un poids mort que je repositionne dans le duvet, son souffle inaudible dans le bruit du vent. Je le serre dans mes bras, pose ma joue contre son nez, sens sa chaleur revenue. Son nez a repris un début de couleur, un rose pâle qui rassure. Ses lèvres s'étirent dans un infime sourire, une marque de soulagement peut-être.

Le plafond de la tente se rapproche de manière inquiétante, la toile pèse sur nos têtes. Je dois nous dégager. Me rhabiller, remettre le masque, remettre les chaussures, m'enfouir dans la doudoune, le bonnet, le goretex.

Sortir, encore.

Dehors, la neige a cessé. Une bonne couche s'est accumulée sur la tente, je la déblaie à grandes pelletées – on prend vite le coup de main, ici. Le ciel est clair, la lune et le soleil bien visibles. Le vent a tout dégagé. Restent des flocons qui tourbillonnent, quelques esseulés soulevés de terre à la recherche d'une légèreté oubliée. Certains progressent, se hissent d'un souffle à un, deux, trois mètres, l'espace d'une deuxième chance ils échappent au groupe, à la masse, au tas, ils font leur vie et pas celle des autres, ils quittent l'uniformité pour un nouveau destin. Et puis retombent. Se recollent. Enfouis sous les voisins, enfouis contre les voisins, enfouis par les voisins, ils s'indissocient.

Le froid me reprend et je retourne dans le duvet commun. Le corps de Félix est bouillant. Je ferme les yeux sans me rendormir. Dans le silence qui se fait, entrecoupé de tout petits cris, de très légers souffles, dans la pureté sonore extérieure que je sens comme si je la voyais, les paroles d'Axel quand nous nous sommes retrouvés au Volkoff Lodge circulent dans ma tête.

À côté de moi, Félix remue. Ouvre un peu les yeux. Cligne plusieurs fois. Puis les ouvre en grand quand il s'étonne de nous trouver dans le même duvet. Je lui rappelle sa sortie dans la tempête, le froid. Le nez. L'inconscience. Mon sauvetage. Il a l'air de ne pas savoir de quoi je parle.

Il est près de midi. Le temps est purifié. Éblouissant. Électrique. La tente est sertie dans une neige fraîche, légère, une poudre idéale. Le couloir est intègre. La pente parfaitement lisse. Comme un champ de bataille vidé de ses morts, de ses blessés, de toute marque de lutte.

— On ne reconnaît plus rien, dit Félix.

Lui-même est méconnaissable. Les traits creusés, les yeux enfoncés dans le visage, marqué par l'épreuve.

— Je ne sais pas ce qui m'a pris… ce matin… Et après… j'ai fait quoi ?

— Tu as dormi, je réponds.

Sans plus nous concerter, nous nous préparons au retour. Défaisons la tente. Rangeons le matériel d'alpinisme, bien lourd, bien inutile. Présomptueux. Remettons nos sacs chargés sur le dos et, avec un dernier regard vers le replat du bivouac, nous repartons. L'ascension était un rêve éveillé, elle devient un rêve oublié. La descente pour rejoindre la plaine glaciaire est pénible. On s'enfonce jusqu'aux genoux, parfois plus, une véritable épreuve. Plus rien ne paraît beau maintenant que j'ai les yeux collés sur le prochain pas, le prochain mètre à faire. Nous marchons en silence. Félix est parti devant au démarrage, mais il peine et je le rattrape. Moi, la petite Véra, je me découvre des trésors d'énergie insoupçonnés. L'environnement me stimule, l'épreuve me plaît. La lutte contre la légèreté de la neige qui te piège quand tu la tasses, contre le froid, glacial dans le beau, contre la réverbération du soleil qui tue les yeux insouciants. J'avance plus facilement que Félix qui peine à suivre dans mes traces. Et je pense à Svetlana, son courage, son intelligence, son pouvoir de séduction, et l'énergie inépuisable qu'elle m'a laissée en héritage.

Il est près de 17 heures quand on arrive au Refuge.

Le Refuge est vide. Aucun bruit. Aucun souffle. Aucune trace de l'odeur de la mort, ni de l'odeur des vivants. Nos tasses de café de la veille sont toujours là, vides. Je m'assois dans un des fauteuils autour de la cheminée. Félix va nous faire une boisson chaude, de quoi manger un peu aussi. Il reste en cuisine une dizaine de minutes et revient avec un plateau qui me redonne confiance. Il s'assoit à côté de moi, nous mangeons et buvons un peu, en silence, le temps de sentir nos corps se détendre ; la chaleur, le confort, les aliments me stabilisent. Je m'enfonce dans le cuir du fauteuil, nouvelle maison bien plus confortable que celle de ce matin. On se parle un peu, de rien, on sort d'anesthésie et nos extrémités nerveuses se réveillent doucement. Retrouver de subtiles sensations au bout des doigts, les yeux qui voient le détail et pas uniquement l'immense, les oreilles sensibles aux petits craquements de la maison, à la bouilloire qui a sifflé, au claquement de la vaisselle. Bien agréable, cette banalité. Bien agréable. La tension se relâche. Par moments, à intervalles irréguliers, les flashs de l'absurde sortie de Félix reviennent. Et puis je bois une gorgée de mon thé au sarrasin, et ça va mieux. Félix ne dit rien. Son visage s'est détendu, les marques qui y semblaient gravées quand nous avons quitté le bivouac ont disparu. Reste la pâleur. Son sang a reflué vers d'autres organes plus gourmands et son visage est blanc. Étonnamment blanc. Ses yeux, intenses d'habitude quand ils croisent mon regard, sont vagues. Il est là, juste à côté de moi, mais à côté. Littéralement. Il semble flotter en parallèle de mon univers, dans un monde habité d'autres ombres. Un monde où le tintement de la vaisselle ou l'odeur du sarrasin ne pénètrent pas, un monde de stimulations personnelles qu'il ne partage pas. Je le laisse quelques minutes en lévitation. Moi, c'est plutôt la terre qui m'attire. La terre qui me retient. Je suis ancrée dans le sol du Refuge, comme j'étais ancrée sur le glacier pendant le retour. Comme j'étais ancrée dans la neige quand il a fallu ramener Félix sous la tente. Mes racines sont mouvantes mais elles ne m'abandonnent jamais, elles me suivent et me lient à la terre. Félix, lui, donne l'impression d'être prêt à s'envoler. Dériver dans l'air du Refuge, rejoindre ce harfang qui veille à l'entrée. Partir au loin comme une âme.

Avant qu'il ne s'échappe, je décide de l'interroger. Après tout, on a bien mérité un peu d'intimité.

— Félix ?

Félix émerge. Me regarde.

— Oui ?

— Qu'est-ce que tu fais là ?

Il ne répond pas. Veut se lever. Je lui attrape le bras. Le retiens. Il se rassoit.

— Je veux dire, qu'est-ce que tu fais « là », là ? Au Refuge.

— J'ai répondu à une annonce. Les Volkoff cherchaient un cuisinier-gardien.

— Oui, je sais. Katherine me l'a dit. Mais elle m'a dit aussi que tu avais une histoire intéressante.

— Intéressante ? C'est tout ce qu'elle a trouvé, comme mot ? Intéressante ?

— Plus exactement, elle m'a dit que ton histoire m'intéresserait. Qu'elle me toucherait. Et moi, je me dis que tu aurais peut-être envie de me parler.

— Donnant-donnant ? me demande Félix

— Voilà. Exactement. Donnant-donnant.

Et j'ajoute avec un petit sourire :

— Tu me racontes, je t'écoute et ensuite, je te raconte et tu m'écoutes… c'est pas mal, non ?

Je sens qu'il est prêt à parler. Il hésite. Je patiente. Au bout de quelques minutes, il se décide. Se dirige vers sa chambre. Revient avec son téléphone et me montre une photo.

— Ma femme et moi, avec notre fils.

Sur la photo, Félix et sa femme ont installé leur fils sur les épaules d'une statue. L'enfant est petit, trois, quatre ans. Félix est souriant. Son épouse plus sérieuse. La statue représente deux hommes. L'un d'eux a le bras tendu et l'index pointé à quarante-cinq degrés vers le haut, il montre quelque chose à l'autre. Félix et son fils ont les yeux fixés sur le point qu'indique le doigt, un sommet qui se détache au loin. Le regard de la femme ne quitte pas l'enfant. Elle le surveille, le tient et le porte dans une seule intention.

— C'était à Chamonix. La statue du guide Jacques Balmat montrant le mont Blanc à un des tout premiers alpinistes.

J'inspecte la photo, tente de plonger dans le moment.

— Elle s'appelle Inès.

— Et ton fils ?

Félix ne répond pas.

— On était partis marcher. Je voulais… je voulais leur faire découvrir la montagne. Les emmener dormir là-haut. Qu'on se réveille au petit matin dans le rose, le bleu nuit, le vent. Je voulais partager ça… alors on était partis dans la direction du doigt de Balmat. Ç'avait l'air simple.

Il se tait. Reprend sa respiration. Continue :

— J'avais réservé au refuge de Tête Rousse. On est partis le matin. D'abord, tu prends le petit train, le tramway du Mont-Blanc. C'est ludique, c'est fun, c'est bien. Puis, arrivé au Nid d'Aigle, tu commences à marcher. Ça monte raide, mais sans difficulté, un bon chemin. Et la vue… et les bouquetins… il était aux anges. Il marchait super bien, il voulait trotter, un vrai chamois ! Il était aux anges, oui, et nous aussi…

J'attends qu'il poursuive. Mais le froid me gagne déjà.

— On est arrivés au refuge fatigués mais heureux. Hyper-heureux. Tout simplement heureux d'être ensemble en famille, tous les trois dans notre chambre – il n'y avait pas beaucoup de monde, c'était mi-juin, avant l'arrivée de la foule des touristes du mont Blanc. Jusqu'à la nuit…

— La nuit ?

— Oui. La nuit. Il a commencé à se sentir mal, à avoir mal au ventre. Il a vomi. Il avait du mal à respirer. C'était flippant, je suis allé réveiller le gardien du refuge qui m'a regardé comme une merde : « Ton fils, il n'est pas du tout acclimaté. Il fait une crise de MAM, faut le redescendre. Vite. » Il était 2 heures du matin, la nuit noire. Je ne comprenais pas, il m'a éclairé : « Mal aigu des montagnes. Manque d'oxygène. Tu dois le redescendre. Et vite, avant que la neige arrive. »

— Alors ? Tu as fait quoi ?

Félix se lève, va chercher une bouteille de vodka et deux verres. Il nous sert une bonne dose et vide son verre d'un trait.

— Alors ?

— Je suis retourné dans la chambre. Inès essayait de le calmer. Il respirait très mal, il pleurait, il toussait. J'ai dit qu'il fallait le redescendre pour qu'il se sente mieux. Elle m'a regardé comme si j'étais complètement dingue : « Quoi ? Maintenant ? En pleine nuit ? » Je lui ai répété ce que m'avait dit le gardien. Il suffirait de le redescendre pour qu'il aille mieux…

Il se ressert un verre de vodka. Je l'accompagne. Le petit garçon de la photo a les yeux dans le vague. Ses cheveux longs portés par le vent décollent de ses épaules. Inès et Félix semblent former un couple heureux.

— … on est partis tous les trois… dans le noir…

Sur la photo, de part et d'autre de la statue et de leur fils, ils se tiennent la main. Sans se regarder, mais évidemment ensemble. Ils se tiennent par le regard, par les sentiments qui émergent de leurs poitrines.

— … la neige tombait dru… ma cheville…

Félix a continué de parler, j'ai perdu le fil.

— … Inès est partie devant avec lui…

Félix s'interrompt. Il s'assoit. Se lève. Se ressert encore. Boit. Se rassoit. Se relève. Tourne. S'énerve. D'un coup, son histoire me revient. Une brève aux infos. Le gros titre du *Dauphiné libéré* : « Tragédie au Nid d'Aigle : prise dans la tempête, elle chute avec son enfant ».

Une tragédie, oui. La tragédie de Félix.

Je lui prends la main fermement, comme on ferait à un enfant. Ou un malade. Je ne le lâche pas. Remonte ma main le long des muscles tendus à craquer de son avant-bras. L'attire à moi. Il s'incline comme un arbrisseau, le cou d'abord, puis le buste. Je lui parle tout doucement, presque à l'oreille.

— C'était humain, de vouloir partager quelque chose de grand avec ton fils… lui faire goûter la vie que vous aimiez… tu ne dois pas te le reprocher…

— Non. C'était une folie. Une erreur monstrueuse.

Félix s'échappe et quitte la salle. Va dans la cuisine. Je l'appelle, il ne répond pas. Je répète son nom. Toujours pas de réponse. Deux, trois minutes passent.

La détonation qui retentit dans le Refuge explose à mes oreilles dans une quintessence de violence. Une seule détonation, unique, exclusive, et puis rien d'autre. Plus de bruit. Rien. Le silence me glace. L'odeur âcre de la poudre se répand dans la salle et me prend à la gorge. Je me précipite vers la cuisine.

30

Neiges

Axel s'est installé à Alexander Bay. Il a vu Véra le soir de son arrivée avant qu'elle s'en aille visiter ce Refuge qui ne l'intéresse pas. Axel a le savoir sombre, et la protection d'aucun refuge ne pourra lui épargner le sentiment d'abattement face à ce qu'il est venu dire. Katherine Volkoff l'a invité, elle ne sait pas à quoi s'attendre. Elle va être surprise, pense Axel. Les illusions dont on peut encore se bercer à Alexander Bay lorsque l'hiver est là n'ont plus la force de lutter contre les faits. Quand Axel a commencé l'écriture de *Neiges*, l'état du monde n'était déjà plus le même que celui dans lequel il a connu les premiers Noëls de Svetlana. Plus du tout le même que celui qui l'avait vu naître. Et Axel doit le faire entendre. Il a déjà rédigé dans les grandes lignes le discours qu'il va prononcer lors de la cérémonie, et les grandes lignes ne vont pas plaire à tous.

Voici son introduction :

« L'ère de l'observation scientifique et sans arrière-pensée de la neige est achevée. Le temps des constatations attristées, des glaciers qui reculent, le temps des ours polaires perdus dans la forêt, s'hybridant avec des grizzlis ou dérivant sans pouvoir rejoindre la banquise, le temps du ramollissement du pergélisol, des émissions incontrôlables du méthane enfoui dans des fondrières gelées depuis des millénaires, le temps de l'apparition des virus zombies, de la disparition progressive des températures négatives, est maintenant installé. Et paradoxalement, les voix qui s'élèvent depuis cinquante ans pour alerter sur les désordres provoqués par les humains se taisent. Une extinction de voix qui précède l'extinction de l'espèce. Les climatosceptiques d'hier sont devenus les nouveaux pragmatiques. Plus aucun faux-semblant dans l'approche cannibale du monde qui nous entoure, qui nous accueille, qui nous a produits. Plus aucun état d'âme dans la course contre la montre que nous avons déclenchée par notre appétit de pouvoir transformé en urgence d'autodestruction. Plus aucune tentative d'arrêter la réaction qui a démarré au cœur de notre propre réacteur. Nous sommes des particules folles provoquant la réaction en chaîne qui les annihilera toutes. »

Axel ne trouve rien à changer. Il sait qu'on l'a invité pour chanter la neige fantastique et irréelle qui berce l'inconscient des privilégiés du Nord et du froid. Il sait que Katherine lui a confié la tâche de contribuer par son aura nouvellement acquise à l'essor d'Alexander Bay. Mais il ne peut pas cacher le savoir qui cause chez lui une profonde émotion. Il doit à ceux qui le lisent, à ceux qui l'écoutent, des paroles vraies.

31

La nuit ne tombera pas. La lumière a vaincu, lumière de la lune qui pénètre la salle jusqu'à la cuisine, lumière reflétée sur le blanc du glacier, le blanc de la plaine. L'obscurité impuissante face à l'immensité aveuglante qui emprisonne le Refuge, lieu magique devenu maléfique, lieu de grâce devenu de terreur. De cette nuit, le Refuge ne s'éveillera pas. Le Refuge ne survivra pas. Trop de violence. Répétition inacceptable. La nuit ne viendra pas masquer les terreurs du jour blanc. Les terreurs de la lune toute-puissante. Les terreurs du Refuge. La terreur de Véra.

Véra doit quitter le lieu du tragique. S'extraire de l'emprise du Refuge. Lieu de l'orgueil, le Refuge a joué contre les humains et les humains ont perdu.

Elle sort.

Dehors, la nuit. Le froid. Le ciel, clair. Les étoiles. Le vide.

Personne.

Le harfang n'est pas à sa place. Ni ailleurs. Il n'est nulle part. Aucun bruit animé aux oreilles de Véra. Seuls le vent, la neige, l'espace et elle. L'infini, et elle. Véra s'assoit sur la neige contre le mur du Refuge pour attendre que la nuit engage son tunnel. Attendre que le ciel se strie de nuages, se pique de flocons, se déchire de vent. Attendre de voir le soleil revenir.

Ou pas.

Adossée à la porte d'entrée du Refuge, Véra subit. Son histoire, son projet, sa motivation, Axel, Katherine… rien ne se compare à la puissance de la terre, la puissance de la neige, la puissance de la pointe Chugach, du glacier et de la plaine. Même l'opulence des Volkoff ne se mesure pas à l'espace qui maltraite les humains à son gré. Pourtant Véra se sent mieux dehors, à nu face aux éléments, exposée à la neige naissante, beaucoup mieux qu'au Refuge, sûr lieu de mort et de violence humanisée. La douceur surprenante de l'air lui fait du bien. Les sons s'étouffent, le feutre froid de la neige les enveloppe d'une couche protectrice, atténuant leurs effets, arrondissant leurs piques et leurs pointes. La neige, annihilatrice toute-puissante qui seule peut amender la détonation.

Véra éprouve un calme étrange. Un calme paradoxal qui l'investit des pieds à la tête, de l'extrémité des doigts et des orteils jusqu'à la pointe des cheveux et dans tous ses organes. Son ventre, calme. Ses poumons, calmes. Ses cuisses, ses bras, calmes. Les mouvements incontrôlés de ses joues et de ses lèvres, disparus. Ses doigts, en paix. Un calme que Véra n'a jamais ressenti. Voilà qu'elle se fond dans l'univers, elle est l'air, son souffle est le vent, son eau est la neige et elle devient la plaine. Le glacier. La pointe Chugach. Un calme comme jamais. Le relâchement total. L'abandon sans fin. La sensation ultime de se savoir totalement seule, totalement isolée, totalement impuissante, et de l'accepter. Fini les podcasts, les recherches, les interviews, fini les horaires et la radio, les reportages et les sujets, le temps lui est réservé dans l'air nocturne autour du Refuge.

Véra a un petit rire qui se disperse dans la plaine presque aussi vite qu'il est né. Elle vient de vivre un instant de faiblesse, un instant d'abandon où rien n'a plus d'importance, rien ne vaut, que la neige autour d'elle, le froid, le Refuge, la solitude. Véra se lève. Ce n'est pas digne d'elle, de se morfondre, de rester sans rien faire, de s'asseoir et attendre. Au Refuge elle a vécu des épisodes de vie qui nourriront ses émotions et ses histoires. Elle écrira l'histoire de Félix et Inès. Elle écrira l'histoire de Jonas, de Pierre et David ses admirateurs. Elle écrira l'histoire de Claire et Élise. Le Refuge lui a offert un condensé remarquable de vie, de mort, d'ambition et de désir. Charge à elle de le transformer en universalités, en partage aux autres, que d'autres humains l'entendent et profitent de ces intersections. Qui sait, peut-être écrira-t-elle une autre histoire aussi ? Celle d'Axel... ou la sienne...

Véra marche jusqu'au bord du nunatak. La petite falaise qui surplombe le glacier lui offre un point de vue sans obstacle sur l'amphithéâtre et la chaîne des Chugach, inamovible, imperturbable, montagne stylisée sous la lumière nocturne. Nettoyée des traces des humains qui s'en sont approchés, se sont confrontés à elle et s'y sont perdus. Face à la chaîne de montagnes, Véra emplit son cœur de souvenirs à venir, parcourant pic par pic, pointe par pointe, arête après arête la ligne d'horizon des sommets qui l'entourent.

Un bruit de pas sur la neige derrière elle la fait se retourner. Félix, sorti du Refuge. Elle le regarde froidement et attend qu'il s'explique. Félix affiche son incompréhension. Le coup de fusil ? Une fausse manœuvre, un incident sans conséquence. Il a fini de préparer le dîner et vient la chercher. Véra n'a pas faim et reste dehors, en harmonie avec la nuit et les étoiles.

Le matin, au Refuge, l'atmosphère est pesante. Malgré les dénégations répétées de Félix, Véra ne se remet pas de la détonation. Suicide raté, croit-elle. Félix lui assure que non. Elle le regarde avec défiance. Lui aussi la regarde étrangement. La gêne le gagne. Des images, des sensations l'assaillent. Images de

Véra trop proche. Mémoire de leurs corps dans le duvet. Véra s'est refermée. Elle ne dit plus rien à Félix. L'insouciance des inconnus qui se découvraient a disparu. Véra n'a plus qu'une envie, c'est de quitter le Refuge. Félix restera seul. Ils sont allés bien plus loin qu'ils ne le devaient.

Elle téléphone à Franklin pour organiser son retour. Raconte les sorties sur le glacier, l'idée de gravir la pointe Chugach, le bivouac au pied du couloir. Le coup de feu. Franklin demande qu'elle lui passe Félix. Leur conversation, à sens unique, dure plusieurs minutes. Félix écoute sans rien dire. Quand il finit, il range le téléphone satellite et va s'enfermer dans la cuisine. Véra retourne dans la salle. Vers midi, Félix lui apporte un déjeuner. Elle le mange seule. Elle n'a plus envie de partager.

En début d'après-midi, on entend au loin un bruit de moteur. Véra sort se poster au bord du nunatak. Elle voit le De Havilland poser ses skis sur la plaine et glisser sur une centaine de mètres avant de s'arrêter au pied du rocher. Franklin en descend. Seul. Il monte sur le nunatak, serre Véra dans ses bras et entre dans le Refuge. Elle veut le suivre, il lui fait signe d'attendre dehors. Quelques minutes plus tard, Franklin et Félix ressortent. Félix porte le sac à dos de Véra et sa petite valise. Arrivé à son niveau, il s'arrête, hésite. Franklin prend les bagages et se dirige vers l'avion.

Félix et Véra restent seuls, face à face, un peu gauches. Le harfang chassé par l'arrivée de l'appareil est revenu se poser sur le poteau. Ensemble, ils le regardent. S'émerveillent des mouches grises qui parsèment sa blancheur. De ses yeux jaunes fixes. L'avion démarre. Le bruit des moteurs assaille la plaine. Le harfang cligne lentement et s'envole. Félix dit à Véra qu'il est heureux d'avoir fait sa connaissance. Elle aurait souhaité des conditions moins dramatiques, répond-elle. Il sourit faiblement. Elle le prend brièvement dans ses bras, puis descend à son tour du nunatak et monte à bord.

Félix la regarde et met ses écouteurs. Bientôt, la voix de Véra masque le bruit de l'avion qui s'éloigne.

Dans l'avion, la détonation accompagne Véra. La peur qu'elle a eue. La certitude que Félix était mort. Qu'il avait préféré mourir plutôt que survivre à la photo de son téléphone. Les histoires de Véra lui font du bien, mais pas au point qu'il se décide à chercher l'espoir. Il préfère rester dans sa marinade de tourment. Plus assez d'amour à donner, se dit-elle lorsque l'avion atterrit à Alexander Bay. Et les mots qui lui viennent portent la marque de leur déroute.

32

Le harfang a quitté le Refuge pour suivre les traces des humains. Il vole au-dessus de la plaine, ses rares battements rythmant un demi-sommeil qui lui permet de ne pas se dépenser. Le harfang est parfaitement adapté. Des générations d'ancêtres du froid et de l'air, générations d'oiseaux amateurs d'immensité et à la férocité mesurée, lui ont appris à vivre. Ce n'est pas la peur qui le fait descendre au sud, qui lui fait rechercher le plus chaud, le moins rude, c'est la curiosité. Le besoin de tout chasseur du Nord d'être le mieux informé. Alors, le harfang est descendu jusqu'à Alexander Bay. Et là, juché sur un arbre à l'arrière du Volkoff Lodge, il scrute. Ce même point d'observation lui aurait permis de voir, il y a quelques années, les échappées d'Axel et de Véra. S'il avait eu la longévité aberrante des humains, leur frilosité qui les conserve et les rend plus faibles pour plus longtemps ; s'il avait commis l'imposture de rester suffisamment longtemps sur terre pour en extraire toute la moelle comme une colonie de fourmis matricides, il aurait pu voir le grand homme un peu courbé et la petite fille qui grandissait devant l'objectif. Mais le harfang est un être du présent. Dans son esprit aiguisé, derrière ses yeux imparables, il n'y a pas de photos du passé, pas d'enregistrements des absents. Il ne peut les revoir, comme il ne peut pénétrer à l'intérieur de la construction qui accueille tout ce qu'Alexander Bay compte d'habitants.

Le salon du Volkoff Lodge a été vidé de ses meubles, les profonds fauteuils, les canapés confortables, les lourdes tables basses en bois massif qui en font la gravité et lui donnent l'assise nécessaire pour résister au temps et aux intempéries. À leur place, ce sont maintenant une quinzaine de rangées de chaises. Au-dessus d'une estrade installée contre la baie vitrée, on a tendu une banderole portant l'inscription « Axel Kantor » et en sous-titre « Citoyen d'honneur d'Alexander Bay ». Devant le bar où Svetlana et les siens alimentaient leurs soirées, on a disposé sur des tréteaux des panneaux de bois. Sur les panneaux, de grands tirages des photos d'Axel, exposés suivant une exacte chronologie. Le paysage y garde toujours la même ossature. La crête présente sur toutes les photos cadre les visages de Véra aux différents âges, ses expressions immuables sur une géométrie changeante. La progression est troublante. Le temps défile, inexorable, en un raccourci saisissant. Le dernier panneau est une reproduction de la couverture de *Neiges*, une photographie d'un blanc presque uniforme, à peine quelques traces grises au milieu, quelques points de couleur sur un côté, une ambiance étrange et inquiétante.

Les invités arrivent en procession, longeant l'exposition pour prendre place. Katherine, assistée de Véra, les aiguille vers les sièges disposés face à l'estrade sur laquelle se trouve déjà Axel. Certains semblent reconnaître Véra, mais la plupart passent devant elle sans l'identifier. Bientôt, la salle est pleine. Les invités engoncés dans leurs vestes d'hiver se réchauffent à grand bruit. Faute de place, certains restent debout. Les alpinistes sont calés dans un coin de la pièce. Une nouvelle solidarité semble les rapprocher, un groupe d'humains qui ont perdu un peu de hauteur et qui se tiennent serrés pour se réconforter. Katherine est soulagée de voir qu'ils sont présents malgré l'accident. L'enquête menée par les rangers du parc national des Chugach n'a pas conclu à la responsabilité d'Anna, et Pierre a renoncé à porter plainte contre elle. Anna, malgré tout, a préféré s'abstenir d'assister à la cérémonie. Quant à Franklin, il est déjà reparti pour le Refuge avec un groupe arrivé la veille. Il a quitté Alexander Bay très tôt pour ne pas confronter les arrivants aux survivants du drame. Il faut que la vie continue et que la mémoire s'efface.

Peu à peu, un calme relatif s'installe. Katherine prend la parole. Elle évoque le parcours scientifique d'Axel. S'attarde sur les nombreux hivers qu'il a passés à Alexander Bay, et sa fréquentation du Volkoff Lodge. Présente Véra et lève le voile sur la dédicace qui lui est faite dans *Neiges*. Tenant le livre d'Axel à la main, Katherine parle de ce bien commun à tous les habitants d'Alexander Bay, de cette aubaine du Nord sur la terre. Elle conclut par ces mots : « La neige est notre ressource naturelle la plus précieuse. Le monde entier nous l'envie. Le monde entier viendra chez nous quand elle aura disparu ailleurs. Alors, profitons-en ! », puis se tourne vers Axel et d'un geste fluide lui passe autour du cou la médaille de la ville. Elle l'embrasse sous les applaudissements et les sifflets amicaux de la salle. Seuls les alpinistes restent réservés. La neige, c'est elle qui a coûté la vie à Jonas. La neige traîtresse, et l'appétit incontrôlable de Jonas pour le goût de la glisse et le goût de la gloire. Claire supporte difficilement cette exhibition de joie sans mélange qui lui fait mal au ventre – Katherine n'a même pas eu un mot pour l'accident qui a privé Jonas de cette vie. Elle se lève, prête à quitter la salle, heureusement les applaudissements cessent sur un geste de Katherine, et le silence se fait. Par-dessus les premiers rangs, Katherine tourne la tête vers le petit groupe, son regard chargé de toute l'empathie qui a manqué à son intervention. Claire sent bien qu'il ne s'agit que de les apaiser pour qu'ils ne gâchent pas la fête, mais elle accepte l'offre de paix. Elle se rassoit.

C'est à Axel de parler maintenant. Il hésite. Le discours qu'il a préparé, grave et inquiet, lui paraît déplacé. Il craint de se montrer rabat-joie devant cette assemblée de naïfs contents d'eux-mêmes et de leur richesse. Pourtant, l'envolée de Katherine a traduit un enthousiasme qu'il ne partage pas. Évidemment pas. Alors, il hésite. Observe la salle, tentant d'instaurer une distance scientifique et salutaire pour trouver le courage qui lui manque. La salle s'agite. Le silence dure. On l'attend. On se tourne vers le voisin, on s'interroge. Axel ne parle toujours pas. Les secondes s'égrènent. Katherine garde un sourire impeccable, les yeux tournés dans sa direction, la main tendue vers lui comme une offrande. Elle l'a vu préparer son discours depuis son arrivée, a vu des pages et des pages sortir de l'imprimante, des pages dont elle devine la teneur – comment l'ignorer, en ces temps où l'appétit pour la vie est si souvent qualifié de joie de détruire ? Katherine sait qu'il a de quoi dire, elle espère simplement qu'il sera trop poli pour la contredire violemment. Qu'il émette quelques réserves, oui, pourquoi pas ? Qu'il s'émeuve, rationnellement et courtoisement, du réchauffement de la planète, oui, ce serait supportable. Mais pas qu'il critique ouvertement son projet de transformer Alexander Bay en un camp de base pour chasseurs de neige. Axel, elle l'espère, n'osera pas humilier publiquement celle qui l'a invité, celle qui l'a honoré. Celle qui, d'une certaine manière, a rendu possibles sa vie de chercheur et sa notoriété. Oui, sans Katherine, sans le Volkoff Lodge, Svetlana et ses amis n'auraient pas hiverné, Axel n'aurait pas photographié Véra et, ainsi, *Neiges* serait resté à l'état de projet, une velléité de plus chez un homme velléitaire. Il a fallu toute la générosité de Katherine associée à la magie de Svetlana pour qu'Axel trouve à s'exprimer. Sans Katherine, Axel serait resté un de ces chercheurs qui perdent un centimètre par an à force de courbettes devant la toute-puissante Science, à force de chercher sans interruption l'inexistant, l'impossible, l'introuvable. Grâce au Volkoff Lodge, Axel s'est consacré à la neige, cette manifestation si naturelle, si prégnante, si présente, jusqu'à en faire son unique objet d'étude. Alors, pense Katherine, les yeux toujours fixés sur Axel, qu'il ne fasse pas de moi l'unique objet de son ressentiment ! Son trait d'humour interne la fait sourire, détend un peu ses lèvres qui se figeaient dans le silence inlassable d'Axel et l'agitation croissante de la salle.

Enfin, Axel avance. Se plante tout au bord de l'estrade, ses pieds en dépassant presque. Il vacillerait d'une simple poussée. Derrière lui, de l'autre côté de l'estrade, Véra se tient droite, presque contre le mur. Elle n'affectionne pas la position que Katherine lui a fait prendre, se tenir près d'Axel durant la cérémonie, mais elle non plus ne s'oppose pas à Katherine. Katherine à qui elle doit tant, comme tant d'autres, Katherine dont les largesses et la détermination ne peuvent être que le fait d'une bienfaitrice œuvrant pour le confort et le plaisir de chacun. Véra respecte cela chez Katherine, alors elle se tient en retrait en attendant, elle aussi, qu'Axel s'élance.

Axel balbutie tout d'abord quelques platitudes. Sa voix est presque inaudible tandis qu'il remercie Katherine et la famille Volkoff de leur hospitalité, et toute la ville d'Alexander Bay de l'honneur qu'elle lui fait. Le bourdonnement du public qui ne l'entend pas domine ses paroles. Un timide « Plus fort ! » et, peu après, quelques autres moins conciliants remplissent bientôt l'air du salon.

Axel se tait. Inspire profondément. Regarde Katherine. À son regard, elle comprend ce qu'il s'apprête à faire. D'une voix maintenant plus affirmée et qui se renforce à mesure qu'il parle, Axel se lance dans la tragique démonstration qu'il a préparée depuis son arrivée. Loin d'évoquer les beautés saisissantes des neiges, leurs infinies diversités, loin de renforcer l'enthousiasme provoqué par les mots de Katherine, son projet grandiloquent et délétère, il détaille avec précision les évolutions terribles de la planète, les fontes, les pertes, les morts, les vides. La mort du froid. La mort de la neige. La mort de la vie sur terre. L'étouffoir manufacturé qui maintenant se referme, nous condamnant à des luttes fratricides et suicidaires.

Lorsqu'il termine son allocution, dix minutes de démonstration sans embellissement, rien que la stricte vérité du scientifique refusant de s'attiédir, un silence épais se fait entendre. Katherine s'en empare. Sans commentaire, elle remercie Axel, quelques applaudissements épars l'accompagnent, puis elle invite l'assemblée à venir se restaurer à l'extérieur, « les pieds dans la neige, la tête dans le ciel, les yeux tournés vers notre brillant avenir ! ». La salle se vide à sa suite, tous gagnent le grand buffet qui a été dressé à l'arrière du Lodge, au pied des arbres qui le séparent de la pente menant à la crête. Tous, y compris Pierre, David, Claire et Élise qui suivent le mouvement, machinalement. Axel et Véra se tiennent à l'écart, les yeux rivés sur la crête. Peu à peu les ventres priment, les langues se lâchent, les propos d'Axel se diluent dans l'air sec et froid – oui, il reste du froid, ici, suffisamment pour émousser les sens et les intelligences – et la petite population d'Alexander Bay se réjouit autour de son inspiratrice qui règne sans équivoque.

Le harfang observe la masse des humains, des proies grossières, faciles à repérer avec leurs couleurs criardes et leurs voix virulentes. Ses yeux un moment intéressés par les mets déposés sur la grande planche détaillent les acteurs de la scène qui se déroule devant lui. Les accolades, les bourrades, les rires bruyants, les sons des verres qui s'entrechoquent, des ustensiles qui claquent contre les conteneurs métalliques saturés de nourriture décomposée. Sous leurs pieds, la belle neige souillée, massacrée, foulée de lourdes bottes sans pitié.

Une vaste bouillie.

Une plaine morte.

Le harfang s'envole et décolle pour rejoindre la pointe Chugach, cette montagne que lui aussi admire. À grands coups d'ailes, il gagne de la hauteur, emprunte un courant d'air plus chaud qui l'accompagne dans la direction du Refuge, et plane. Plane. Plane.

33

Le soir après la cérémonie, Pierre et David se retrouvent au bar. Claire et Élise les rejoignent. Tous les quatre soulagés d'être ensemble. Ils évoquent Jonas avec amour, avec admiration, avec tendresse. Une vraie veillée, à se remémorer leurs émotions, leurs joies, à partager la tristesse qui les balaie par vagues. Véra est assise à une table, seule. Ils l'invitent à se joindre à eux. C'est un coup de dés qui les a réunis. Un zigzag du destin. Leurs confidences aux oreilles du mort, leurs errances dans la nuit au Refuge, leurs tristesses et leurs ressentiments, elle n'aurait pas dû en être témoin. Mais les alpinistes font maintenant partie de ses constellations et elle, des leurs. Une forme de parenté les unit, ils sont les uns pour les autres des points singuliers sur leurs lignes de vie. Lorsque les alpinistes se lèvent pour aller préparer leur départ matinal, ils échangent avec Véra des adieux émus. Une émotion qui n'est ni feinte ni retenue. Une vraie, une grande émotion partagée.

Le lendemain, les alpinistes repartent pour Anchorage à bord du De Havilland Twin Otter luxueusement customisé. Celui-là même qui les a conduits au Refuge, il y a si longtemps. Pierre et David sont assis face à Claire et Élise. Pas un son ne sort de leurs bouches. Insensibles aux bruits organiques de l'avion, hurlements criards des moteurs, vibrations de la carlingue, sautes d'humeur du vent qui secoue l'appareil, ils entendent surtout le silence. Les regards s'évitent. Les mots sont faibles. La lourdeur de l'échec, la lourdeur de l'*ubris*. La lourdeur des corps, la lourdeur de la mort. Tout est lourdeur.

Sur la porte du cockpit, face à David et Pierre, un poster. La reproduction d'une photo ancienne qu'ils ont vue sans vraiment la regarder pendant le vol aller. Leur attention était autre, leur tension était ailleurs. Le poster représente un homme jeune adossé à un arbre dans une fausse nonchalance. L'air impassible. Une absence de sourire sur ses lèvres pleines. Le regard surmonté de sourcils interrogateurs. Son visage possède des traits visiblement amérindiens, sa tenue à la fois conventionnelle et confortable fait penser à un médecin ou un professeur. Le poster porte la légende suivante : « Walter Harper, héros de l'Alaska. »

Le nom n'évoque rien à David. D'un coup de coude, il attire l'attention de Pierre. Pierre, le géographe, soupire. Il sait exactement qui est Walter Harper.

Pierre ferme les yeux. S'isole. Se retrouve au début du XXe siècle en compagnie de Walter Harper. Ensemble, ils prennent pied sur le glacier où l'expédition menée par le révérend Hudson Stuck a installé son camp de base. Hudson Stuck est un religieux avec une mission : depuis plus de vingt ans qu'il arpente les environs du fleuve Yukon, il est obsédé par le mont Denali, le géant de l'Alaska. Stuck est possédé et le Denali est son *daimôn*. À force de lui tourner autour, de voir son corps de pierre, sa tête blanche et ses épaules de glace s'élever partout où il se trouve, il a conçu le projet de gravir cette montagne. Et, pour le guider dans son ascension, il a engagé Walter Harper. Harper, dont Pierre fixe le portrait, est le meilleur guide qu'Hudson Stuck aurait pu trouver. Ses origines métissées au creuset de la dure nature lui ont donné un ensemble de qualités – résistance, force, opiniâtreté, esprit d'aventure, ambition, créativité – qui se sont combinées pour en faire l'archétype d'une civilisation émergente dans un territoire peu connu.

Pierre soupire. L'énergie de Harper l'abat. Eux reviennent sans Jonas, sans succès, sans avoir atteint le sommet de la pointe Chugach. Pourtant, ils étaient parfaitement équipés. Ils avaient des piolets techniques, des crampons infaillibles, des cordes solides pour les passages difficiles. Il se réconforte en se disant que leur propre ascension du Denali s'était, elle, bien passée, avant de faire mentalement les comparaisons qui s'imposent. Jonas et ses compagnons ont réalisé leurs expéditions avec transports aériens, aliments lyophilisés, matériel haut de gamme et le soutien financier des Volkoff. Là où Harper avait dû tailler près de trois mille marches dans la glace pour progresser sur la longue arête qui le mènerait au sommet, eux ont grimpé sans difficulté, leurs pieds et leurs mains augmentés de prothèses imparables. Là où leurs ego surdimensionnés d'alpinistes hyper-équipés les ont propulsés dans une ascension devenue presque banale, Harper et ses compagnons avaient apprivoisé le Denali à la force de leur foi. Progressant difficilement pendant plusieurs semaines, luttant contre les effets de l'altitude et les conditions plus que sommaires. Jusqu'au dernier réveil le jour de l'ascension finale, ce matin où chaque membre de l'expédition de Stuck se tordait de douleur, le ventre noué par le dîner de la veille, la tête en proie aux assauts du mal des montagnes, le cœur ébranlé par la grandeur de l'objectif. Car il était là. Juste devant eux. À peu de distance verticale, à peine plus de distance horizontale. Le Denali leur faisait signe de sa grosse tête massive et blanche. Il parlait à Walter

Harper encore plus clairement qu'à ses compagnons. Il lui parlait dans une langue jumelle, lui faisait les yeux doux de ses roches, un fauteuil de sa neige, une caresse de sa brise pour qu'un proche, un aussi proche de lui que possible, soit le premier à le couronner. Il l'appelait de tous leurs sons semblables, leurs racines athabascanes se mélangeaient dans le ciel en une langue commune. Harper fut le premier à ne plus pouvoir monter. Pas à cause de son épuisement. Non. Partout où ses pas le portaient, Walter Harper redescendait. La montagne n'allait pas plus haut. Dans leur langue commune, Harper salua le sommet. Le Bolchoï était vaincu. Le McKinley était gravi. Enfin, le Denali était compris.

Un nouveau coup de coude de David ramène Pierre au cours de leur propre histoire. Et une pensée iconoclaste s'empare de lui : qui, de Jonas ou de Harper, a connu le sort le plus misérable ? Jonas, enfoui par le sommet qu'il convoitait ? Ou Harper, mort lors d'un naufrage pendant son voyage de noces ? Quelle pire mort, quel pire sort, celui de Jonas l'aspirant héros privé d'exploit, ou de Harper le héros authentique disparu bêtement ?

Nul ne lui répond.

Bientôt, l'avion atterrit à Anchorage. Pierre perd pied en touchant terre.

De retour en France, les alpinistes se sont retrouvés pour l'enterrement de Jonas. La famille de Jonas n'avait rien à voir avec la montagne. Aucun de ses proches ne partageait son attirance pour la neige et ses pièges. Pendant l'enterrement, les regards des parents sont restés fixés sur les survivants. Regards lourds de reproches et de questions. Pierre s'est senti mis en cause et, cette fois, il a pris sa part de responsabilité. Ensuite, leurs vies ont divergé. Jonas les liait, Jonas n'est plus, le groupe s'est dissous. Restent des souvenirs communs, beauté sublime du monde maculée de tragique. Et le nom de Jonas donné au couloir de l'avalanche. Après tout, il est probablement le premier à l'avoir gravi.

34

Véra

Demain, le retour.

Pour ma dernière soirée à Alexander Bay, j'ai encore ma chambre 12. La vue sur la crête est là, la neige sur la pente est toujours là, mais je ne ressens pas la joie que j'avais éprouvée en arrivant. La joie, l'émotion de retrouver Katherine et le Volkoff Lodge. Le trac, aussi, de revoir Axel. Mes premières impressions d'arrivante pas sûre de savoir ce que j'allais revivre, mes pré-impressions, ont disparu. Me reste la densité des jours que je viens de passer au Refuge. De quoi me nourrir, peut-être, l'imaginaire. Je m'attendais à revivre du connu et j'ai vécu du nouveau. Des sensations différentes. Mon itinéraire bien balisé s'est retrouvé sens dessus dessous, la tête à l'envers et les souvenirs en vrac. Au lieu du confort chaleureux du Volkoff Lodge, j'ai goûté un Refuge clinquant et tragique ; à la place de retrouvailles nostalgiques avec Axel, j'ai eu droit à son éternel mutisme ; et j'ai goûté le Nord et ses étendues glacées en compagnie de Félix, Jonas et ses comparses effondrés. Un retour au passé chargé de nouveautés encombrantes – voilà ce qu'est devenue ma visite à Alexander Bay.

Après la cérémonie en l'honneur d'Axel, Alexander Bay s'est vidée. Pas de ses gens, non. Eux sont simplement rentrés chez eux. Mais la vie s'est absentée. L'engouement que la visite d'Axel avait suscité est retombé. Katherine se demande ce que je vais dire du Refuge. Elle paraît préoccupée. Et un peu en colère. Axel l'a trahie et, avec elle, il a trahi la confiance qu'elle avait en l'avenir. Katherine est restée bienveillante à mon égard, pourtant je sens que mes jours à Alexander Bay sont comptés. Je n'ai plus grand-chose à y faire, et encore moins à espérer.

En attendant d'aller dîner une dernière fois chez les Volkoff, je descends au bar. J'y reste seule jusqu'à ce qu'Axel arrive. Il s'assoit à côté de moi et me regarde en silence. J'attends, encore, qu'il me parle. Mais Axel ne serait pas vraiment Axel s'il parlait. Non. Trop simple. Au lieu de me parler, il prend un paquet dans son sac à dos et me le tend. Dans le paquet, des lettres, que je reconnais. Aux dos de certaines enveloppes, une adresse de retour, que je reconnais aussi.

Les lettres cachées de mon enfance. Leurs lettres. Je rougis violemment, tout mon corps s'ébouillante, je brûle de honte quand me reviennent d'un coup tous les moments où j'avais cru qu'il était amoureux de moi. Je bous, je fume, j'enrage de ce qu'il m'a fait éprouver. De ce qu'ils m'ont fait, tous les deux, à vivre leur histoire sans jamais tenir compte de moi. Axel me regarde, toujours silencieux, il esquisse un geste de la main mais je le stoppe du regard. Pas question qu'il me touche. Je remets les lettres au fond du paquet. Aucune envie de les lire. Ses « ma chérie, ma lumière » ne passeront plus.

Il y a autre chose dans le paquet. Les négatifs de nos photos. Celles de *Neiges*. Celles qu'on a accrochées ensemble pour la cérémonie. Et les autres. Toutes les autres. Toutes les photos de notre histoire commune. De petite fille à jeune femme, des yeux fermés aux yeux grands ouverts. Je range les négatifs avec les lettres. Finalement, Axel me demande si j'ai apprécié son discours, je réponds que oui, comme tout le monde. Je manque d'enthousiasme, c'est flagrant. Il ne relève pas. Se mure dans son silence de toujours. Ma colère s'évade, remplacée par un début de lassitude : la dédicace, les lettres, les photos, toutes les révélations qu'il pourrait faire, ne changeront rien. Axel restera pour toujours le *zapoï d*e Svetlana. Son éternel soupirant et mon triste père.

La dernière fois que j'avais vu Axel, c'était à la mort de Svetlana. Suivant les instructions qu'elle m'avait laissées, j'avais appelé les amis des Noëls et je leur avais donné rendez-vous devant l'Académie des sciences. On était en décembre, cette année-là un mois exceptionnel de froid et de neige qui confortait l'opinion dans son déni de réalité climatique. La neige avait recouvert Paris pendant l'après-midi, une neige de ville qui serait bientôt pourrie par les passants, la chaleur et les voitures mais qui, sur le quai au pied de la coupole que Svetlana vénérait, formait une couche épaisse de quelques centimètres. Pure, blanche, légère, froide.

Nous étions cinq à nous tenir un peu serrés les uns contre les autres. Nos haleines se croisaient, se mélangeaient, sous-titres aériens de notre conversation muette. Personne n'osait parler. Svetlana était le phare du groupe, la lumière dans la nuit, l'étoile polaire de leurs ciels de chercheurs passionnés incapables d'exprimer leurs sentiments sans rires, gêne ou faux-semblants. On était restés là quelques minutes. Ils me regardaient, attendant que je m'exprime. Mais Svetlana, c'était leur histoire. Moi, elle m'avait enfantée, elle m'avait élevée, mais eux, ils la connaissaient comme personne. Comme une personne.

Je tenais Svetlana à deux mains – c'est encombrant, une urne funéraire, et pas pratique, et embarrassant.

On s'était avancés sur la passerelle des Arts, jusqu'à mi-pont. Approchés du parapet. À notre droite, l'Académie. En face, les îles de Paris. J'avais soulevé le couvercle. Un peu gauche, j'avais tendu les bras et tenu l'urne afin que tous la voient. Les rares flocons qui tombaient encore se mêlaient aux cendres. J'allais renverser l'urne au-dessus de l'eau quand Axel m'avait arrêtée : « Je vais dire quelques mots, si tu veux bien. »

J'étais restée figée en plein geste, bras tendus, cendres qui voletaient, neige qui floconnait. Pour une fois qu'Axel voulait parler…

Et des mots lui étaient venus, des mots d'un peu partout, des mots de la vie d'avant, des journées au labo, des séminaires, des étudiants ; souvenirs de congrès, de soirées, d'amitiés. Du Volkoff Lodge et des Noëls. Il avait conclu par un bref : « Svetlana, tu nous manqueras toujours. »

Finalement, je leur avais demandé de partir, je voulais rester seule avec elle. Après quelques larmes et des hésitations, ils m'avaient laissée sur le quai, l'urne à la main.

Je quitte Axel et remonte dans ma chambre. Les révélations, les lettres et les photos, il me faudra du temps pour en faire une histoire, plus encore pour en faire des souvenirs. En attendant, je range le paquet dans ma valise. J'envoie quelques mails, passe quelques appels pour organiser mon retour. Avant d'aller retrouver les Volkoff, il me reste une tâche à accomplir.

Je prends dans la valise l'urne de Svetlana. M'habille et sors par l'arrière du Volkoff Lodge vers le petit bois, la pente et la crête. Mes pas sont souples et faciles, les sorties avec Félix m'ont mise en confiance. Je monte en serrant fort l'urne contre mon ventre. Une dernière étreinte de Svetlana au chaud dans ma doudoune. Les crissements de mes pas sont à peine audibles sur la neige dure, mes pieds bien posés adhèrent et je monte sans effort. Passe le cairn géant qui indique le chemin du col Volkoff. J'atteins le sommet de la pente.

Me voilà sur la crête.

Je m'engage dans la descente qui mène, loin, là-bas, au Refuge. Fais quelques mètres, puis m'arrête. Ouvre l'urne sans cérémonie. Les cendres sont un peu tassées. Je retourne la boîte. La masse de cendres tombe au sol dans la nuit sans vent et forme un petit monticule qui se confondrait presque, dans l'absence de couleur sous la lune, avec un tas de neige. Quelques particules de cendre volettent et se redéposent. Repartent. Svetlana, la majeure partie de Svetlana, reste au sol. Immobile. Finale. De l'autre côté de la crête. De l'autre côté.

Je voudrais lui dire adieu mais je n'ai pas les mots. En silence, je regarde au loin, au nord, vers le ciel. Puis remonte sur la crête pour rejoindre le côté familier. Axel est là. Il m'attend. Son appareil photo autour du cou. Une interrogation dans le regard. Je lui fais signe que non. Il n'insiste pas. Ensemble, nous redescendons la pente jusqu'au Volkoff Lodge.

35

Neiges

En attendant sa disparition définitive du globe terrestre, la neige, à Alexander Bay, a fondu. La hausse brutale des températures en ce milieu de printemps a transformé les lisses étendues en éponges brouillées où l'on s'empêtre et peste contre la terre incapable de se gorger qui laisse mares, étangs, flaques et lacs s'épandre sur elle. Bientôt, de nouveaux visiteurs afflueront vers Alexander Bay. Des touristes bien différents de Jonas et ses amis. La plupart se contenteront de rester aux alentours d'Alexander Bay pour observer la faune qui s'éveille, avant de longer les côtes du golfe d'Alaska sur un bateau haut comme un gratte-ciel à la recherche de baleines en perdition. Leurs imaginaires ne s'encombreront pas des beautés exigeantes de la pointe Chugach.

Axel a passé l'hiver à Alexander Bay. Il a profité de l'hospitalité qui accompagnait son titre de citoyen d'honneur pour séjourner au Volkoff Lodge. Chaque jour en fin d'après-midi, il est monté en haut de la crête, appareil photo en bandoulière. Mais pas de clic. Il s'est contenté lors de son pèlerinage quotidien d'observer la plaine qui s'étendait au-delà du col et du cairn géant, en direction du Refuge. Depuis la crête, il a vu la lente dégradation de la neige, les aspérités apparaître, les croûtes se former, le jaunissement, les chutes de grésil et de pluie qui perforaient le manteau neigeux. Axel a vu la froide beauté laisser la place au gigantesque marécage.

Pendant ce temps d'extinction, l'engouement pour *Neiges* a persisté. Intervenant à distance lors d'une énième émission consacrée à l'état de la planète, Axel, avec sa raideur coutumière d'homme de calculs et de raison, a eu ces mots : « Ce livre, c'est le chant du cygne de la planète froide. Son testament. Quand personne ne saura plus ce qu'est la neige, quand le pôle Nord aura coulé dans l'océan et que le pôle Sud sera un tas de cailloux, on lira *Neiges* comme on lit maintenant la Genèse ou le Mahabharata : la narration mythique d'un temps fantasmé. » Et il a conclu ainsi : « L'entropie, donc la température, est croissante. Inexorablement. L'entropie agite les corps, réchauffe le monde, réchauffe la Terre. Rien ne peut lutter contre le second principe de la thermodynamique. »

Cette émission a été enregistrée à la Maison de la Radio à Paris. À deux pas du bureau de Véra. Depuis longtemps, Axel aurait dû renouer avec Véra. Mais il n'avait pas su. Le poids de ce que Svetlana lui avait légué s'ajoutait au poids naturel de la vie qui pèse sur ses épaules. Il lui a fallu revenir ici, à Alexander Bay, au Volkoff Lodge, pour se rapprocher de Véra. Et la laisser repartir sans un mot pour la suite.

Axel a fini par rentrer retrouver son appartement, son labo, ses recherches. Au calme, il s'est replongé dans le tableau appelé « Diagramme de Nakaya », tableau qui répertorie toutes les formes possibles des cristaux de neige. Les sept catégories : plaquettes, étoiles, colonnes, aiguilles, dendrites, colonnes à capuchon et cristaux irréguliers, qui constituent la classification des flocons de neige établie par Nakaya y sont représentées. Y figurent aussi quelques intrus, trois petits boulets de glace mêlée que Nakaya avait tenu à inclure. Pas des véritables cristaux de neige, mais des agglomérats de gouttes d'eau gelées agrégées autour d'un cœur cristallin.

Axel révère le travail de pionnier du professeur Nakaya. Tout le mérite d'avoir créé la nivologie moderne lui revient : « Nakaya a transformé l'étude de la neige en science. Son laboratoire du froid a permis de déterminer les conditions expérimentales gouvernant la création, la formation et l'évolution des cristaux de neige. » Ainsi se conclut le chapitre introductif de *Neiges.* Mais toute la science, toutes les recherches, tout le travail de Nakaya et de ses successeurs dont Axel s'honore de faire partie, ne peuvent repousser la sinistre évidence. La pure matière qui comme une manne tombe du ciel pour protéger la terre, la matière isolante qui préserve la beauté, est en voie d'extinction, quoi qu'en disent les naïfs devant les averses incongrues qui blanchissent le sable du Sahara ou les rochers de la Méditerranée d'une poudre qu'on appelle à tort « neige ». Le froid est mort, emprisonné dans la chaleur de nos souffles machinistes. Aucun changement ne se profile dans un futur proche. Le lointain, lui, est déjà écrit.

Qu'aurait fait Nakaya, se demande parfois Axel, face à la disparition de son élément fétiche, un siècle et tant de catastrophes plus tard ?

36

Mi-mai. Fin de saison. Au-dessus du Refuge, le soleil se lève tôt. Le jour est calme. Les alpinistes sont loin. Jonas, atténué. La rencontre avec Véra, sédimentée. Pas de nouveaux arrivants prévus. Un jour sans groupe, sans clients, sans aventure. Un jour à s'affairer tranquillement. Passer en revue les installations, nettoyer, un peu, ici, là, ranger, un peu, en haut, dans la salle, la ski room. Se poster à la fenêtre. Sortir. Deviser avec le harfang. Un jour à buller, se dit Félix qui avait oublié jusqu'à l'existence de ce mot depuis son départ pour Alexander Bay. Il dépose une petite assiette à quelques mètres de la façade, au pied du poteau orange. Des restes d'un repas qui, espère-t-il, seront au goût du harfang. Ou d'un autre habitant, invisible celui-là, de la plaine. Depuis quelques jours que Félix a pris cette habitude, il a toujours retrouvé l'assiette vidée de son contenu, et n'a jamais vu qui que ce soit s'en approcher. Un micro-mystère du Nord.

Il rentre reprendre son tour d'oisiveté.

Le bruit de l'avion en approche lui suggère qu'il en ira peut-être autrement. Félix ressort et voit le De Havilland atterrir sur la plaine, Franklin en sortir, monter sur le nunatak et s'approcher du Refuge. Un grand sourire aux lèvres.

— Rien de prévu aujourd'hui ?

— Non, rien de spécial.

— Parfait. Va te préparer. On part à ski.

Et Franklin entre dans le Refuge, Félix à sa suite. Ils se rendent dans la ski room, choisissent leur matériel et procèdent à quelques réglages et ajustements. Sur les indications de Franklin, Félix prépare un sac léger. Bientôt, les deux hommes descendent du nunatak, prennent pied sur le glacier et entament la remontée vers la pointe Chugach. À ski, la progression est plus facile, plus souple qu'avec les raquettes et Félix se sent à l'aise. Dans les traces de Franklin qui adapte son rythme pour ne pas l'essouffler, il avance en confiance, les yeux vers le ciel, les yeux vers l'amphithéâtre. Les yeux, enfin, vers l'arête et la pointe Chugach.

Le temps passe discrètement, l'effort est agréable après plusieurs mois à travailler au Refuge. Un effort individuel, pas au service, pas commandé, juste l'effort de bouger le corps, jambes et bras en rythme, tête souple et dos solide. De temps en temps Félix observe Franklin, calant son rythme sur les pas de l'ancien, admirant la fluidité de ses enchaînements, l'économie de mouvements. L'apparente facilité, que la pente soit faible ou prononcée, que la neige le porte solidement ou manque de s'écrouler. Franklin garde le même pas, le même mouvement, la même vitesse et Félix s'essaie à l'imiter. Il se sent bien, ici. Merveilleusement bien. Incroyablement bien. Il se sent renouvelé, l'air qu'il respire ne lui apporte que de la joie. Ainsi s'écoulent quelques minutes, quelques kilomètres. Le temps ne compte plus, il accompagne. Les heures ne défilent pas, elles se donnent en spectacle. La montagne, au loin, se radoucit. Les pics et les pointes, les arêtes et les crêtes sont aimables aujourd'hui. Elles attirent sans méchanceté, elles appellent sans duplicité. Franklin et Félix passent la première pente, glissent dans le vallon qui n'est pas froid, juste frais, s'engagent dans le couloir Jonas. Les premiers lacets sont aisés ; les suivants, étonnamment, aussi. La neige de printemps est facile, elle offre une trace de bon compromis, s'enfonçant peu, portant bien, ne glissant pas. Les peaux de phoque adhèrent parfaitement, inutile de forcer, les virages-conversion sont aisés, pas besoin de se compliquer. Félix qui n'a pas une grande expérience de la montée à ski se sent inhabituellement à l'aise. Pas à pas, glisse à glisse, ils atteignent le replat. Ils posent leurs skis.

Franklin se prépare rapidement et attend que Félix finisse de s'équiper.

Maintenant, ils s'encordent.

Le sérieux saisit Félix, un instant d'inquiétude tandis que Franklin vérifie son baudrier et le nœud sur la corde. Puis les deux hommes commencent à grimper, cordée régulière au rythme patient de Franklin. Planter les piolets d'un côté du corps, puis de l'autre, prendre appui et monter ; quand la pente se verticalise, frapper la paroi au-dessus de la tête, garder les bras en extension, planter les crampons. Ne pas tirer sur les bras, trop faibles. Utiliser la force des cuisses et la souplesse des chevilles. Félix se rejoue au ralenti les conseils avisés de Franklin qui, dans la partie la plus raide du couloir, l'assure sur les relais utilisés par Anna lors de la première ascension des alpinistes – relais qui n'ont pas bougé au cours des deux mois précédents. Le haut du couloir se dévoile peu à peu. Invisible depuis le départ, il se révèle aux yeux de Félix. Encaissé, étroit, bordé de rochers qui lui donnent un air d'apparente solidité. Rassurant, se dit Félix.

Des images de sa naïve tentative avec Véra lui reviennent. Ils n'étaient pas prêts, ils n'étaient pas capables, ils n'étaient pas en mesure d'affronter la neige, le raide et la peur. Félix se rappelle avoir affirmé à Véra qu'il pourrait les guider ; en voyant Franklin s'affairer, installer les relais, l'assurer à la montée, en voyant comment il galope sur les portions les plus ardues avant de le faire monter plus lentement, il comprend qu'il a été, encore une fois, totalement inconscient.

La dernière longueur qui les sépare de l'arête est froide. À l'ombre. Sévère. Un trait de blanc esquissé entre des rochers saillants. La neige y est assujettie, elle s'accroche là où elle le peut sur les rochers gris, se transforme en glace pour mieux se maintenir. Le piolet s'enfonce à peine, la pointe pénètre d'un ou deux centimètres, pas plus, procurant une illusion d'ancrage qui ne satisfait pas Félix. Franklin lui recommande d'y aller doucement, de bien planter ses piolets avant de monter les pieds, de bien planter ses crampons avant de pousser sur les jambes, puis il s'engage dans la longueur. La corde qui les unit file entre les mains de Félix. Bientôt, Franklin disparaît derrière un gros rocher qui le masque. Aux tressautements de la corde qui file entre ses mains, Félix sait que Franklin est toujours en mouvement. Mais il ne le voit plus. Depuis son relais, Félix ne sait pas si Franklin est toujours dans le couloir, ou s'il a déjà pris pied sur l'arête. Il l'appelle. N'obtient pas de réponse. Il ne voit pas, il n'entend pas, alors il tente de deviner.

D'un coup, la corde cesse de bouger. La tension vers le haut diminue. Cela devrait bientôt être à Félix de grimper. Il crie, sans réponse. Franklin toujours invisible. Au bout de longues secondes sans autre information que l'immobilité de la corde, Félix entend des cris indistincts suivis d'une traction insistante. Franklin, évidemment, qui avale le reste de la corde pour que Félix monte. Alors, Félix se prépare à partir. Il se détache du relais. Piolets à la main, il attend encore un signal. Un appel. Une précision qui ne vient pas. Il hésite. Partir sans être sûr qu'on le protège d'en haut, cela l'inquiète. Mais la pente est belle, le ciel est pur, Félix est en forme et Franklin sait ce qu'il fait. Félix se lance dans la longueur. Rapidement, il est soulagé de voir que la corde se tend devant lui à mesure qu'il monte, signe que Franklin est vraiment en train de l'assurer. Félix grimpe, régulièrement, les piolets, les crampons, dans une bonne alternance, la corde remonte à sa vitesse, tout se passe comme il faut. Il aperçoit maintenant la sortie du couloir, l'arête qui se dessine à vingt, trente mètres au-dessus de sa tête.

Et le ciel.

D'un coup le ciel l'englobe. Le couloir s'élargit, la neige et la lumière reprennent leurs droits. L'arête est là, toute proche, un trait décoché au ciel. Félix accélère, porté par le désir, il tape et monte, tape et monte, pique ses pieds et ses mains, tape et monte, et la corde pend quelques secondes sous lui tant il a changé de vitesse. Heureusement Franklin est réactif et la corde de nouveau se tend pour les derniers mètres jusqu'à l'arête.

Là-haut, prendre pied.

Se redresser.

Doucement.

Changer de point de vue.

Se relever. Être debout, le couloir à sa droite, l'océan de l'autre côté.

L'arête est vertigineuse. Merveilleuse, et vertigineuse.

Franklin est installé à quelques mètres en contrebas, la corde passée dans un mousqueton lui-même passé dans une sangle arrimée à un rocher qui fait saillie. Il est sûr de lui. Et regarde Félix avec un sourire prêt à partager. Mais Félix n'y est pas. Pas encore. D'abord, il doit voir. Pivoter. Avancer avec précaution, se tenir droit. Fini les coups de marteau de ses mains armées, fini les coups de pied rageurs du bout de ses crampons. Il est debout sur l'arête.

Et le monde à ses pieds.

Félix souffle, rit et regarde.

À sa droite, au loin, le point rouge du Refuge. À sa gauche, tout en bas, les vagues massives qui frappent les rochers au pied de la face nord. Devant lui, altière, unique, évidente, la pointe Chugach. À quelques centaines de mètres seulement, elle l'appelle. Moins prétentieuse que lorsqu'il l'admirait depuis le Refuge, moins angoissante que lorsqu'il l'avait vue depuis le bas du couloir avec Véra, elle est simplement là, prête à l'accueillir.

— On y va ? dit Franklin.

— On y va.

Restant sur le fil de l'arête, ils avancent tranquillement, toujours encordés, toujours prudents, si près du but. Et vingt minutes plus tard, Félix et Franklin se félicitent, se tapent dans les mains et redescendent. Le sommet est un lieu de passage, pas de stationnement. Une fois atteint, une fois contemplées les merveilles de lui seul connues, il faut redescendre sans tarder pour ne pas être saisi de froid, rattrapé par l'obscurité, étranglé par le vent ou piégé par la neige. Il faut redescendre, d'abord en marchant sur l'arête, puis cavalièrement en rappel dans le couloir Jonas. Tout le long de leur descente, Franklin reprend le matériel qu'Anna avait utilisé pour équiper le couloir et que les alpinistes n'avaient pas récupéré après l'avalanche. Quelques mousquetons, quelques sangles, deux broches à glace. Arrivés sur le replat, ils chaussent les skis et descendent. La quincaillerie au baudrier de Félix fait un fort bruit de ferraille dans les premiers virages. Ensuite, il ne l'entend plus, grisé par la vitesse, le vent sur le visage, les sensations musculaires dans les cuisses. Les virages en liberté. Le plaisir. Le centre de gravité bien en ligne qui contrôle le balancier des épaules, les rotations des hanches, le déclenchement des virages aux genoux. Liberté de mouvement incongrue après l'ascension, après le travail au Refuge. Puis arrive le vallon. La remontée sur la première pente. La courte glissade, puis la traversée du glacier.

Dans le temps lent du retour, la pointe Chugach redéfinit ses impressions. Félix se revoit au sommet, l'océan deux mille mètres plus bas. Le bruit de la mer exporté par le vent, les vagues qui se cassent en silence sur la roche. La noirceur de la falaise. L'abrupte roche. L'entrée du couloir que Jonas voulait skier. « Tu irais ? » avait demandé Félix. « Avec toi ? Sûrement pas ! » s'était contenté de répondre Franklin. Et Félix avait approuvé. Satisfait de retrouver sans risque le glacier, terrain d'accidents dissimulés qui ne se révèlent pas. Préférant croire à la douceur de la neige, l'uniforme couverture sans aspérité. Félix progresse sans heurts vers le nunatak. L'ancien nom venu du nord unifie les peuples, par-delà les distinctions arbitraires entre Europe, Asie et Amérique, par la convergence des lignes issues du lointain équateur et qui se rejoignent au pôle, accessible infini du globe terrestre. Au sommet, Félix a observé le Refuge de loin, comme il l'avait observé lors de son arrivée, les yeux collés sur l'horizon coloré. Nul besoin aujourd'hui de la voix de Véra, les rares mots de Franklin lui suffisent. Et les vues de là-haut. La houle qui plisse l'océan. La frontière bicolore à l'endroit où l'océan Pacifique rencontre la mer de Béring. Le bleu et le vert-gris qui se touchent en caresses d'eaux et de sels différents, caresses prudentes d'univers à la rencontre. Depuis la pointe, Félix a dominé la plaine des premiers jours. Il a cru deviner

Alexander Bay et les dénégations amusées de Franklin ne l'ont pas convaincu. Il était sûr de voir jusqu'à son point de départ. Mieux encore : en fermant les yeux, il pouvait voir Anchorage, le golfe d'Alaska. La côte pacifique. Le retour. La fin du Refuge, la fin de l'hiver. Alors il les a rouverts pour se perdre de nouveau dans la nature qui l'entourait. Aimante aujourd'hui, amicale malgré les difficultés. Le plaisir a été plus fort que l'épreuve, la sensation de soi plus intéressante que les hésitations, les émotions que procure le fait de surmonter des obstacles impressionnants bien plus intenses que la planification de l'après.

Le nunatak se rapproche, le point rouge se précise. Le Refuge apparaît. Franklin a ralenti légèrement, peut-être pour laisser à Félix le temps d'apprécier. Les derniers hectomètres qui les ramènent au Refuge sont contemplatifs, progression insensible, effort oublié, le corps en mouvement au rythme de la vue sur la neige qui les porte. Une fois arrivés au Refuge, ils contemplent le soleil qui se couche derrière l'amphithéâtre. « On a bien marché », dit Félix. Franklin approuve. Ils ont fait en une longue journée de printemps l'ascension et le retour, sans heurts ni problème, duo compact et efficace servi par des conditions idéales.

La nuit tombe. Ils entrent pour une courte pause, ranger le matériel, se restaurer un peu. Le soir est clair, le ciel dégagé, le vent absent, la nuit sera calme.

Franklin repart. Félix sort pour regarder l'avion décoller. Lorsque le bruit des moteurs s'est complètement dissipé, lorsque le point ailé disparaît de sa vision, il continue de scruter l'horizon. Jusqu'à voir un nouveau point arriver. Blanc, silencieux et familier. Point blanc du harfang qui se pose sur le poteau orange et regarde Félix. Échange silencieux d'un expert à un novice, mais plus tout à fait novice, d'une créature fondamentale du froid à une autre qui s'y est adaptée, d'un mimétique inné à un imitateur studieux. Le harfang tient quelque chose dans son bec, quelque chose que Félix ne distingue pas. Il va à l'intérieur chercher la soucoupe du harfang et ressort pour la déposer. Au pied du poteau, il trouve un petit tas blanc. Immobile. À peine ponctué de rouge. Félix fait l'échange avec la soucoupe et rentre au Refuge honorer le cadeau du harfang.

La nuit est tombée. Le Refuge est calme. Inerte. Le silence qui s'installe est un état que le harfang apprécie. La plaine, le glacier et la pointe Chugach réintègrent leur essence, des naturalités rudes et solides dans un monde qui lui est propre. Un monde qui, pour l'instant, lui appartient.

Le diagramme de Nakaya

(extrait du livre *Snow Crystals: Natural and Artificial*,
d'Ukichiro Nakaya, Harvard University Press, 1954)

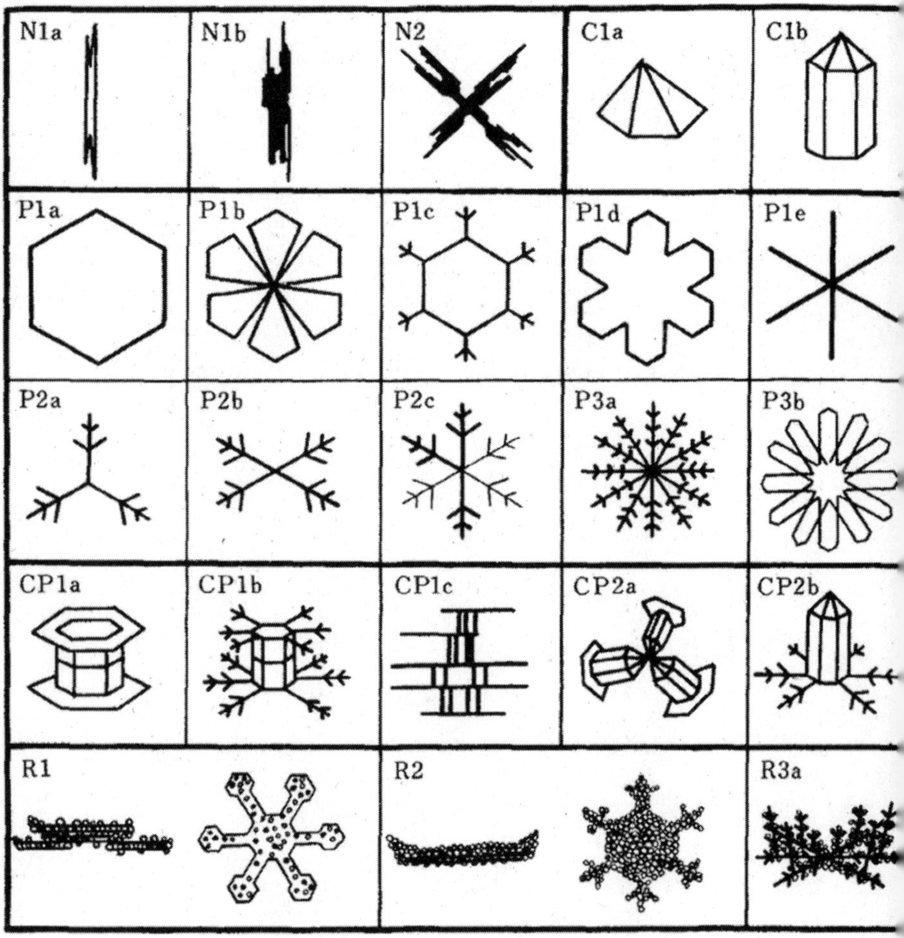

FIG. 197. General classification of snow crystals, sketches.

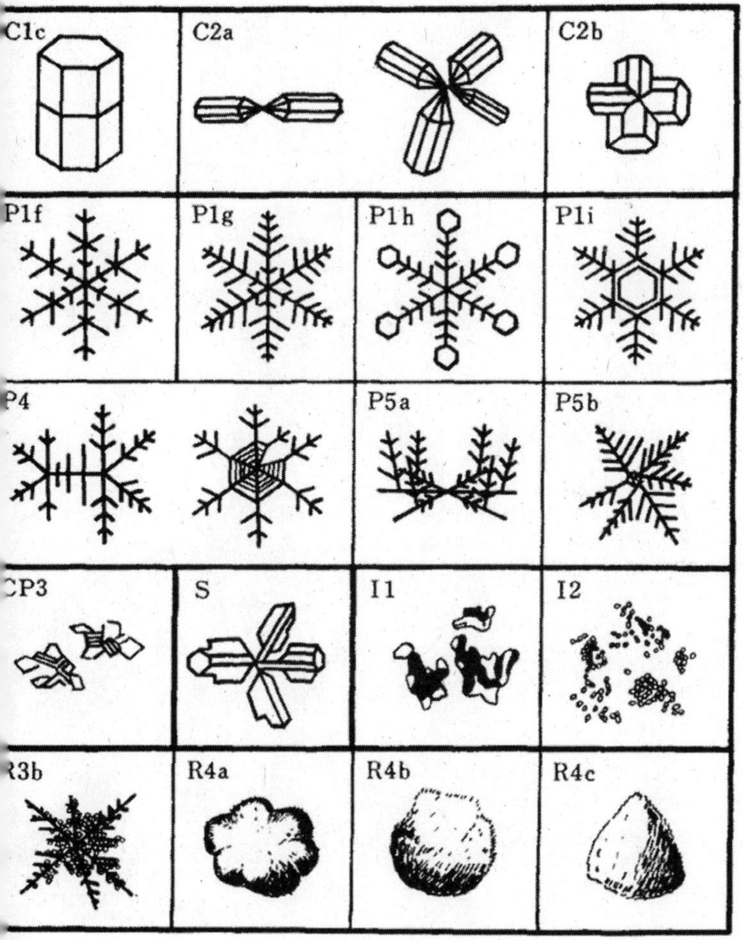
C1c
C2a
C2b
P1f
P1g
P1h
P1i
P5a
P5b
S
I1
I2
R4a
R4b
R4c

Composition : Facompo, Montrouge

#lisez! engagé
www.lisez.com

Pour plus d'information :

Imprimé sur du papier issu de forêts gérées durablement.

Achevé d'imprimer par
Normandie Roto Impression s.a.s.
N° d'imprimeur : 2504512

Imprimé en France